2
一路煩花
illust. Tefco
神祕主義至上！
為女王獻上膝蓋
Kneel for your queen
—神探—

秦苒

19歲，身高約175公分。
父母離異，從小由外婆扶養長大。
高三休學失蹤一年，
看似凡事都漫不經心，
其實有不為人知的身分……？

程雋

身高：大約185公分
京城名家程家的三少爺。
智商過人，十六歲開始創業，
十七歲研究機器人，十八歲時去當小民警，
二十一歲當主刀醫生，
目前是雲城一中的校醫。

Kneel for your
陸照影
身高：大約180公分
京城名家陸家的少爺，
時時跟在程雋身旁，是程雋的左右手。
將秦苒歸類為自己人，
平常在校醫室負責會診。

秦語

19歲，身高大約167公分。
秦苒的妹妹。
父母離異後跟著媽媽寧晴到林家，
從小學習小提琴，學業成績優秀，
在校內排名前十名，是學校的風雲人物。

Contents

Kneel for your queen

第一章　踢到鐵板

「潘明月！」

秦苒一步走過來，卻被潘明月躲開了。她徑直地看向寧晴，「但阿姨，秦苒沒有做錯什麼，她只是扛著壓力幫我教訓了那些人渣，她沒錯，也不需要向任何人道歉。」

潘明月的眼鏡早就被許慎拿走了，此時一雙漆黑的眼睛露出來，清亮平靜。

許奶奶恨不得上前撕碎潘明月的嘴，「妳是什麼意思？我孫子才不是那樣的人！」

「那個書店路口有監視器，三年前寧海鎮有案底。」潘明月沒理會他們，轉身看向警察，語氣平淡地說：「你們可以去調查。是不是真的，一查便知。很開心這一次你們自己選擇公了，警官，你還沒說這是什麼罪行。」她說話的時候不急不緩，脊背挺直。

李警官拿著菸的手差點燒到自己。他愣愣地看著潘明月，下意識地開口：「輕則幾個月，重則三五年。」

不知道為什麼，剛剛還在叫喚的家長和氣勢洶洶的許奶奶頓時沒了底氣。一個拿著本子的警察一邊記著，一邊看著許奶奶等人，目光瞬間就變了，眉頭擰起。許奶奶等人站在原地，臉上一陣紅一陣青的，有些尷尬。尤其是李警察的話，他們心底忽然有點慌了。

由於林錦軒的穿著、氣度看起來都不凡，家裡肯定有錢。之前他們想公了，不都是為了多拿一點賠償。眼下聽到潘明月的話，他們互相對視了一眼，有些怕了。照這樣說來，那個女生才是受害者，依據警察說的，公了說不定要吃牢飯，那是會留下前科的。

一直怔愣的林錦軒終於回過神來。他處理人際關係及大部分的事情一向俐落，此刻也比寧晴和秦語先反應過來。

「警官，你們先派人去調查監控影像。還有，寧海鎮那邊的案底也需要調過來。」他說完又往前走了兩步，低頭看了眼秦苒。

她身上有淡淡的血氣，此時緊抿著雙唇，有些冷酷，擰著的眉卻又顯煩躁。一隻手插在口袋裡，額前頭髮落下，看不清眸底，只能感覺到她的那張臉更白了。

「沒事吧？」林錦軒低聲問了一句，語氣緩和。

他剛剛才瞭解到，秦苒是一個人跟十幾個男生打架。

女生跟男生天生有著體力差距。

「沒。」聽到林錦軒的聲音，秦苒愣了愣，然後收回目光搖搖頭，靠在牆上，長睫垂下。

看得出來心情十分不好。像一罐油桶，一絲火星就能點燃。

林錦軒跟警察交代完，又問過秦苒，目光就轉向了寧晴跟秦語，抿抿唇，「阿姨，我覺得，對自己的孩子還是要多一點慈愛跟信任，不要隨意聽信其他人的一面之詞，妳覺得呢？」

秦語在寧晴身邊聽著，手指都掐入了掌心。誰知道事情會忽然變成這樣？那些父母一聲也不吭了，警察又開始重新做筆錄，有林錦軒在，那些人又去調出監控影像。

現在時候不早了，林錦軒幫秦苒跟潘明月辦理手續，保釋兩人先離開。

許奶奶從一開始氣勢洶洶到現在沒說話，只是一直看著門外，不知道在想什麼。

另一邊，沈副局長接到電話後趕了又趕，終於到了。許父去醫院看許慎了，並沒有到場。

「沈局長。」正在做記錄的警察都站起來打招呼。

看到沈副局長，許奶奶萎靡的精神一振，往前走了兩步，「沈局，你來得剛好。這個人把我孫子打成這樣，絕對不能姑息！」

「老太太，您先坐，事情我會處理。」沈副局長把老太太扶到一旁坐好。

「有你在我就放心了，省得他們拿那套嚇唬我，我這個老年人禁不起嚇。」這時候許奶奶刻意不提潘明月的事，強調是秦苒傷人。

「我剛剛接到老許的電話，是二級傷殘，肯定會給您一個交代。」沈副局長態度明確。

「沈局長，這件事是許慎施暴未遂。」林錦軒看到沈副局長，眉頭擰了擰，不動聲色地開口。

沈副局長偏了偏頭，看到林錦軒，微愣，「原來是林少爺。事情的經過我知道，年輕人之間的打鬧，對方過度防衛，只是現在許慎還在醫院躺著呢。」

「你們在幹嘛？」看到警察手中的單子，沈副局長皺眉：「事情還沒查清楚，人怎麼可以放出去？等明天許慎醒了，提供了供詞再說。」

「沈副局長，你這是什麼意思？」林錦軒微微一笑。

「證據都還沒到，我們也只是秉公辦事，你說對吧？」沈副局長這是在給下馬威。

他也是秉公辦事，合情合理，讓人找不出半點差錯。先滅滅威風，等明天再談私了的事。

警局的人對沈副局長恭恭敬敬的，雖然看許奶奶的目光有些譏誚，但行動上也規規矩矩。

「錦軒，那是什麼人？」寧晴看著林錦軒，驚魂不定。

「這是雲城的沈副局長，」林錦軒皺眉，「林家跟他沒什麼往來，我回去問問小姑認不認識警察局的人。」

林家主要經營餐飲行業，與刑警方面的人還真的沒打過交道。

哪怕秦苒的出發點沒錯，可是沒得到官方同意，想要讓秦苒今晚就回去還是很難。

「先把這些人都給我帶進去。」沈副局長讓人把秦苒還有這群少年都先拘束起來。

「沈副局長？」

寧晴因為家境問題，一直都很謹小慎微，尤其是嫁到林家後她才發現世界之大。此時聽到什麼局長，心裡就開始慌了。她是小市民，這種當官的，在她眼裡就是翻手為雲覆手雨的人物。

她也不想因為秦苒的事，讓林家得罪了沈副局長。尤其對方還是總局的副局長，連林錦軒都覺得事情不好辦。

「那我們先回去……」寧晴伸手，著急地想要拉林錦軒，心裡慌得要命。

林錦軒則擔心讓秦苒一個人在警局。

「我先回去找我爸跟小姑，」林錦軒看向秦苒，頓了頓又安撫道，「這件事妳放心……」

——叩叩。

這時，有人敲了兩下門框。很突兀的敲門聲，眾人的目光下意識地轉過去。

許奶奶此時坐在椅子上，拿著茶。她有了靠山就揚眉吐氣了，斜眼看著秦苒他們，聽到聲音也轉過頭，一眼就看到了年輕警員。

「請問秦苒小姐是哪位？」

警員在人群中掃了一眼，最後目光停留在穿著衡川一中校服的那個女生身上。那個女生側著臉，但依舊能看出側臉漂亮的輪廓。皮膚很白，敞開的校服規規矩矩地穿著，裡面的白色襯衫沾了幾滴血，勾勒出柔韌纖細的線條。

全場那麼多人，就這個人最惹眼，警員的目光下意識地落在她臉上。等到那女生微微抬起眸，詢問性地看著他，警員才反應過來她是秦苒。

「秦小姐，江廳長請妳去休息室一趟。」警員微微欠身，「請往這邊走。」

秦苒頓了頓，微微側著頭，稍微瞇起眼，開始思考究竟是誰找她，她熟悉的人……好像沒什麼姓江的？

林錦軒詢問性地看她一眼，秦苒抬起下巴，隨意地開口，「沒事，我去看看。」她往門外走。

江回是從京城「流放」過來的，若在古代，肯定就是欽差大臣，相當於特使，直接代表這邊的最高領導階級，沈副局長肯定認識，但他不知道這位警員口中的「江廳長」跟他知道的江回是不是同一個人。

看到警員請秦苒過去，越過他直接去休息室，沈副局長十分驚訝，不由得看了一眼走出門的秦苒，之後十分客氣地詢問警員，「這位江廳長是……」

警員看了他一眼，沒說話，直接轉身離開了。

＊

休息室內，江回年近四十，保養得很好，如同三十歲出頭，歲月沒在他身上留下什麼痕跡。

他坐在椅子上，伸手倒了兩杯茶，瞥了站在門邊的修長身影一眼笑道，「先坐一下，喝喝茶。我已經派人去查了，看你這麼急，還以為發生了什麼事呢。」

這位大爺的事可不能耽誤，但誰知道匆匆趕來，竟然只是高中生之間的糾葛。

程木坐在一旁，在心裡瘋狂點頭。

可不是嗎！一通電話就能搞定的事，非把江回也弄過來，這下子會耽誤多少事情啊。若是在古代，他們家雋爺肯定是昏君。

陸照影摸摸自己的耳釘，偏過頭，「江小叔，人還沒來？」

「急什麼。」江回這時也好奇起來了，究竟是哪個小女生能讓這兩人這麼著急。

窗外能看到兩個人影走過來。

江回拿起茶杯，淡定地開口：「看，這不來了嗎？」說完，目光倒不別開。

程雋的表情寡淡，一雙桃花眼半瞇著，雙手環胸，懶懶散散地靠著門框，身影修長。

熟悉的人影出現在眼簾，程雋下意識地站直，目光落在她身上。

小女生跟在警員後面，微微低著頭慢慢走過來，校服外套很寬鬆，披在她身上顯得越清瘦單薄。外套敞開，露出裡面的白色襯衫。

有血跡。

程雋五感靈敏，人都還沒來，就聞到一股很濃的血腥味。

程雋斜靠在門邊，定定地看了她幾秒，表情很冷漠，「右手。」

秦苒一抬眼就看到程雋站在門邊看著她。她抿唇看了他一眼，慢吞吞地抽出口袋裡的手。

這麼多人來來往往，好像沒什麼人發現她的手有問題。

第一章　踢到鐵板

陸照影看到秦苒好好地來了，稍微放下心，但下一秒，他看到秦苒的手從口袋裡拿出來。她的手指細白，指甲都修剪得乾淨盈潤。陸照影不只一次跟程雋說過那是一雙鋼琴家的手。

此時，這隻手沾著猩紅的血。有乾涸的，也有還在往下滴的。

程雋垂眸，低頭用手輕輕掰開她的手指，裡面有兩道傷口，橫穿手心。刀口很窄，不知道過了多久，還是有血不斷滲出來。程雋是醫生，又怎麼會不知道這道傷口有多深。

他沉沉地看了那隻手一會兒，眸底光影浮沉，「程木，把車開過來。」

那道傷口看起來真是猙獰。程木看了一眼，那張木頭臉上沒什麼表情，就是唇不經意地抿了抿，沉默地去開車。

陸照影回過神來，盯著這觸目驚心的傷口看，倏然站起身，「怎麼回事？」

江回本來只是陪這兩人來一趟，眼下看到程雋的表情，這麼多年來，他還真的沒怎麼見過程雋發什麼大火，此刻讓他都忍不住側目。

不由得坐直身體，偏頭看了眼站在一邊的局長。

茶杯磕在桌子上，發出「匡啷」一聲。

局長剛回家，椅子還沒坐熱就被警員的一個電話叫回來——江廳長到局裡巡視了！

他不認識程雋跟陸照影，卻認識江回。見到江回對程雋這麼客氣，眼下又摔了茶杯，心一下子提到喉頭。

「怎麼回事？你們還動私刑了！」他馬上偏頭問警員。

警員把帶來的口供遞給江回，又把瞭解的經過複述一遍。

休息室裡很安靜，除了他的聲音，沒有其他人開口。警員說著說著，聲音越來越小。

程木去取車還沒回來，而陸照影在京城橫行霸道慣了，秦苒又被他劃分在自己的圈子裡。

「哼——」他一聲輕笑。

警員心裡一陣疙瘩，小心翼翼地抬頭。

「私了公了都給他們來一遍，嘖。」陸照影隨手扯了一下衣領，耳釘都泛著一層冷光，走到門外偏過頭，朝警員抬了抬下巴，「他們人在哪裡？」

*

——局裡的辦公大廳。

秦苒離開得很突兀，沈副局長心裡十分不平靜。

秦語的唇角往下壓了壓，看到林錦軒打完電話回來，低聲開口，「媽、哥哥，我們先回去吧？小姑還在等。」

寧晴現在如同熱鍋上的螞蟻，聞言也沒說話，只看著林錦軒。

林錦軒看了一眼秦苒被帶走的方向，頓了頓，半晌才低頭看著手機，「封辭剛剛給了我局裡一個隊長的電話，我回去找小姑，她應該有些人脈。」

這件事三言兩語說不清楚，林錦軒待在這裡又幫不上什麼，他準備回去跟林婉兩人詳談。

寧晴跟秦語都緊跟在他身後出來。

林錦軒注意到她，抿抿唇，「阿姨不留下來？」

寧晴反應過來，秦苒還在警局，事情結果還沒出來。隨即又氣悶，停在原地，「我等事情處理完吧，小心點開車。」

秦語緊跟著林錦軒上車。

正巧，一輛黑色的車從車庫開出來，外面掛著大眾的牌子，寧晴覺得有些眼熟，但眼下事情多，她哪有心思管這些，隨即移開了目光。

這種車秦語也不太在意，卻看到林錦軒的腳步頓了頓。

「哥，怎麼了？」秦語偏頭看他。

林錦軒盯著那個車牌號碼一會兒，半晌後搖頭，「沒事，走吧。」

那是京城的車牌號碼，只是現在秦苒的事情壓在上面，林錦軒沒想那麼多，匆匆轉身取車。

*

這時，許奶奶還沒意識到事情的嚴重性。

自從沈副局長來了後，她整個人就淡定了，完全不知道自己惹到了什麼人物，卻沒看到沈副局長現在正在喝茶，強壓下心裡的不安。

許奶奶趁機跟沈副局長說了一下秦苒和林家之間的事。

「這件事，許慎可能真的有錯，公了的話他可能不會占到太多便宜。」沈副局長略為放心，又低頭跟許奶奶說了兩句，「我剛剛是先挫挫那小女生的銳氣，嚇嚇他們，最後再說私了的事，許慎傷得那麼重，賠償肯定少不了。」

許奶奶點點頭，從潘明月開口的時候，她就知道不能公了。

「你們要多少賠償，我都賠。」寧晴看到許奶奶沒剛才那麼尖銳了，斟酌著開口，「妳看，孩子晚上總不能待在警局……」

寧晴現在只有一個要求，絕對不能讓秦苒留下案底。她僵硬著臉陪笑，也不敢說什麼。

看到寧晴果然被嚇到了，許奶奶跟沈副局長都稍稍鬆一口氣，林家在雲城也算小有名氣，知道寧晴是續弦的事的人不少。更知道林麒那個續弦是個小門小戶，掀不起多大的浪花，至於秦苒只是一個學生，他們沒太放心上。

「賠償的話，按照規矩來……」許奶奶生性刻薄，說話都是斜著眼看人。

「我知道。」寧晴想了想，拿起手機去外面打電話詢問律師。

寧晴出去後，許奶奶放下茶杯，拿紙巾擦擦嘴，輕嗤，「螢火之光……」

只是她這一句話還沒說完，沈副局長的手機響了一下。他掏出手機一看，愣了，「局長？」

那邊不知道說了什麼，沈副局長馬上從椅子上跳起來，額頭青筋直跳，「是是是……對！我知道了……」

僅僅幾句對話，沈副局長的精神有些萎靡下來。

「沈副局長，怎麼了？」許奶奶拿著茶杯，抿了口茶後問。

沈副局長緊張地理了理自己的衣服，眼神晦澀：「是局長！」

他剛走到辦公大廳門口，正面迎來一行人。局長還穿著家居服，像是走得匆忙，沒來得及換衣服。

警局的人都很熟。只是局長顯然落後他身邊的青年男人一步，像是跟隨著那名年輕人。

大廳內的員警一時間都站起來，叫了一聲「局長」。其他人也側目，竟然是局長？

目光又忍不住看向他身邊的人，竟然讓局長落後他一步，這究竟是什麼人？

那個青年眉眼垂著，指尖捏了根剛點燃的菸，走近後腳步頓了頓，叼著菸看屋子裡的人，笑了一聲，「人還挺多的。」

環視一圈，看到角落裡的女生。那個女生垂著腦袋，短髮細軟地搭著，手上似乎拿著手機，不知道在想什麼，有一名女警陪在她身邊。

「陸少？」局長小心翼翼地問了一句。

陸照影回過頭，垂眸看了一眼許奶奶的方向，又看了看其他蹲在一起的少年，「妳是秦小苒的那個同學吧？過來，我帶妳去找她。」下意識地，陸照影放輕聲音。

「局長，這件事先私了再公了。」這種小蝦米，陸照影動動嘴巴就能解決，真的用身分跟他們較勁的話太貶低身價了。「我先帶她們回去，律師馬上就到，希望以後不要再發生類似的事。」

局長摸了一下腦門的冷汗，「我知道，陸少。」

他將兩人送到門口。

局長都這麼伏低做小，本來還吵吵嚷嚷的大廳裡沒人敢吭聲。

「呼——」大廳裡的人這時才敢喘氣。

等陸照影帶潘明月離開了，許奶奶反應過來，「沈副局長，這……這是什麼情況？剛剛那個人是誰？」

沈副局長也愣愣開口，「局長。」

局長目送陸照影離開，這次側身，看著沈副局長半晌，最後搖頭，「這件事能私了是最好的結果，運氣好的話或許能和平解決。」

「那他們的損失費……」許奶奶本來也打算私了，沒太在意。

「還想讓他們賠償損失費？你們把家底賠光，能讓他們私了就算是萬分之一的幸運了，人家可是想公了、私了都想給你們來一遍啊！」

他這次真是踢到了鐵板。他跟許父的關係不錯，原以為這次是高中生之間的摩擦，他只是走個過場而已。誰知道連江回都牽扯出來了，現在他幾乎是自身難保。

寧晴剛跟律師通完電話。她沒看到許慎的驗傷報告，所以把受傷的程度大約說了一下，若是想私了，最少估計要八十萬。

這對林家來說是一筆小錢，但是寧晴手中的信用卡消費記錄林麒那裡都看得到。

寧晴一邊按著太陽穴，一邊往警察局裡走。

「甯夫人。」剛剛那位女警客客氣氣地上前。

態度好得有些詭異，寧晴抬起頭來，「我女兒……」

「是這樣的，這件事局長在處理。」女警拿起筆，低頭又記上了一筆，「您女兒已經離開警察局了，至於許慎，寧海鎮的檔案已經派人著手調查，也派人去審問他了。」

等科長客客氣氣地送她出來後，寧晴還完全不明白是怎麼回事。

局長在處理？這跟局長又有什麼關係？她連副局長都不認識啊。

＊

校醫室的工具不齊全，程木直接將車開到了醫院。程雋車上有臨時的消毒箱，但沒有其他工具，他只能幫她消毒，略微處理了一下。

後座車燈開著，不知道是程木開得穩還是車子性能好，沒有半點顛簸，車子開得又平又穩。

程雋垂著眼，仔細地纏好繃帶，消毒水掠過兩道傷口，皮肉翻滾而出。

因為秦苒皮膚太白，鮮紅對比就越發明顯，讓人看得心臟緊揪。

他頓了頓又清清嗓子，抬頭：「妳……」

只見秦苒左手撐著車窗，懶洋洋地歪靠在椅背上，偏頭看著窗外，燈光在她漆黑的眸底印出一片光。

雙眼略微眯起，細看，漫不經心中又透著幾分遊戲人間的玩世不恭。

秦苒的手沒動，只微微側頭，嘴角的弧度慢慢張開，「什麼？」

眉眼清冽，光看表情，看不出她手上有兩道傷口。

一句「要是疼就說」硬生生憋了回去，程雋看著她的眼睛，不避不讓的那雙眼睛裝滿了星辰大海。

醫院很快就到了，大晚上的，醫生卻早早就準備好要幫她縫針。程雋則拿著手機，靠在牆邊跟陸照影講電話。

「滿十八歲就好，」程雋目光沉沉地落在門上，晦澀不明，指尖燃著一根菸，表情依舊懶懶散散的，說出的話卻挺殘酷，「可以承擔刑事責任了。」

秦苒手上的針縫好了，麻醉時間估計也差不多了。程雋放下電話，下意識地想要熄滅菸。

「不用躲著我。」秦苒想了想又歪了腦袋，靠在牆上看著他的眼睛挑眉笑，「給我一根？」尾音輕佻。

程雋面不改色地熄滅了菸，扔到垃圾桶，順便把自己口袋裡的菸也扔了。

秦苒也不介意，聳聳肩，繼而道：「今天謝謝了，費用在我工資裡扣。」

程雋看著她走在前面的背影，指尖按了一下太陽穴，站了半晌。

＊

寧晴回到林家時，林麒正坐在大廳。

林錦軒剛好掛了封辭的電話，看到她回來，看向她，「阿姨妳怎麼回來了，秦苒怎麼樣了？」

樓上的秦語聽到聲音，也放下手邊的小提琴，「小姑，我媽好像回來了，我們下去看看。」

她挽著林婉下樓。

寧晴還在想局長的事，打電話給秦苒她也不接，看到林婉，她一時間又不知道該怎麼開口。

抿抿唇，沒說話。

「究竟是什麼事？搞得一家人不安寧，錦軒跟我哥都找人找了一整晚。」林婉不疾不徐地喝了一口茶，瞥向寧晴。

「這件事不簡單，」林錦軒搖頭，「沈副局長插手了，小姑，警察機關裡有妳認識的人嗎？」

林婉將茶杯放在桌子上，沒說話。

「小姑，妳幫幫我姊姊嘛，她現在還被關在派出所呢。」秦語搖搖林婉的手臂。

「被關到派出所了？」林婉似笑非笑地看著寧晴，直到寧晴窘迫到不行才收回目光，「拿妳沒辦法。我倒是認識幾個，我明天找人試試。」

寧晴心下鬆了一口氣，她們寧家確實找不到幾個熟人，林婉肯幫忙就好。

「錦軒，你認識他們局長嗎？」寧晴問了林錦軒一句。

「呵——」林婉笑了一聲，「哥、錦軒，那我先上去睡覺了。」

寧晴坐在沙發上，猶如針氈。林錦軒解釋了一句，「我們林家只是商甲之流。」

說到底，林家還是根基太淺。

那就奇怪了。

寧晴尷尬地笑了笑，這種事她的確知道得很少，只是……她擰擰眉，那今天那個女警官是什麼意思？總不會是秦苒或潘明月認識的吧？

＊

次日一早。

宿舍裡，下課運動的聲音響個不停。雖然已經請了假，吵鬧聲還是讓秦苒忍不住煩躁地下床。眸底血紅。

昨天那件校服外套被陸照影拿去乾洗店洗了，她隨手扯了一件黑色薄外套。

現在正是下課的運動時間，不過一中很少運動，下課時間長，很多學生出來買零食，來來往往的都是人。

秦苒微低著腦袋，規規矩矩地穿著衣服，半瞇著好看的杏眼，眉頭微不可見地擰著。

這兩天喬聲不怎麼理秦語，秦語是發現了，卻裝得好像沒事一樣。他跟徐搖光一起下樓買棒棒糖，秦語就跟他們一起，跟徐搖光低聲討論幾道題目，一路上，大部分的目光都投向他們。

喬聲一手放在口袋裡，身後還跟著幾個小弟。

「秦苒今天請假了？」他剝了一根棒棒糖塞進嘴裡，偏頭問徐搖光。

徐搖光是今天的風紀組長。他挺冷清地頓了頓，然後搖頭，「不知道。」

秦語站在一旁愣了愣，「你們不知道嗎？」

「什麼？」

「就我姊……」秦語抿抿唇，然後搖頭，絞著手指，「就她因為惹事了，還被關在警局。」

一時間沒什麼人說話。

秦語的聲音並不小，喬聲身邊的幾個人都聽到了，面面相覷，有路過的幾個人看熱鬧。

「惹事了……秦語，妳怎麼知道？」

「我靠，被抓起來了啊！」

「是惹了什麼事，竟然被關起來了？」

秦苒是學校裡的風雲人物，尤其在這一段時間，風頭都蓋過了喬聲等人，此時周圍的幾個人都在討論她。

被關進警察局不是一件小事。按照這事態發展，用不到一個上午，這個消息估計就會從高一傳到高三。

秦語走在喬聲右手邊，最靠近路邊。喬聲嘴裡咬著的糖不動了，往旁邊側了側，看向秦語，眉頭擰起：「怎麼回事？」

「惹上刑事案件了。」秦語說得模糊不清，感覺到周圍的目光都聚集到這裡來後小聲說道，「估計有一段時間都不能出來，哎呀，你們別問了，我不想說……」

她還沒說完，一個空的礦泉水瓶忽然砸到她腳邊。

第一章　踢到鐵板

「砰——」地一聲巨響，猛地砸到離幾步遠的樹上，又反彈到她腳邊。

本來還在八卦的人都順著礦泉水瓶扔來的方向往上看過去。

秦苒站在十幾公尺遠的地方，單手插著口袋無視所有人，徑直朝這裡看來。雙眼微微瞇著，眉眼輕佻，一副熟悉的吊兒郎當又帶著一點頹廢的表情。

她的眉頭皺著，今天看起來戾氣似乎有點重，學校的下課時間這麼擠，偏偏沒有人敢接近她身邊一公尺的範圍內。

喬聲看著她，愣了愣，「秦苒？」

秦苒用鼻音應了一聲，往後仰了仰頭，「有事？」

還是熟悉的表情。她穿的外套有些長，很自然地垂下，遮住了大半邊的右手，只有一點紗布露出來，並不明顯。

「沒事。」喬聲沒什麼表情地瞥了秦語一眼，將棒棒糖咬碎，最後笑了笑，「聽說妳被關進警察局了，我正準備去撈妳呢。」

他手插進口袋裡，微微側過頭來，跟徐搖光說了一句不去福利社了。

「妳怎麼出來了？」秦語不敢置信地看著秦苒的方向。

為了秦苒的事情，昨天寧晴等人商量了很久都沒商量出頭緒，只好等今天去找人試試。

按照許家人昨晚那咄咄逼人的態度，秦苒最少估計也要關個兩三天。哪知道一個晚上過去，她又在學校看到她了。

秦苒手插在口袋裡，直接轉身走了。

喬聲跟徐搖光說了一聲，緊跟在她後面。

「她不是說秦苒惹事了被關起來，還要關上幾天嗎？」

「噗，哪有被關起來現在就出來的。」

等秦苒跟喬聲走後，這些人的目光就落在秦語身上，議論紛紛。語氣中，還帶著幾分古怪跟質疑，秦語在學校這麼久，什麼時候被這種目光看過，她勉強笑了笑，心底有點惶恐不安。

一抬頭，看到徐搖光也定定地看著她，那雙清冷的眸子裡，光影明滅。

秦語下意識地將落到臉上的頭髮別到耳後，抿抿唇。

*

——封家。

林婉是跟林錦軒一起來的。封夫人很熱情地招待，還多問了兩句秦語。

樓上，封樓誠拿著手機下來，在沙發上坐著的林婉跟林錦軒馬上站起來。

最近只要有小道消息的人都知道，封樓誠似乎要升遷了，至於是在哪裡倒是沒什麼具體的消息。

林婉面對封夫人可以說是如魚得水，可面對封樓誠，她多少有些拘謹，要不是因為林錦軒跟封辭很熟，他們能不能見到封樓誠都還不一定。

「封家主。」

林婉站起來，封樓誠那雙眼睛簡直讓人無所遁形，連她都很拘謹。林錦軒也叫了一聲。

封樓誠看了兩人一眼，臉上表情不變，讓封夫人跟封辭好好招待兩人，笑得滴水不漏，「我還有正事，就不招待了。」

「您有事先忙吧。」林婉連忙開口。

封家家主當然忙，她哪敢讓封樓誠招待他們，今天能見到封樓誠已經是林婉意料之外的事情了。平時，他們也只能在電視新聞或報導上看到封樓誠，不過這個封樓誠確實不好攀關係。

封樓誠點點頭，拿著手機放在耳邊，大步流星地走了出去。遠遠地，林婉跟林錦軒都隱約聽到了一聲「秦小姐」。

林婉頓了頓，思索著雲城有哪個大姓氏是「秦」的，想了半天絲毫沒有頭緒，又打起精神跟封夫人說話，兩人沒待多久就離開了。

另一邊，封樓誠並沒有去辦公室，而是將車停在一間私房菜館門口。

他的車牌號碼雖然是分配來的，很特別，不過因為他平常行事低調的緣故，雲城裡知道他車牌號碼的人不多。

等了大概二十分鐘，一輛計程車停在門口，一個穿著薄格子襯衫的女生從後座下來。對方耳朵裡塞著耳機，垂著眼，漫不經心又不羈。

封樓誠卻正了神色，開門下車走過去。

「秦小姐。」

他先開口，語氣穩重又認真，仔細聽，還有幾分鄭重，絲毫不覺得稱呼一個比他小二十多歲的女生為「秦小姐」有什麼不對。

「封叔叔，」秦苒取下一邊耳機，瞇了瞇眼，看清了封樓誠後微微點頭，「叫我名字就行。」

封樓誠笑了笑，卻沒應聲。秦苒顯然是習慣了，沒說什麼，轉身先走進去。

「我們進包廂再說。」

封樓誠落後她半步，幫她打開了大門。

而對面不遠處，傳來一聲十分尖銳的剎車聲，黑色的寶馬停下。

「怎麼了？」

坐在副駕駛座的林婉正在補口紅，因為緊急剎車，口紅差點抹到鼻子上。

林錦軒搖搖頭，又看向對面：「小姑，妳看那個人是不是秦苒？」

林婉跟著抬起頭看去。

一個穿著灰色西裝外套的男人正拉開大門，微微側著身子，十分有禮貌。

剛剛才從封樓誠家出來，林婉自然認識這個背影，還有那隱隱可見的側臉，這不是那位封家家主會是誰。

封樓誠不到五十歲，就在封家人中爬到現在這個位子，為人謙遜，骨子裡卻有一種盛氣淩人的意味。可此時，那股鋒芒銳氣全都收斂起來，讓林婉不由得想知道，能讓雲城封家的人落後半步，做到這個地步的人究竟是誰。

「你說她是秦苒？」目光轉到已經進門的格子襯衫女生身上，林婉有些遲疑。那個女生只有一個背影，沒穿校服，又被封樓誠遮住了半邊身體。林婉只見過秦苒一次，自然認不出來。

她收起口紅笑了笑，又若有所思地收回目光，「怎麼可能是她，你看錯了吧，她昨晚才離開警局，怎麼可能現在就來見封家人了。」

能讓封樓誠落後半步替她開門的，會是秦苒？數遍整個雲城，林婉也找不出有幾個人能讓封樓誠做到這種地步。

＊

包廂內，秦苒拉開靠近窗邊的椅子坐下。封樓水倒了兩杯茶，把一杯推給秦苒。

秦苒推開窗戶，樓下是一個人工湖，她靠上椅背，左手拿著茶杯也沒喝，只是在手心轉著。

封樓誠看到她纏著紗布的右手，一頓，眉頭緊緊擰起，聲音都緊張起來：「妳的手？」

「那麼緊張幹嘛，死不了。」秦苒懶洋洋地靠著椅背，眉頭微挑。

「胡鬧！」封樓誠難得擺出長輩的態度，「什麼沒事，妳知道妳這雙手有多……」

聽到這裡，秦苒手撐著下巴歪著腦袋，看他一眼。

被秦苒盯著，封樓誠頓了頓，轉移話題，只是臉色還是黑的，「我帶妳去醫院檢查一遍。」

「真的沒事。」秦苒看著右手掌心，不在意地笑了笑，「我找你來是想談談明月的事。」

「明月？」封樓誠看了她的手一眼，強迫自己移開目光。

「妳們見過了？那她一定很開心能看到妳。」

秦苒點點頭，又說：「我們昨天碰到許慎了。」

「他！」封樓誠臉色一沉，茶杯啪地一聲落在桌子上，一向溫潤的臉上表情挺狠。

秦苒三言兩語說了個大概。

「那個人渣！」封樓誠陰沉著臉，「這件事妳別管，我來處理。」

「好。」

菜差不多都上桌了，都是秦苒喜歡吃的。她翹著二郎腿，拿著筷子就要吃。而封樓誠雖然想著潘明月的事，眼睛卻也盯著這邊，馬上又叫人把菜撤掉了，「手都受傷了，還吃辣？」

秦苒面對著一碗養生湯：「……」

封樓誠又讓人端了幾碗清淡養生的菜。

面對秦苒十分冷漠的臉，他低頭小聲嘀咕：「要是被……他們知道，妳在我的地盤受到這麼重的傷，我的皮都要被扒掉一層了。」

秦苒面無表情地戳著放了幾粒枸杞的清炒白菜。內心毫無波動，甚至還想呵呵一笑。

＊

此時的許慎還不知道，自己的一時衝動，惹來的是兩個手段高明的老大。

許父一整晚都在醫院，許慎身上多處受傷，尤其是兩隻手臂，全斷了，就算恢復了，在細節方面還是有影響。他不知道打人的是誰，但是將他兒子打成這樣，他也不準備放過對方。直到沈副局長跟他通了電話，他才知道對方竟然是秦苒。

「妳昨天怎麼不跟我說那是秦苒？」許父掛了電話，心頭一跳，頓時氣結。

許奶奶沒料到他的反應會這麼大。

「不就是你之前那個學生？我知道你喜歡她，但她打……」

「我跟妳說過了，那是許慎他自己活該，妳……」許父吸了口氣。

他不由得點了一根菸，看著正在找許慎錄口供的員警，愁眉緊鎖。

秦苒他是不敢找的人，也沒臉去。雖說有師徒情，但是去了，秦苒也不一定會理他。

想了半晌，許父出去打了好幾通電話。

*

秦苒見完封樓誠就回班上了。回去的時候，中午自習剛下課，沐盈站在教室門口等她。

「表姊，妳回來了。」看到秦苒，沐盈絞著手指，低頭看了她的手一眼，小心地詢問，「妳的手沒事吧？」

今天一整個上午，從高一到高三，甚至論壇都在討論秦苒手受傷的事，甚至還有人去福利社買了好多巧克力等零食看她。

教室裡，正靠在桌子上跟人說話的喬聲看到秦苒，馬上站起來叫了她一聲。

「我沒事。」秦苒瞇了瞇眼，「別跟小姨說，妳回去吧。」

沐盈「喔」了一聲，沒馬上離開，站在窗外忍不住往教室裡看了看。那陽光俊帥的男生正走向秦苒的桌旁，低眉順眼的樣子完全沒有別人形容的張揚霸道。

她不由得想起李鈺涵形容的喬聲，名副其實的富二代，家裡有幾座礦。

「是表妹啊。」

九班不時有人進出，全都笑咪咪地跟沐盈打招呼，跟著秦苒叫沐盈表妹。

沐盈紅著臉回應，又朝窗戶看了一眼才離開。

教室內，林思然倒水到保溫杯蓋裡，遞給秦苒。

「下一節課是生物課。」看著秦苒喝完水，她又擰好蓋子，探身過來幫秦苒找書。

秦苒的書很多。好幾本筆記、參考書，加上原文課外書和課本，不僅在桌上疊了一大疊，窗臺上也擺了好幾本。林思然好不容易從一堆書裡找到生物課本，一把抽出來，一張紙順著她的手飄下來。

秦苒一愣。

林思然馬上彎腰撿紙，「苒苒，妳這張紙還要不要……」

「怎麼沒聲音了？」喬聲湊過頭來看，「不會是情書……」

還沒說完，也愣住了。

紙上洋洋灑灑地寫滿了字，姿態橫生又肆意到不行，筆鋒都帶著恣情。

這是從秦苒書裡飄出來的紙，兩人自然會認為是秦苒的，但是這字跡……跟秦苒的字顯然差得極遠，應該有專門練過。

秦苒也沒想到這張紙會被帶出來。

她坐在位子上，左手拿著手機，右手放在桌子上，因為要顧及右手，動作稍顯笨拙。

看到紙，她揚了揚眉。

「這個字可真好看。」林思然先反應過來，拿起紙並拍在桌子上，看清內容後抬頭，分外激動，「秦小苒，妳也是言昔的粉絲？」

這張紙上是言昔剛出的一首歌，林思然作為言昔的骨灰級粉絲，自然認出來了。

秦苒偏過頭，語氣毫無波瀾，「我真的不是。」

「那妳會有言昔的歌詞？」林思然揚了揚手中的紙。

喬聲沒看出來這是歌詞，只伸手抽出那張紙，「這肯定不是她抄的，她哪能寫出這樣的字。對了，這是誰給妳的？」

喬聲可真是個小天才！秦苒忽然淡定下來，左手把玩著手機，歪了歪身子笑：「那個啊，我鄰居寫的，他的字好看嗎？」

「好看。」林思然瘋狂點頭，又低頭看了一眼，「這可以去寫字帖了吧？」

「妳怎麼就沒練出這麼好看的字？」喬聲嘖了一聲。

秦苒低頭繼續看手機，沒理他。

臨近上課，喬聲也回到位子上了。

*

秦苒的手還需要換藥，昨天程木把藥都拿到校醫室了，校醫室裡的兩個人都能幫她換。

秦苒到校醫室的時候，陸照影正站在門外跟人講電話，語氣似乎有些威嚴，看到她的時候朝她揮了揮手。

程雋倒是在校醫室裡，依舊懶洋洋地靠著沙發，腿上放著電腦，神情依舊慵懶，但那清冽的眉眼看起來總覺得有一股煞氣。

「來換藥？」

程雋把電腦放到一旁，拿出藥箱後示意秦苒坐好，自己坐在她隔壁。小心翼翼地拆開繃帶，露出裡面的傷口，縫了幾針，傷口十分猙獰。

夏天手心容易出汗，磕磕撞撞，碰到傷口也是難免的，藥都被暈染開來了。

程雋拿著棉花棒，捏著她的手指，用醫療用酒精小心翼翼地清理乾淨，但再小心也難免會觸碰到傷口，「有點痛吧？」

「還行。」秦苒左手撐著下巴，懶洋洋地開口，「也沒那麼嚴重。」

程雋低低地「嗯」了一聲，也沒說話，只是動作放輕了許多。他眉眼垂下，長睫覆蓋著，輪廓看起來很朦朧。

換完藥就看到秦苒起身出門，程雋問她要去哪裡。

「食堂，林思然還在等我去吃飯。」

秦苒看了看右手，總覺得今天上了藥之後沒有昨天那麼疼了。

她受傷了，自然就沒辦法工作。早上下課的時候，奶茶店那邊的兼職都被她推掉了，這樣還要跟人家去擠食堂，不怕傷口再次破裂？

程雋的唇角抿起。秦苒沒注意到，揮了揮左手，「那我先走了。」

走到門外，遇上正好打完電話回來的陸照影，還打了個招呼。

陸照影將手機扔到桌子上，撓撓頭，「她去哪裡了？怎麼不讓她留下來吃飯？」

程雋轉身坐回沙發。唇抿著，看起來挺冷的。陸照影看不懂他的這個操作，但也不敢問，只轉移了話題，「那個沈副局長去找江小叔叔了。」

程雋抽出一根菸咬上，笑道：「這樣就怕了，他不是挺威風的？」

只是漆黑的眸底寒涼，看不出半點笑意。

剛進來的程木：「……」

一根手指就能按死對方，沈副局長能不怕嗎？

*

——林家。

許父來這裡的時候，林麒跟林錦軒都不在，寧晴坐在院子裡的涼亭處招待許父。

警察局那邊沒有後續消息傳過來，寧晴東湊西湊地，又賣了一些首飾，湊到了五十萬放在一張卡裡。

今天林錦軒帶來一個消息，許慎的兩隻手都斷了，後續影響很嚴重。為了擺平後續、不讓秦苒吃上官司又真的蹲大牢，寧晴也費盡了心思。昨晚她幾乎一夜未睡，用了很多粉底才掩蓋住眼下的青黑，但她沒想到許父會找上門來。

「林夫人。」許父認識寧晴。

寧晴手裡捏著銀行卡，不想讓林家的任何人看到她的醜態：「張嫂，妳先下去，我跟許先生好好聊聊。」

張嫂斜睨了她一眼，有些遲疑，不過端了一壺茶上來後還是回去了。

「誰來了？」

屋內，林婉拉攏著披肩，剛從樓上下來。

張嫂向外面努努嘴，又幫林婉倒了杯茶，壓低了聲音，「還能是誰，就是那個許先生，我看到夫人手裡拿著一張銀行卡。」

林婉坐到沙發上，聞言，嗤笑一聲，也沒再多說。

屋外。

許父坐在椅子上，有些坐立不安，難以啟齒。

「許老師，真是抱歉，我那孩子……唉。」

他面無表情，讓寧晴誤會了他的意思，幫他倒了一杯茶後先開口，姿態放得很低。

從昨晚到現在，她都不怎麼敢出門。怕看到傭人的目光，尤其是林家人。

寧晴抿了一口茶，「你也知道秦苒，她從小就沒定性，明明比語兒先學小提琴，誰知道語兒現在都快九級了。但她小提琴不好好學不說，還打了您的兒子。這件事說起來，是我羞愧。」

許父來了之後一直戰戰兢兢，試圖喝水緩解心情，卻沒想到寧晴會來這麼一句。

他拿著茶杯的手一頓，有些迷糊了，「等等，林夫人。」

寧晴手裡捏著那張銀行卡，抬頭看著他。

許父看著她：「不是，誰說秦苒沒有好好學小提琴，她明明——」到了職業等級。

她的小提琴是真的很好，是他的得意門生。以前是，現在也是。

「媽，我回來了——」

外面的一道清亮聲音打斷了許父的思路。

司機推開大門，秦語抱著一疊書進來，看到寧晴跟許父坐在左邊涼亭，側了側身，不動聲色地開口，「媽，您有朋友來？」

秦語沒見過許父，上上下下打量了一下，沒在記憶裡找出這個人。應該跟林家沒關係，否則肯定是林婉出來接待。

秦語靜靜地看著寧晴手裡的銀行卡，極其聰明地猜出身分：「這位是……許慎的爸爸嗎？」

屋內，林婉喝了半杯茶，又攏了攏披肩，神色雍容，步伐緩緩地往外走。

其他傭人不敢抬頭，卻放輕了手中的動作，放空耳朵聽這邊的動靜。

寧晴能感覺到傭人偶爾瞥向自己那略帶異樣的目光。

從昨天到現在，秦苒打架被員警扣留，林家人又為秦苒奔波的事已經傳遍了林家。她十二年來營造的豪門貴婦形象，在這短短一個月內似乎變成了笑話。

「許先生，這件事鬧大了對誰都不好，如果有可能，私了是最好不過，對兩家名聲也好。」林婉淡聲道。

林婉無意跟寧晴的女兒計較，也不屑把時間花在這種事情上。

她不知道林麒林錦軒兩人為什麼要維護秦苒這個除了臉，好像沒什麼能拿出手的繼女，不過林錦軒都求到她頭上了，她也不會袖手旁觀。

「許叔叔，姊姊好不容易有這個機會來一中上學，她已經耽誤了一年，不能再休學了。」秦語把書包讓傭人拿回去。

她不喜歡秦苒，但更不喜歡有一個坐過牢的姊姊。

「我也想私了。」許父連忙拿出了口袋裡的支票，為難地開口，「這件事是我兒子的錯，讓苒苒看在我曾經教過她的份上，跟局長說一聲，不要追究我兒子了。她肯定不會願意見我，所以林夫人，可以請你們幫我把支票轉交給她嗎？」

說到這裡，他羞愧地低下頭，「這是一百萬賠償金，聽說苒苒手受傷了，她的手……」可千萬不能有事啊。

聽到這裡，現場忽然都沒了聲音，連寧晴都不知如何反應，秦語則驚愕地看著許父。

怎麼忽然來了大反轉？

許父把支票交給寧晴就轉身離開。

林婉瞇著眼看著許父的背影半晌，又看了一眼呆在原地的寧晴，聲音格外清晰：「妳女兒認識局長？」

寧晴也傻在原地，後知後覺才反應過來——所以秦苒在這件事上，根本沒有錯？

她從知道那件事開始，就下意識地指責她，不聽她的解釋，甚至不知道她的手還受了傷。低頭看著手中的一百萬支票，寧晴心頭微顫，連許父都知道她手受傷了，她這個做母親的卻是最後才知道……

秦語看著這一幕，指尖掐進手心，心緒微亂地開口，「小姑，我昨晚重新整理好了曲子，妳來聽聽魏老師會不會喜歡？」

林婉留在林家這麼久，就是為了親自盯秦語的小提琴。

這對她來說是重中之重。

*

晚自習。

秦苒側靠著牆，把一本筆記本扔到林思然桌子上，嘴裡咬著一根棒棒糖，眉眼漫不經心。

「這是什麼？」林思然小聲開口，翻了翻筆記本，是一本物理複習筆記。

打開來一看，扉頁寫著三個草書，她只認出一個「宋」、一個「律」字。

秦苒垂著眼皮，可能是因為手的問題，有些病懨懨的，聲音有點啞：「別人給我的複習筆記本，妳多看看。」

「喔。」林思然點點頭。

她翻了幾頁，收下秦苒的好意，但沒太在意就放到一邊。

秦苒把手機放在桌子上，手裡的書翻得嘩啦作響，眉眼挺燥的，將嘴巴裡的棒棒糖咬碎。

林思然幫她把杯蓋擰開，又往裡面倒了水。

「苒苒，妳手機響了。」她指指秦苒不停震動的手機。

「別管它。」秦苒沒抬頭，半瞇著眼睛，聲音懶洋洋的。

打電話的是寧晴，她懶得接。

自習結束後，秦苒沒跟林思然一起回宿舍，她清了清嗓子，微微偏頭，「我去買個東西。」

「要我幫忙嗎？」林思然看了看她的手。

「不用。」

秦苒朝校門走去，背對著林思然朝她揮了揮手，低笑，「馬上回來。」

住宿生中上自習的人很多，也有非住宿生晚上來上自習，不過很少。

學校外面滿冷清的，又黑。

秦語本來在家練小提琴，可心裡想著秦苒的事，總是靜不下來，也拉得斷斷續續，怕被林婉聽出來就找藉口來學校。她總覺得秦苒有些不在她的掌控中。

林家司機打開車門讓秦語上車。秦語點頭，剛要上車，餘光卻看到一道熟悉的身影。她對司機做了稍等的手勢，往學校旁住宅區的巷子裡走去。

巷子裡沒有燈光，只有路口微弱的黃色路燈。秦語在路口小心翼翼地探頭，看到巷子盡頭有一輛黑色的車，是一輛賓士。

秦苒站在車門邊。

她身邊是一個男人，因為背對著秦語，秦語看不到他的正臉，但依稀看得出來年紀不輕了，那身型還有隱約有些熟悉的側臉——

秦語驚愕。

大半夜的，秦苒怎麼跟一個老男人在一起？開的是賓士……那個人的背影還有一種熟悉感。

秦語抿了抿唇。

——不遠處。

「啊，」秦苒靠著車門站著，整個人藏在牆壁的陰影裡，腦袋微微側著，滿頭痛的，「不用這麼麻煩。」

「我問過了，吃什麼補什麼。」封樓誠把保溫桶放到她左手，語重心長地勸說，「美容養顏的。」

「好吧，就這一次。」

秦苒真心實意地開口。而封樓誠只是像老父親一樣看著她，不答應也不拒絕。

秦苒拿著保溫桶回到寢室。

「這是什麼？」林思然幫她打開，還拿了碗過來。

吳妍在浴室洗澡，秦苒坐在椅子上，垂著眼眸，雙腳懶散地放在桌子上，往後面一靠：「不知道。」

林思然擰開蓋子，往裡面一看：「……」

豬腳湯，飄著枸杞，還有一股淡淡中藥味的那種。

林思然坐在另一張椅子上，趴在桌子上看她喝湯，「苒苒。」

秦苒側著頭，一雙微眯的眼睛看過來，有股散漫的意味，聲音壓得挺低，「妳說。」

「就是我們晚自習時討論的班級演講比賽，這是我們高三唯一的活動了，妳也參加吧？」林思然手托著下巴，眨眨眼。

「我去湊人數？」秦苒看她一眼，眉頭揚著。

「不是啊，妳知不知道，妳現在是我們班的門面！」林思然眼睛一閃一閃的，「妳到時候只要往上一站，念我們寫的演講稿，保底分數就比其他班級多五分。」

作為校花，秦苒確實是九班的門面。

原來是賣臉啊，秦苒喝完湯，略微思索了一下點點頭，十分痛快：「好。」

次日，林家又迎來了一位客人。

「沈副局長？」

林麒思忖了一下，林家一向跟政界扯不上關係，這裡面錯綜複雜，從政的都愛惜羽毛，不會輕易不來往。也只有林錦軒認識封辭，可那也只是認識。

沈副局長來家裡，林麒跟林婉都很慎重，林麒親自幫沈副局長倒了茶。

「副局長找我，是因為我繼女的事？」林麒跟沈副局長幾乎沒交集，眼下稍微一想，就知道沈副局是為了什麼而來。

沈副局拿著水，臉色挺差的，語氣誠懇，「我也是沒辦法了，只能來這裡找你。前天晚上的事都是誤會，只要秦小姐能答應私了，我沈濤欠你一個人情。」

林麒昨天還在為秦苒的事情奔波，哪知道不到一天就有了變化。

他跟林婉對視一眼，都知道事情不簡單。

林麒不動聲色地放下茶杯，笑道：「苒苒沒住在林家，這件事……」

「說實話，局長盯上這件事了。」沈副局苦笑一聲，「秦小姐這件事往下查，確實有內情，只要你肯幫我，以後林家有什麼事，儘管找我。」

作為商人，這個生意確實划算，沈副局長的人情可不好拿。

不過林麒沒答應，模棱兩可地說，「這件事，要看苒苒自己。」

等沈副局長走了，林婉才壓了壓眉，「哥，你怎麼沒同意？」

「我們可以替他傳話，」林麒搖頭，面色儒雅，溫吞地開口，「但這件事我們不能替苒苒同意。」

寧晴看著兩人，拿著手機若有所思。

*

——一中校門旁的不遠處。

黑車漫不經心地開著。

陸照影在副駕駛座上昏昏欲睡，「雋爺，許慎被抓到看守所了，我叫人找了秦小苒和那個潘明月在寧海的卷宗，不過沒找到全部。」

陸照影很疑惑。照理說這種卷宗只要局長開口，是輕而易舉。

餘光看到程雋沒動作，陸照影揚眉，之前最積極的可是程雋。程雋在後座半靠著車窗，頭微微側著，隨意看著窗外，神情懶倦，安靜又專注。

陸照影疑惑地看去，忽然笑了笑：「曖——那不是秦小苒嗎？她出來幹嘛？」

正在開車的程木對上後照鏡裡程雋漆黑的眼神，下意識地踩了剎車。

雋爺果然拉開車門下車了。程木不由得多看了不遠處的秦苒一眼，心裡嘀咕著，他到現在都還沒看出來這個高中生到底有什麼好。

而秦苒是被沐盈叫出來的。她不接寧晴的電話，寧晴只能來學校，打電話讓沐盈去九班找秦苒出來。

學校門口有個咖啡店，挺安靜的，並沒有包廂。

寧晴跟林婉靠在窗邊坐著。

「找我有什麼事？」

秦苒隨意拉開椅子，豪爽地坐著，毫無儀態。

最近睡得不怎麼好，她的眼睛總氤氳著血氣，臉上明顯又冷又燥。身形懶懶散散，半低著頭，沒有前幾天在警局看到的那股狠戾，是一股流氓匪氣。

林婉打量著她，下意識地皺眉。能坐到警察局局長這個位子的人，都是家裡有些底蘊的，會認識商人子弟？她端起咖啡低頭喝著，收回目光。

寧晴的目光轉到秦苒的左手，她左手拿著手機，指尖修長盈潤。右手稍稍露出來一點點，能看到白線紗布。

寧晴記得她寫字是用左手，是左撇子。左手沒事就好，她鬆了一口氣。

「妳的手……沒事吧？」寧晴不自在地抓著自己的錢包帶子，開口說。

「還行，廢不了。」秦苒踢了踢腳邊的垃圾桶。

寧晴不知道該怎麼搭話，張了張嘴。

而秦苒沒什麼耐心，眉眼輕佻，挺燥的，「還有其他事嗎？沒事我走了。」

寧晴看著秦苒，抓著錢包的手握得更緊，「妳的傷看起來沒什麼大問題，許慎那件事……」

秦苒往後靠了靠，瞇著眼看她，似笑非笑，又野又頹。

寧晴又沉默了好一會兒。

林婉將杯子放在桌子上，打量著秦苒，有些居高臨下地緩緩開口，「秦苒，許慎這件事，我不希望鬧上法庭。」

What？秦苒想掏掏耳朵，懷疑自己是不是聽錯了。

她往一旁側身，左手搭在椅背上，神情漠然地看著對面的兩人，「妳，再說一遍？」

秦苒笑了笑，非常有禮貌地詢問。但林婉卻注意到她那雙眼睛又寒又冷，並沒有笑意。

林婉眉頭微蹙，若有所思又略帶遲疑。林麒的繼女還能有這樣的眼神？

轉瞬間，女生就收回了目光，微垂著眼眸。秦苒背對著窗邊的太陽坐著，窗戶半開，逆著光看不太清楚她的表情。

林婉輕笑，應該是看錯了，她怎麼可能會有那種眼神。

寧晴覺得自己的想法很正常，卻不敢正視秦苒，只下意識地捏住茶杯。

「秦苒，許慎的手被妳打斷了，行動困難，比妳的手慘多了。」林婉端起茶杯輕輕晃著，慢聲道：「妳只是右手受傷了，妳是左撇子，左手完全不影響妳過日常生活，何苦要打這場對妳沒什麼好處的官司？」林婉放慢聲音，見秦苒沒開口，她以為對方聽進去了，不由得多說幾句。

秦苒沒看她，左手只是有一下沒一下地敲著茶杯邊沿。

有些懶洋洋地靠著椅背，浪蕩又不羈地揚了揚眉，「妳繼續。」

「都是小孩子間的打打鬧鬧。」對方識實務，林婉稍微緩了緩，繼續開口，「反正妳跟那女孩也沒受到多大的損傷，為什麼要緊緊抓著不放呢？就算是妳們自衛在先，就妳受到的這點傷，一場官司下來，他頂多就是賠點醫藥費，可能都判不了刑，何必呢？」

多好的原因。因為她的手沒事，因為潘明月沒事，所以一切都能當作沒發生。秦苒心裡莫名有一把火，燥熱得很，只需要一點火星，就能「砰」地一下被點燃。

「啊。」秦苒偏頭打量了林婉片刻，唇揚了揚，喉間溢出低低的笑，「如果我不要呢？我偏要追究呢？」

林婉有些意外，稍微抬了一下眉。沒想到秦苒油鹽不進。

她因為嫁得好，林家上下幾乎都順著她的意，霸道慣了，總是頤指氣使的。

「這裡是一百五十萬。除了許家的一百萬，還有五十萬是我另外給妳的補償。」林婉從包包裡拿出支票，推給秦苒，壓了壓聲音。

林婉的耐心已經到極限了。一百五十萬，對於一個從小沒見過大錢的人來說已經是一筆天文數字了。林婉很瞭解寧晴，自私、膽小、虛榮又貪財，她的女兒大概也是這樣。

秦苒看著桌子上的一百五十萬支票，垂著眼眸。

林婉重新拿起茶杯，喝了一口，看到秦苒盯著支票看，再次開口，「這是支票，可以去銀行兌換現金。」

秦苒只笑著，漫不經心地笑。還真的以為她是傻子呢，連支票都不認識？

「是不是有人去找你們了？我猜猜，是那位沈副局長？」秦苒的聲音很輕，她看向寧晴，聲音無波無瀾，「他給了妳什麼好處？給了多大的人情，值得妳拉下臉來演一場母女情深？」

寧晴跟林婉都沒想到秦苒竟然猜到了，還猜得八九不離十。

寧晴抿了抿唇，終於忍不住開口，「秦苒，妳怎麼這樣說話？這幾年，妳都跟妳外婆學了些什麼……」

「從小到大妳有管過我？現在倒是學會指手畫腳了。」秦苒抬手把杯子扔到了桌子上。

她看著茶杯裡晃蕩著的褐色咖啡，覺得挺沒意思的。

「如果沒其他的事，我先走了。」秦苒拉開椅子站起來。

「一百五十萬夠妳無憂無慮地生活一段時間了。年輕人，不要好高騖遠，眼高手低，小心摔得很慘，得不償失。」林婉一直冷靜地坐在對面，意有所指地開口。

她覺得自己是嫌一百五十萬少？要自己識時務？

秦苒點點頭，看了林婉一眼。她沒喝桌上的咖啡，舔了舔唇看著她：「我也覺得妳說的對，不要好高騖遠，否則會摔得很慘。」

林婉聽到她說的這句話，心頭一突。可左思右想，這件事她想不出哪裡會有什麼問題。

看著秦苒轉身要走出咖啡店。

林婉笑了笑，挺雍容的，「我記得妳有個外婆在市立醫院吧？妳外婆的病房和醫生都是我哥一手安排的。」

秦苒腳步一頓，微微側了身，轉過頭。那雙漆黑的眼睛沒有林婉想像中的惶恐，反而無波無瀾，九分冷意。

「妳在生氣？」林婉見慣了強權，並不覺得自己這麼做有什麼不對，「當然，我不會對妳外婆做什麼手腳，但妳也該想想，妳連找個醫生、找個醫院都要我們林家幫忙，所以——」林婉笑得溫和，「妳猜猜……妳覺得我會讓妳在雲城找到願意幫妳打官司的律師嗎？」

「苒苒，妳聽媽說一句！」寧晴在一旁聽得膽戰心驚，喉嚨乾澀。

「哎喲，多嚴重啊。」一道清亮的男聲從門後傳來，懶洋洋的，「戚大律師，聽到沒有？你再不來雲城，我們都要淪落到找不到律師的地步了。」

第二章　何方神聖

程雋本來不打算進來，就在外面等著。而陸照影走下副駕駛座，說自己想喝咖啡很久了。

程雋想了想，也抬腳往這家咖啡店走。這個時間點咖啡店裡沒什麼人，一眼看過去就能看到在窗邊坐著的三人。

程雋站在店門邊，秦苒背對著他，從這個角度看不到她的臉，卻能看到她對面的那女人。下巴抬得很高，有種頤指氣使的感覺。

陸照影找櫃檯小姊姊點了一杯咖啡，「一杯，打包帶走，謝謝。」

程雋沒點咖啡，只微靠著前臺，懶洋洋地看著秦苒的方向，嘴裡咬著菸，人沒動。

拿好咖啡，陸照影就要離開。他也只是找個藉口進來，沒有真的要打擾秦苒。但兩人還沒走到門口，就聽到一個讓人不太舒服的聲音：「妳猜猜……我會讓妳在雲城找到願意幫妳打官司的律師嗎？」

秦苒她們說話的聲音不低，只要稍微注意就能聽清楚。

他們兩人都知道許慎那件事。眼下，那女人是在威脅秦苒。

陸照影跟程雋混了這麼多年，在京城也沒找到一個敢跟雋爺嗆聲的人，敢這樣做的，都被雋爺捏死了。

程雋的腳步果然頓住，微微偏過頭笑。臉上沒什麼表情，言簡意賅的三個字：「陸照影。」

陸照影已經摸出了手機，撥出電話。不等秦苒開口，他直接衝著電話那頭道：「戚大律師，聽到沒有？你再不來雲城，我們都要淪落到找不到律師的地步了。」

快十月的天氣，天還是熱的，咖啡店下午沒什麼人，空調早就關了，空氣中莫名燥熱。

突如其來的聲音讓秦苒這邊一觸即發的火藥味暫時消滅了一點。

秦苒微微側過身，就看到陸照影拿著手機，單手插在口袋裡挑眉看向這裡，笑咪咪的，但身上的氣勢卻很強。

陸照影朝秦苒抬抬下巴，繼續對著手機那邊道：「戚呈均，誰在跟你開玩笑，快點來。」

他隨手掛斷電話。

「這位女士，我這個人從不玩陰的，我讓妳找律師，幾個都無所謂，」程雋看了眼那兩人，「妳也猜猜……看到最後是妳死，還是我死。」

程雋的目光落在秦苒臉上，又滑到她的右手，沉聲道：「過來，我們走。」

——戚呈均？

椅子上的林婉對這個名字很熟悉，因為前一段時間，她夫家惹了一起很嚴重的經濟糾紛。本來是必死之局，老爺在最後請來了這位聽說沒有敗訴過的戚律師。

林婉是高攀，但她嫁的那個家族在京城也只排在末梢，至於頂級的那個圈子，她連碰都沒碰過。也是因為那件事，她才知道這位戚律師神通廣大，在京城的名氣非常大。若不是因為他欠老爺一個人情，就連老爺都請不到他。

林婉打量著程雋、陸照影兩人，兩人身上的布料很好，但沒有牌子。

而寧晴看到兩人，瞳孔一縮。程雋在醫院裡拿著手術刀，在她面前比劃的事還記憶猶新。她臉色有些蒼白。

林婉往外面看了一眼，三人坐上一輛黑色的車。隔得很遠，只看到十分明顯地掛著「京」的車牌號碼，還有大眾標誌。

她沉著臉嗤笑，「會知道戚律師，那兩位應該也是京城的人，只是……他以為我不知道戚呈均嗎？」戚律師是這麼好請的？

林婉收起桌上的支票，臉色卻不太好。原本以為是個沒見過世面的女生，不用費多少勁就能擺平，現在看來，好像有點麻煩，心底隱隱有些不安。

一旁的寧晴拿起杯子，喝了一口咖啡，手有點抖。

*

秦苒的手滲出血了，便坐著程雋的車去校醫室。現在在上課，校醫室沒人，挺安靜的。

秦苒就坐在一邊的椅子上，腿輕輕放著，牛仔褲對她來說有點短，露出一截清瘦的腳踝。

程雋拿了繃帶，單手撐著秦苒後側的椅背，去拿擺在後面的藥，表情挺冷。

兩人都沒太在意，直到程雋往前一傾，兩人靠得很近，秦苒放輕了呼吸。而程雋的手頓了一下，又很快收回，目光沉沉落在她的右手上。

「這隻手不要用力，我說過多少次了。」程雋低頭拆開紗布，檢查了一下傷口，神色不悅。

這年頭的孩子都這麼叛逆嗎？

他把帶血的紗布扔到垃圾桶，拿出棉花棒，聲音挺冷的，但動作小心到不行。

「反正是右手，我是左撇子，沒事。」秦苒撐著下巴笑了笑，一臉無所謂。

「右手就不是妳的手了？那妳乾脆不要算了。」

程雋的聲音壓低，聽不出什麼波瀾，但莫名地，秦苒聽出了怒氣。

秦苒側眸開口，「我開玩笑的。」

「妳的傷口很深，不好好恢復很容易留疤，有隱患。」程雋「嗯」了一聲，拿起藥粉灑在傷口上面，「完全不能用力，懂嗎？」

秦苒點頭說好。

「你別生氣，我剛剛就是一時忘了右手的傷。」秦苒依舊撐著下巴，漫不經心地笑著，「反正一出血我就來校醫室找你，那就沒事了。」

程雋微愣，心湖像是被丟了一顆石子，在水面上激起了一波波漣漪。

他應了一聲，慢吞吞地開始包紮傷口。

另一邊，寧晴沒有跟林婉回去，而是去了一趟醫院。

「妳怎麼現在過來了？」

寧晴每天早上都會去看陳淑蘭，待一個小時左右就走，時間很規律。所以在傍晚看到寧晴，陳淑蘭有些疑惑。寧晴拿起一顆蘋果削皮，她顯然很久不做這種事了，削得特別慢。

「是關於苒苒的事。」寧晴沉默半晌，終於開口，「她跟許老師的兒子起了矛盾，小孩子之間的事要鬧上法庭。」

她將事情簡略說了一遍，最後嘆氣，「媽，苒苒只聽妳的話，妳幫忙說一聲，她也只是手受了一點傷，別人兩隻手都被她打斷了，她幹嘛要因此得罪人家副局長？」

「妳說什麼？」陳淑蘭胸口起伏劇烈地站起來，「苒苒手受傷了？」

「也只是右手受傷了，縫了幾針，她是左撇子，完全影響不了……」

寧晴一句話還沒說完就被陳淑蘭打斷，「也只是右手縫了幾針？誰告訴妳苒苒是左撇子的？她那右手……有多重要妳知道嗎！」

陳淑蘭捂著胸口，眼前一黑，幾乎快昏倒，身邊陪著的看護眼疾手快遞扶住了她。

陳淑蘭一輩子沒跟誰生過氣，個性溫吞，這次難得生氣。

寧晴的腦子亂七八糟，連忙扶住她，「媽，媽妳沒事吧？」

陳淑蘭手撐著桌子，身體在顫抖，喘著氣抬頭，「苒苒的手怎麼樣了？」

她雖然不太過問，不太懂年輕人的玩意兒，可她也知道，秦苒的小提琴拉得好，京城的那個老師還三顧茅廬。

「媽，您先坐下。」寧晴沒想到陳淑蘭對秦苒手受傷的事這麼在意，她將人扶到床上坐好，「她的手沒什麼事，現在還在學校上課呢，您儘管放心。」

陳淑蘭喘了一口氣。

「媽，妳剛剛說苒苒不是左撇子是什麼意思？」寧晴倒了杯水遞給陳淑蘭，清清嗓子開口。

陳淑蘭沒有接過水，她只是看著寧晴。那雙眼睛渾濁，卻洞悉一切。

「妳不喜歡苒苒吧？」陳淑蘭聲音輕緩，神色懨懨的，沒什麼精神。

寧晴臉色一變，「媽，我承認我是偏心語兒，但苒苒一樣是我生的，也是我的骨肉。」

「那要是換成語兒呢？她的手因為許慎受傷了，妳會叫語兒息事寧人嗎？」陳淑蘭偏過頭輕聲問。

「那怎麼……」

那怎麼會一樣？

秦語在林家得寵，在小提琴上十分有造詣，林婉又護著她，要是得知她的手因為許慎被傷到了，別說林婉，林麒那些人都不會放過許慎。只是話還沒說出口，寧晴就停住了。

「妳看，這就是差別。」陳淑蘭說完又劇烈地咳了幾聲，目光投向窗外，「苒苒這孩子需要人管著，我原本想在臨死前把她託付給妳……」

「媽，您……」寧晴哽咽了一下，心裡不好受，伸手去扶陳淑蘭。

但陳淑蘭拂開了她的手。她撐著床，自己站起來，叫看護幫她把衣服拿過來。

「媽，您要幹嘛？」寧晴愣了愣也站起來。

「我得……得去看苒苒。」陳淑蘭喘了一口氣，眼睛濕潤，「要是……連我都不護著她，不站在她那邊，妳是真的要她變成孤家寡人嗎！」

「媽，您身體都這樣了，要怎麼出去？」寧晴扶住陳淑蘭，驚慌地開口，「我聽您的，都聽您的，我會對她好，您別生氣……醫生！醫生！快叫醫生來！」

＊

秦苒半趴在桌子上，對面的冷香若有似無地飄過來。

她幾乎兩晚沒有睡著。安眠藥幾乎都被她吃光了，還是沒用，此時卻昏昏欲睡。

程雋替秦苒處理完傷口，一抬頭，才發現秦苒半趴在桌子上睡著了。

他的左手被她壓著。

這個角度只能看到她被埋在陰影裡的半張臉，長長的睫毛垂下，眼底是淡淡的青黑色。

程雋坐在對面半晌，輕笑，「這樣都能睡著……」

陸照影熄滅菸，從外面進來。

秦苒手上的傷他見過一次，陸照影自己也受過不少大大小小的傷，當年他腹部的一道傷口差點要了他的命。但是說到秦苒被縫起來的傷口，他就見不得。

陸照影忽然有點理解，為什麼那天晚上是醫生幫秦苒縫傷口。

他走進來，看到程雋輕輕抽出手，陸照影用嘴型問：「睡著了？」

程雋點點頭，用眼神示意陸照影跟他出去。

兩人站在院子裡，程雋摸出了一根菸，沒點燃，只咬在嘴裡，「戚呈均到了沒？」

陸照影拿出手機看了時間，摸著耳釘，「打電話的時候就上了飛機，應該下飛機了。程木查了一下，那個林婉是京城沈家人。」

「沈家？」

程雋側了側眸，瞇著眼睛，有些迷茫地看著他。似乎在思索沈家是個什麼東西。

「……其實我也不太清楚。」陸照影咳了兩聲，京城上上下下幾百個家族，陸少爺也只記得那麼幾個，一摸腦袋，「反正弄他們就好了。」

「嗯。」程雋煩躁又低沉地應了一聲，菸最終也沒點燃，「那個許慎，我要他一隻手。」

「合適嗎？」陸照影知道那麼一點內情，「許家人聽說是秦小苒的老師。」認識不久，陸照影卻知道秦苒重感情，那個許家看起來跟秦苒關係不淺。

程雋慢吞吞地轉過身，眼底很黑，一笑，不急不緩地說：「那又如何？」

陸照影失笑。他倒是忘了，這位是雋爺，沒在怕的。

＊

隔天。

寧晴在醫院陪了陳淑蘭一整晚，偶爾想起秦苒的右手，她也是愧疚居多。主要是因為陳淑蘭的話。

秦苒的右手……她按了一下太陽穴，很煩躁。走進林家的時候，林婉正坐在沙發上。

林婉顯然睡得很好，臉上畫著精緻的妝，正在幫自己抹上口紅。餘光看到寧晴回來，目光瞥過去，「怎麼樣？妳媽怎麼說？」

「我媽她……」寧晴握緊了手。

她有點怕林婉，尤其是陳淑蘭不願意勸秦苒，依照秦苒那臭脾氣，肯定不願意鬆口。

「行了，我知道了。」林婉嗤笑一聲，「既然這樣，妳也別怪我不幫妳那大女兒。」

「小姑！」寧晴眼神一緊，「苒苒她不只是左手，右手也是……」

林婉收起口紅站起來，不聽寧晴後面的話。

說到底，無論是秦苒還是寧晴，在她人生裡連個對手都算不上，一點漣漪都激不起來。

寧家這些人除了秦語，林婉都不關心。

就在這時候，林婉口袋裡的手機響了，看到是沈副局長，她接起來。那邊只說了一句，林婉本來滿淡定的，聽完之後臉色巨變。

『妳不是說秦苒不會再追究嗎？』沈副局長的聲音顫抖，『法院的傳票已經來了，一判結果今天會出來，我被上面停職了！』

林麒只答應幫沈副局長傳話，林婉卻不是。

只要有一點機會，林婉都會抓住。秦苒在她眼裡是嫂子的拖油瓶，跟秦語不一樣，見慣了京城的奢華權勢，林婉不太看得起秦苒這些人。本來以為這件小事很好解決，哪知道昨天才剛找到秦苒，今天法院的傳票就來了！

動作可真快，明顯在打她臉。林婉的臉色極黑。

她在林家，連林麒都要給她面子，唯我獨尊慣了，還從來沒被人這樣忤逆過。

「妳女兒幹的好事！」

掛斷電話，林婉胸口一陣起伏，冷笑著。

「怎麼了？」寧晴也愣了。

林婉拿好包包，收拾好東西往外走，「許慎在去法院的路上出車禍了。正巧，剎車壞了。寧晴，蓄意謀殺罪，妳說這要判幾年？還有，」林婉走到門口，又偏頭冷笑，「妳猜，她今天能找到律師嗎？」

張嫂恭敬地跟在林婉後面，把林婉送出去。

寧晴坐倒在沙發上，心裡著急，手顫抖地拿起手機，開始打電話給秦苒。

*

「苒苒，我們今天要討論小組演講比賽內容，妳要不要一起來？」

早自習下課，林思然拿好筆跟筆記本，小聲地問秦苒。

秦苒像沒骨頭似的坐在椅子上，垂著眼眸，按掉瘋狂響著的電話，左手有一搭沒一搭地翻外文書。

「我就是賣個臉，到時候把演講稿給我就行，你們去吧。」秦苒漫不經心地開口。

林思然也覺得秦苒去了也討論不出什麼結果，點點頭，就抱著一本書去後面了。

這次的演講比賽九班都激情高昂。

喬聲手裡拍著籃球，往林思然的桌子上一坐，偏過頭，「妳竟然會參加這麼無聊的活動，早知道我也順便報名了。」

秦苒將外文書收好，隨口應了一聲，「就賣賣臉。」拿起手機站起來。

最近這兩天，她穿的都是寬鬆的校服褲子，身上沒穿外套，只有一件白T恤。從側面看去，寬大的制服褲子襯得她極其清瘦。

喬聲噴笑，他收起籃球，在手上轉著，「去食堂嗎？林思然要我幫妳排隊。」

「不了。」秦苒將手機塞進口袋裡，拿好保溫杯，聲音有點悶悶的，「我去校醫室換藥。」

徐搖光明確地跟喬聲說過，學校校醫室沒事就閃遠一點。喬聲一直記在心裡，他把秦苒送到校醫室的大門旁，就拍著籃球去籃球場了。

一大清早，校醫室裡沒什麼人。秦苒剛推開門，就聞到一股清香——

她往裡面看去，陸照影正在跟程木小聲說話，程雋則對著一個人體模型有些懶洋洋地站著，手裡拿著手術刀。

聽到開門聲，他微微回頭，聲音挺低的，「來了？砂鍋裡有粥。」

陸照影踢了程木一腳。程木馬上滾去廚房，用碗盛了加了枸杞的粥出來放在桌子上，又擺好了幾樣配菜，是很平常的早飯。過程中，不時用小眼神偷瞄秦苒。

秦苒口袋裡的手機還在瘋狂響著。

她看著擺在桌子上冒著熱氣，有煙火氣息的粥，原本心情不太好又冷冰冰的身體幾乎頃刻就熱了起來。

等她吃完，程雋才放下手術刀慢慢走過來，檢查她手上的傷口。

秦苒垂著眼眸，看著右手的傷。

外婆並不知道她的手傷，除了外婆，身邊幾乎所有人都以為她是左撇子，連她自己都有些恍惚了，平常做事都隨心所欲，並沒有太在意受傷的右手。

前兩天磕磕碰碰的，總會流血。她是隨意慣了，不覺得怎麼樣。程雋卻說，每天吃飯時就過去校醫室，他要看傷口。

下意識地，秦苒做事的時候特別關注右手，想著程雋跟她說過的，儘量別用力。

「沒出血，」程雋放開手，在保溫杯裡倒了杯水遞給她，清雋的眉眼挾裹著輕慢，「今天還行。」

等秦苒去上課了，程雋看著她的背影消失在視線裡才慢吞吞地收回目光。

「今天開庭，」陸照影看完手機上的訊息，往旁邊一靠，笑了，「江小叔動作還挺快的。」

「嗯，」程雋繼續拿起手術刀，食指在刀背上輕點了兩下，懶洋洋地開口：「是很快。」

程木在一旁聽著兩人的對話，依舊是面癱臉，但心裡瘋狂吐槽——江回他敢不快點嗎？他要是不快點，程公子連這個雲城都要掀了。

*

——雲城，法院。

秦苒不接寧晴的電話，寧晴沒有辦法，只能跟在林婉後面。

今天是工作日，上班高峰期過了，雲城的路段並不擁擠，不到半個小時就到了法院。

秦苒這邊並沒有人出席。

看到她這邊果然沒有律師，寧晴真的慌了。她打著顫，此時也根本顧不得面子，打電話給林麒。走到一旁，壓低嗓音急切地開口：「她一開口，有哪個律師願意接苒苒的案子……」

林家開拓了新市場，最近很忙，林麒並不知道林婉的一舉一動。

聽到寧晴語無倫次地說著，將事情弄清楚後沉聲開口：『妳把電話給我妹。』

「哥，這件事你別管。」林婉有恃無恐，直接掛斷電話，淡淡地看了一眼寧晴，輕蔑地笑。

「我說過，不會有人敢接妳女兒的這個案子。」

就在這時候，原本有些吵鬧的法院安靜了一下，所有人都朝那個方向看過去。大門口處，輔助警察打開門，一個青年走進來，身後還跟著兩個人。

青年接過身後的人遞來的文件，抬頭笑了笑，「我是秦小姐的律師，應該沒來晚吧？」

法院裡一片寂靜。

男人又低頭看了一眼手腕上的錶，輕笑：「九點，剛好。」他落座，將放在桌子上的檔案打開，朝法官看去，非常有禮貌地說：「可以開始了。」

許家人請到的是一位中年律師，帶著邊框眼鏡，十分具有侵略感。

但面前這個年輕男人面帶笑意，乾淨溫潤，舉手投足都帶著十足的從容，甚至稱得上儒雅，像是明星，不太有許家律師那種十分明顯的氣勢。

中年律師擺出證據，侃侃而談，為許慎據理力爭，死死抓著許慎受傷的點不放。而年輕男人的手放在卷宗上，只偶爾抬頭看中年律師一眼，儒雅紳士，表情看不出明顯的變化。

一直沒說話。

中年律師擺出了一系列卷宗，一條條法律理得特別有條理。他說得口乾舌燥，說完後喝了一杯水，朝法官點點頭，「法官，我的陳述完畢。」

寧晴緊緊盯著那個年輕男人，心裡有些不確定。

這個年輕男人怎麼一句話都不說，他不是秦苒的律師嗎？不辯駁也不據理力爭？還這麼年輕，不會只是一個繡花枕頭吧？

她正如此心想著，年輕男人終於站了起來。沒擺出資料，只是先露出笑：「受秦小姐的特別授權委託，將由本人擔任其訴訟代理人，參與本庭訴訟。在此之前，本人詳細閱讀了案件資料，針對對方提出的事實依據，我有三個質疑點。」

「一，根據法律條文，對正在進行凶、殺人、搶劫、綁架以及其他嚴重危及人身安全的暴力犯罪，造成不法侵害人傷亡的，不屬於防衛過當。對方所列舉的防衛過當，毫無意義。」

「二，關於……」

「三……」

年輕男人的論點鮮明，證據充分，條理清晰，語言精煉。似乎有一種明顯的魔力，不著痕跡地把所有人，乃至林婉的注意力都吸引過來。措辭嚴謹，結構慎密，顯然做足了功課。

中年男人完全找不到插入點或辯駁點，腦門上冒出了一層層細汗。

「以上，尊敬的法官先生，我相信你一定能得出這是最嚴謹、最莊重的控訴。」年輕男人微微笑著。

不到二十分鐘的陳述，他已經帶著全場陪審員看了一場大戲。

對面的律師已經被這劈頭蓋臉的陳述砸暈了，更別說是陪審團的人。

這一場官司結束得異常地快，林婉還傻愣著時，中年律師扶著桌子站起來，盯著年輕男人有些熟悉的臉：「請問，您……您是……」

「京城君帆律師事務所，戚呈均。」年輕男人收好文件，偏了偏頭，十分儒雅地開口。

剛才開口時鋒芒畢露，猶如幻覺。

雲城跟京城隔得不遠，這裡的律師大部分是從京城畢業的。從事法律的，沒人不知道在京城異軍突起的戚呈均。

林婉剛剛就覺得這個年輕男人眼熟，現在對方一開口，她就跌坐在椅子上。

周圍沒有人說話，林婉的臉色一下子變得蒼白。

戚呈均？竟然真的是他。

戚呈均在京城無論是名望還是實力，都是公認的強悍。他是多家資歷龐大的企業集團律師顧問，當初沈家為了請到戚呈均，費了多大的氣力，現在她竟然在雲城這個或許連二線城市都算不上的地方看到了戚呈均？要是被沈家老爺知道……

林婉的身體抖了抖，她忽然意識到，這一次她真的是搞砸了！

*

第二章　何方神聖

——傍晚，校醫室。

「鬧鐘設定好了，藥記得吃。」

程雋往後靠上沙發，把手機遞給秦苒，「讓程木開車送……」

秦苒接過手機，笑了笑，挺隨意的，「沒事，我叫個車就好。」

她要去醫院看陳淑蘭。其實她是不願意去的，但是陳淑蘭忽然打電話給她，說想看看她。

秦苒再說不去，外婆就要起疑了。她套了一件長袖褂子，準備去醫院。

程雋沒說話，只看了她一眼，那目光冷冷清清的，像是一口深湖，讓人察覺不出思緒。

「那妳小心點。」

程雋不太高興，卻也沒說什麼。難道他能綁著這個小朋友上車？

等秦苒走了，陸照影才湊過頭來，小聲地道：「你說她的手都不能動了，還這麼酷幹嘛？就不能對我們撒個嬌嗎？唉。」

想到寧晴，陸照影又鬱悶得很。再想想，有這樣的媽媽，她能對誰示弱……

程雋看他一眼，心情也不太好，「滾遠一點。」說完又扯了一下衣領，煩躁地開口：「戚呈均呢？叫他過來一趟。」

——校門外，秦苒蹲在路邊等車。左手拿著手機，打開鬧鐘看著。

她的手抹了消炎藥和一系列促進癒合的藥，醫生也開了兩種口服藥，只是她不太怎麼記得要吃。她向來不在意這些，想起來就吃，不吃也不會死。

程雋覺得她的這種態度不可取。剛剛就叫她回宿舍拿藥瓶，一瓶一瓶倒出來，認真數了一下剩下的藥，發現她少吃了六粒。因此拿她的手機定了鬧鐘，什麼時間吃什麼藥都很清楚。

計程車到了，秦苒收起手機，半個小時後到達醫院。

秦苒剛到住院大樓，就看到在繳費區旁的寧晴跟林婉。

「苒苒。」

寧晴看到她後馬上招手。林婉正在想事情，聽到聲音也抬起頭。她一向不用正眼看秦苒，這次罕見地對秦苒露出了笑。

「妳小姑正在幫妳外婆繳住院費。」

寧晴走過來要拉秦苒的手，被秦苒躲掉了。

寧晴動作一滯，而秦苒抬頭瞥兩人一眼。

「關於許慎那件事，妳也別生我的氣，」林婉是經歷過大場面的人，臉色絲毫不尷尬，說到這裡轉移話題，「都是一家人，和氣生財。上次我哥繳的費用用完了，我來幫妳外婆繳費……」

她想用這種方式來勸……也可以逼迫秦苒妥協。

秦苒盯著林婉，瞇了瞇眼輕笑：「我叫外婆來雲城讓妳照顧，從不插手外婆的事。可能是在外婆的事上退讓太多，讓你們產生了錯覺，你們是不是就真的認為我只能被逼著聽你們的話，任由你們擺布？」

她隨手將手機塞回口袋裡，又抽出口袋裡的一張銀行卡，頭也沒偏地開口：「麻煩，一一〇二號病房繳錢。」

護士現在還沒下班，坐在收銀臺上接過卡，怔了一下。

住院大樓十一樓都是ＶＩＰ病房，住的都是有錢或有勢的，護士見慣了各種保鏢管家。

她反應過來，「請問繳多少？」

這棟住院大樓的每個房間都有配專用看護，光是住院護理費，一個月就要三萬七千人民幣，加上醫藥費、儀器檢查費，幾天一次來算，一個月最少要五萬。

秦苒漫不經心地說：「一年。」

一年住院護理費可是要四十幾萬。護士刷完卡，又讓秦苒輸入幾遍密碼，就開了單子。

繳完錢，秦苒拿了單子，轉身往陳淑蘭的病房走。

林婉跟寧晴站在幾步遠的地方，當下就看傻了眼。

恍惚中，寧晴好像看到了資料中形容的那個渾身戾氣，用磚頭一下一下砸人的秦苒。

秦苒不好惹的名頭不是蓋的，要是認真起來，學校裡鮮少有人敢觸她霉頭，氣場過強，林婉兩人連大氣也不敢喘。

陳淑蘭的病房內，醫生在下班前正拿著病歷例行詢問。秦苒也不打擾，就靠在床尾，微微偏頭仔細聽著醫生的話。

等醫生走了，秦苒才拉過一張矮一點的椅子坐在病床邊，幫陳淑蘭倒了杯水。

她今天穿的外套袖子很長，不捲起來的時候能蓋到手，右手被袖子遮著，看不到紗布。

陳淑蘭笑了笑，很自然，好像不知道秦苒的手受傷。

「最近睡得好嗎？」陳淑蘭摸摸她的腦袋，輕聲問她。

秦苒在一開始的前兩天確實沒睡好，可能因為太累了，從昨天開始，睡眠品質就比往常好了一些。她左手撐著床，跟陳淑蘭隨意聊著，不知不覺也睏了。等她睡著了，陳淑蘭才收起笑。

她慢慢掀開被子下來，揮手要來幫忙的看護離開，然後半蹲在秦苒身邊，拉開她垂下的袖子，露出被遮住的右手。

裹著一層又一層的紗布。陳淑蘭沉默地看了半晌。

秦苒是什麼樣的人，她很瞭解，秦苒讓自己過得特別糟糕，小時候跟人打架，哪裡受傷了也不在意，有時候要不是她發現了，秦苒就真的會對那個傷口不聞不問，就算是包紮後，二次出血也是常事。

哪像秦語，跌倒在地，哭了有寧晴跟秦漢秋哄個半天。

秦苒的右手纏著一圈紗布，陳淑蘭知道縫了幾針，心裡很難受。過了幾秒後，陳淑蘭看出了不對勁——傷口乾乾淨淨、清清爽爽的，沒有一絲血跡沁出來。一看就知道被打理得很好，跟陳淑蘭想像的不太一樣。

陳淑蘭看著乾淨的紗布，若有所思。

*

——林家。

寧晴跟林婉沒有成功繳錢，她也不敢去看陳淑蘭，就默默地跟在林婉後面回到林家，心裡很複雜。

林麒今天推掉了幾場會議，回來得很早。他沒想到秦苒那件事這麼快就開庭，連審判結果都出來了。實際上，一般訴訟也要一兩個星期的審理期。

他的目光落在林婉身上，指尖扣著茶杯蓋，沉聲問：「妳今天是怎麼回事？」

「哥，我以為……」

林婉一直以為秦苒是個毫無經濟能力的高三學生，之前自然沒把她放在眼裡，誰知道事情變成了這樣。

「我說過，該怎麼處理要看苒苒自己的意見。」林麒把茶杯放到桌子上，啪的一聲，一雙眼睛精光畢現，「這裡是雲城，不是你們京城，什麼叫有妳在，不會有律師接苒苒的案子？林婉，妳聽聽，這像是一個長輩說的話嗎？啊？」

他是生意人，但行事作風一向磊落坦蕩，就算說話也十分謙和，鮮少有這麼生氣的時候。

傭人連大氣也不敢喘。

林婉很多年沒被林麒這樣訓斥了，幾乎絲毫不給她面子，一時間臉色漲紅。

林麒的目光又轉到寧晴身上，「還有妳，妳跟著瞎攪和什麼？那是妳女兒，不是妳的仇人，妳連妳女兒都不相信，有人像妳這樣當媽的？林婉，妳明天就給我收拾東西回京城！」

他氣得頭疼，也懶得跟這兩個女人廢話，拿著手機去樓上，打電話給秦苒。

林錦軒抿抿唇，低頭看了眼手機。

這兩天他打電話給秦苒過，問了一些情況。她語氣挺好的，沒說自己發生了什麼事，以至於他現在才知道秦苒的手還縫了針。

他神色也很淡漠地去樓上換了休閒服，又拿了車鑰匙。

林麒打電話給秦苒後，見到他手上的車鑰匙倒是很意外，「去看苒苒？」

他這個兒子向來冷淡，寧晴嫁到林家這麼多年，也沒聽他叫過一聲媽，就連秦語也是用了好幾年才讓他改口。

林錦軒點點頭又皺眉，想起那天晚上她在警局一聲不吭的樣子：「不知道她的手怎麼樣了。」

「你等等。」林麒想了想，去書房拿了張銀行卡出來，「密碼六個零，你順便帶去給苒苒。」

林錦軒頷首。

秦語在練琴，但實際上心思都在樓下，當林錦軒要下樓的時候，她拉開琴房的門。

「哥，你要去哪裡？」秦語拿著小提琴出來，笑著說：「我剛剛練了新曲子，現在流暢多了，你要不要聽……」

林錦軒最近這段時間很喜歡聽她練琴。

「不了，我剛跟秦苒說好要去學校找她。」林錦軒抬了抬眉，聲音很輕。

秦語抓著小提琴的手收緊，卻若無其事地說：「喔……」

*

——校醫室。

戚呈均放下文件，打量著這裡，想看看這裡究竟有什麼魔力能讓程雋千里迢迢過來。

而程雋懶懶散散地靠著桌子，比對著人體模型，安靜又專注，低垂的眉眼似畫。

「兄弟，我們心有靈犀啊，我昨天剛打完電話，你就上飛機了。」陸照影拍拍戚呈均的肩膀笑。

戚呈均皺了皺眉，十分嫌棄地避開他的手，「滾，誰跟你心有靈犀。」想了想，又朝程雋看去，「雋爺，那位秦小姐究竟是何方神聖啊？」

程雋將手術刀扔在桌子上，偏了偏頭，以為自己聽錯了，「什麼？」

「什麼神聖，就是一個小可憐。」陸照影輕哼一聲，「還不會撒嬌。」

「咦，不對啊……」戚呈均一愣，「那一二九偵探所怎麼會親自找上我，要我來雲城解決這個案子？」

陸照影像見鬼似的看向戚呈均。

昨天他打電話給戚呈均時，對方就在機場了，陸照影一直以為是戚呈均提前接到了通知。

「不是，你沒弄錯嗎？一二九是怎麼回事？」陸照影難得正經，收起了笑，「他們這點小事也接？」

陸照影不能接受，他跟一二九的核心會員接觸得不多，只知道裡面有幾個大神，其中還有個費用特別特別貴，但又最難搞的……

可是，這跟他們家的小可憐有什麼關係？難道秦苒是一二九的會員？別開玩笑了。

陸照影壓根沒想過這個可能。程雋也眯了眯眼，沒再關注他的人體模型，而是拖了張椅子過來，朝戚呈均抬抬下巴，「說。」

「就……」戚呈均想了想，「我沒多問，好像是一個姓封的人。」

「我知道了！」陸照影一拍桌子，似乎抓住了什麼思緒，「江小叔跟我說過，封樓誠跟警察局局長聯繫過，他是雲城的第一掌權人，能這麼快開庭還是封樓誠插手的。」

程雋對封樓誠有點印象，是手段很高明的一個人，晉升在即。

「我原本以為他是在向雋爺示好，這麼看來又不像。」陸照影找回了腦子，若有所思，「所以他只是為了秦小苒？」

但是，有必要這麼大動干戈，千里迢迢把戚呈均找來嗎？他以為除了程公子，不會有人幹這麼無聊的事。

「秦苒還認識封家人？」

陸照影是真的詫異，又特別好奇秦苒是怎麼認識封樓誠的。

他忽然覺得秦苒有點謎。明明本身沒什麼，但牽扯到的人跟背景一個比一個大。封樓誠可以忽略，一二九就不能輕易忽略了。

程雋沒說話，他沒查過她的身世背景，只在這個案子發生後去調了她在寧海鎮的卷宗，對秦苒的瞭解僅限於她跟寧晴還有林家的關係。

家庭背景簡單，父母離異。而玩政治的，誰沒城府，封樓誠可不像是個老好人。

「回去。」程雋伸手拿了外套，「我重新看一遍三年前寧海鎮七一二的卷宗。」

＊

秦苒從醫院到學校時，天差不多黑了，學校大門外的路燈亮著。

林錦軒就站在路燈下，修長的身影被路燈照得挺拔清俊。

此時正值晚自習的第一節較長的下課，很多學生趁這個時候出來吃宵夜。林錦軒的長相惹眼，吸引了不少目光。

看到秦苒從計程車下來，他輕輕皺起眉，目光又轉向她的手，「手上的傷沒事吧？」

「不妨礙日常生活。」秦苒眉梢一挑。

「那……」

林錦軒不太會跟女生相處，若此時換成秦語，肯定會對他哭訴，那他就順勢把銀行卡給她就好了。但換成秦苒，對方彷彿事不關己一樣，性格差別太大，讓林錦軒無所適從。

「妳手機裡有電話，遇到困難就記得打給我。」林錦軒嘆了一口氣，想想寧晴的態度，他對秦苒這樣也不難理解，「這張卡拿好。」

想了想，又輕輕拍拍她的腦袋，儘量放緩聲音，「晚餐吃了沒？」

「嗯。」秦苒避開，依舊挺酷的，字不多，眉眼斂著乖戾。

不遠處，秦語跟一行人站在一起，抿著唇。

她在家裡知道林錦軒要來學校看秦苒，就讓司機把車開過來，說自己把考卷放在教室了。

「秦苒身邊那個人是誰？真帥，好像有點眼熟。」秦語身邊的娃娃臉小聲開口。

秦語沒說話，指尖用力掐住手裡的書。

林錦軒素難接近，她花了幾年時間才親近林錦軒，平常都是她黏著他，何曾見過他主動和人親近。

這一幕可真礙眼。

她就搞不懂，秦苒除了那張臉，一無是處。而她這麼努力學習，努力學小提琴，但是秦苒什麼都沒做，身邊的人怎麼都偏向她？

秦苒似乎跟林錦軒話不多，沒幾分鐘就走進校門了。

林錦軒看了她的背影幾分鐘，才開車離開。

「我們走吧。」秦語沒回林家，也去了教室。

她低頭看了眼手機，目光沉沉的。

＊

秦苒沒直接去班上，警衛大叔叫住了她，「秦苒，妳過來，有妳的快遞。」

秦苒長得好看，警衛大叔認識她。最近進出學校，警衛大叔們都很關心她的手，每次都會多問幾句。

「東西有點重。」警衛大叔掂了掂箱子，「我幫妳送到寢室門口，讓舍監阿姨幫妳送上去。」說完，他十分輕鬆地拎起了箱子。

秦苒本來想說自己可以，但大叔十分熱情。她摸摸下巴笑了笑，微微偏頭，「那您幫我送到班上吧。」

「好啊！」

今晚的教室裡只有一半的人，因為下了課，散散落落地坐著。

林思然正在跟夏緋討論習題，看到這一幕馬上放下書，接過紙箱，跟警衛大叔道謝，又問：「苒苒，這是什麼啊？」

「給妳的。」

秦苒坐回椅子上，靠著牆翹著二郎腿，漫不經心的。

她從桌子裡拿了一本外文的《時間簡史》出來，本來還想拿糖果，想想自己的手又算了。

林思然眼前一亮，「那我現在可以拆開嗎？」

「送妳的，妳想什麼時候拆都行。」秦苒翻開書。

林思然馬上和前桌拿了刀子，拆箱。其他人聞言都過來看熱鬧，就連喬聲也坐到林思然的椅子邊緣。

「來看看我們秦老大送妳什麼禮……」說話的人是喬聲，他一句話還沒說完就猛地停下來，抬頭愣愣地看向秦苒。

本來湊過來看熱鬧的人群，也陷入沉寂。

秦苒素來不好接近，但是接觸久了就會發現她人很好，不像徐搖光那麼高冷，拒人千里之外的冷漠。

來看熱鬧的還是女生居多。也有男生，但除了喬聲，沒人敢靠這麼近，都遠遠地隔著兩圈人笑笑看著。

現在要說網路上的流量明星，言昔絕對稱得上。作為實力歌手，他的長相放在那群只看臉的流量明星中也是鶴立雞群。但他真正紅的是五年奠定音樂圈的實力。五年，他出道的第一首歌就獲得了華語獎。第二首歌繼國內紅過之後，在國外引起一陣潮流。

他每年所出的專輯不多，作為一個專業歌手，他每年頂多出十首新歌，每首都是精華。他的風格多變，暗黑、搖滾、治癒、情歌、小清新……什麼都唱。出道以來，他共發了六張專輯，專輯大多都限量，一發售就直接被搶光。

言昔的粉絲千千萬萬，但是真正收集到他所有專輯的粉絲沒有多少。尤其是早期的專輯，基本上都絕版了。但此刻，林思然手中的紙箱裡整整齊齊地擺著六張專輯。最重要的是，這六張專輯上還放著一個有底座，上面是喇叭形狀的獎盃。

國內都知道，三個月前，言昔拿到了國際最高榮譽獎——格萊美。這個消息爆出來的時候，言昔讓網站伺服器癱瘓了兩個小時。

國營電視臺點名讚揚。國內拿過這個獎的不超過五個人，他們都是老藝術家，當中還有音樂團隊，而言昔是第一個憑藉個人風格的歌曲拿到了這項最高榮譽。

網路上那麼多人黑他長得像女生，黑他背後有金主，可從來沒有人黑過他的實力。

這個格萊美獎盃就是喇叭形狀，網路上吵了一個星期，幾乎人人都知道了這一件事。

沉寂了一分鐘左右，夏緋指著那個獎盃，「我我……我靠！」

喬聲也清了清嗓子：「這……是？」

秦苒也在疑惑，只是幾張專輯，不用這樣吧？

她放下書，稍稍歪了歪腦袋就看到放在專輯上的獎盃。

「……！」秦苒沉默了一下，然後把獎盃拿下來，手指放在喇叭上，沿著邊緣敲著，「這是我在網路上找人訂做的，專輯是妳的。」

她說完，人群也彷彿被戳破的氣球，砰地一下炸開來。

「是我老公的專輯嗎！」

「天啊，還有他的海報，我當時蹲點了兩個小時都沒買到，竟然還是簽名版的！」

這些女同學也顧不得害怕喬聲了，把他擠到一旁。直到自習的鐘聲響了，這群女生都還沒停下來，管秩序的男生喊了兩聲，見到沒人理他就摸摸鼻子坐下了。坐在後門的人眼睛盯著門外，等教導主任來了好通風報信。

等大家都不關注自己了，秦苒才點開微信，找出一個頭像，面無表情地傳了四個字過去——

『**腦子壞了？**』

班上都在討論專輯，一群女生吱吱喳喳的，就連男生也有人在小聲討論。

吳妍的臉色不是很好，她也是這次的演講比賽成員，此刻她拿著筆，坐在後面寫稿子、查資料，周圍的人卻都在議論秦苒、議論專輯、議論言昔。

「快點整理演講資料，過幾天就要開始了。」

有喬聲在，她不敢得罪秦苒，只站起來說了一句。

林思然馬上叫秦苒幫她照顧好專輯，就拿著筆記本跟筆去後面討論了。起身後又停下來，「苒苒，妳來不來？」

「不用，」秦苒把手機扔到桌子上，還是那個回答，「你們寫好，到時候我幫你們念就好。」

教室後面的吳妍聽到這句話，撇了撇嘴，手中的筆捏得死緊。

她微微抬起頭，看了一眼拿著筆認真寫字的徐搖光，對方剛把目光從秦苒那裡收回來，沒有說話，吳妍更是鬱悶。

*

第二天早上，秦苒去校醫室。

陸照影不在校醫室，程雋則在檢查她的傷口，指尖有點發涼，紗布也有點濕。他看了半晌，冷笑：「妳昨天用手挖礦去了？」

秦苒把手放在桌子上，昨天恢復得很好的手又出血了。她也看了一眼，難怪很痛。

「沒有，昨晚被室友撞到了。」

吳妍端著一大盆水，被來寢室看專輯的女生擠到、撞到她，她的手就撞到桌子了，還被淋到了水。

程雋沉默半晌，不知道在想什麼，「妳的身手是假的吧。」

秦苒的手撐在桌子上看著他，難得沒頂嘴，反而笑了笑。

這一幕滿眼熟的。小時候秦語跌倒受傷了，撅著嘴巴去找寧晴跟秦漢秋，寧晴兩人雖然嘴裡凶巴巴地罵著，但手上的動作卻很輕，生怕弄疼秦語。

秦苒就托著下巴笑，目光收回來的時候，看到桌子上擺著一個棕色書皮包著的文件袋，上面只寫了五個字：寧海七一二。

她的手頓了頓，臉上卻若無其事。

秦苒要回教室的時候，陸照影才拿著手機回來。看到秦苒，他掛斷手中的電話，跟她打了個招呼，又問了她的情況才進校醫室。一進去就看到坐在椅子上，面前擺著帶血的紗布，臉上沒什麼表情的程雋。他嘖了一聲：「秦小苒又被你罵了？」

程雋收回目光，瞥他一眼，漫不經心地「嗯」了一聲。

目光轉到資料上，他抬手拿起，輕聲開口：「七一二的案子我看了兩遍，發現了幾個疑點。她確實在場，只是資料被抹掉了。」

「啊？」陸照影後知後覺地反應過來，程雋口中的「她」應該是秦苒。

*

李愛蓉中午出了一份英語考卷。

秦語拿著手機，不動聲色地和英語小老師開口，「我正好去找物理老師，幫妳拿吧。」

英語小老師連忙雙手合十，十分感激。

到辦公室的時候，吳妍正好過來拿英語考卷，臉上的表情不是很好。

「妳怎麼了？」秦語也拿了英語考卷，狀似不經意地多問了一句。

吳妍是秦語黨。都是女生，她能感覺到秦語也不喜歡秦苒。

「年級不是有個演講嗎？班上選人都是投票的。」吳妍好不容易才擠進這個小組，跟徐搖光他們一起參與，但秦苒連手都沒舉就進了。說到這裡，酸氣直冒，「就只有秦苒什麼都沒做，這還沒什麼，他們都一致決定讓秦苒最後演講。妳說憑什麼啊？她什麼都沒做，還拿著我們的成果去演講，到時候老師提問，她要怎麼辦？」

秦語聽了，也沉默。半晌後，她笑，「她應該不會搞砸的。」

吳妍嗤笑一聲，有些惡毒地開口，「誰知道，裡面還有幾個英語單字呢，她可別出錯。」

兩人一路走著，能聽到不遠處的幾個人在討論秦苒。路過她們的時候還在興奮地聊著，都沒看秦語一眼。秦語的手指抓著考卷，十分不習慣被忽視的感覺。

走到轉角處，吳妍要上樓，秦語是下樓。

「妳幫我拿一下考卷，我去上廁所。」秦語的腳步一頓，把考卷遞給吳妍。

「去吧。」

吳妍接下。秦語身上沒有口袋，把手機也遞給了吳妍。

吳妍拿好，把她的手機放到考卷上，但秦語手機沒有鎖，一碰就亮了。

裡面是相簿。

吳妍不想去看其他人的隱私，要伸手按掉，沒想到一眼就看到了被點開的圖片，手一頓。

背景很黑，路燈亮著，有兩個人，身側是一輛黑色的賓士。背對著鏡頭的是個男人，看得出來年紀不小了。

兩人的手似乎牽在一起。

吳妍的目光轉到那個女人身上。照片上，那個女人的臉很清晰，吳妍心臟跳得很快，她認出來——那照片上的人，是秦苒。

吳妍左右看了一眼，沒什麼人。她不知道是出於什麼心理，拿出手機拍了下來，第一次做這種事，她心裡多少有點不安。看到秦語回來後並沒有發現什麼，她才鬆了一口氣。

回到九班。

吳妍的同桌見她心不在焉的，湊過頭來，「妳沒事吧？」

「沒事。」

吳妍回過神來，搖搖頭。正值自習的下課，教室裡的學生正在嬉鬧，聲音很大。

下一秒，整個班級忽然靜了一下。

吳妍以為是班導師來了，不由自主地朝後門看了一眼，因為後門靠近樓梯。

這一看，就沒能收回目光。

後門確實站著一個人，身材挺拔，一雙鳳眸，五官清絕，卻有年輕人的蓬勃壞氣。

「是魏子航呢……」

12:50

吳妍身邊有好幾個女生低聲開口，忍不住頻頻看過去。

這個年紀的人，對異性總有種天生的好奇，尤其是魏子航這種名氣特別大的校霸，在學生心裡總有種神祕感。縱使知道他成績不好，那些女生依舊前仆後繼。

他來一中後安分了十幾天，也住宿。聽說他住的那一層樓，每天晚上都不敢大聲喧嘩。是沒鬧出什麼大事，但在學校論壇特別紅。無論走在學校的哪個角落，都有人時時關注著他。

林思然抱著言昔的海報啃，看到靠在門口的那個人，不由得戳戳秦苒，「苒苒，他是不是找妳的？」

剛認識秦苒的時候，林思然託秦苒的福，被魏校霸的小弟送回來過。

這時秦苒還靠著牆，嘴裡咬著棒棒糖，順著她的目光往外看了一眼，摸摸鼻子，「是的。」

林思然站起來，讓她出去。

門外，魏子航站直了身，目光盯著她的右手看，「苒姊，這是誰弄的？」

他請假了幾天，一回來就聽別人說了秦苒的事，就來九班了。

「許慎，」秦苒笑了笑，看起來心情挺好，「終於讓我逮到機會送他進去了。」

「他看到明月了？」魏子航眯了眯眼，又低罵，「靠，怎麼沒讓我遇到這孫子！」

「我把他打得很慘，」秦苒將棒棒糖咬碎，笑道，「連你那份一起打了。」

「那就好。」魏子航想了想又皺皺鼻子，不太贊同，「就算是要送他進去，也不用賠上妳的手。妳的手比他那條賤命貴重多了。」

「沒事，我自有分寸，」秦苒拍拍他的肩膀，「放心。」

「妳要被我爺爺看到……」魏子航嘟囔一句又止住，「行了，要上課了，我在三班，有事就吩咐我。」

兩人說話的聲音很小，沒人聽見，不過一番討論是少不了的，秦苒在班上幾乎所有人的注視下回到座位上。

班上還是一片寂靜。

晚自習，班上人不多。

男生幾乎有一半都不在班上。

「今天是九州遊決賽，他們都去廁所看直播了。」林思然跟秦苒說，「就是妳上次玩的那個遊戲，ＱＴＳ的陽神太帥了！前天拿了四殺，殺入了決賽局，今晚肯定能贏ＹＫＴ，拿到國內冠軍！」

九州遊是全球化的卡牌競技塔防遊戲。林思然不太會，可不妨礙她看熱鬧，那種氛圍真的很能帶動人。

秦苒的手撐在書上，笑了笑，「嗯，他們可以的。」

「對了苒苒，演講稿我們寫得差不多了，明天中午在綜合大樓比賽。妳要不要先看看，準備一下？」林思然拿出筆記本問她。

秦苒想了想，「妳明天早上拿給我熟悉一下就行。」說完，她又拿筆抄林思然的英語考卷。

吳妍來收中午發的英語考卷，聽到兩人的對話，又看了秦苒一眼。看到秦苒又在抄考卷，不耐煩地開口：「收考卷了。」

秦苒瞥了她一眼，然後慢吞吞地描著，直到描完最後一個選項才把答案卡遞給她。

隔天中午，秦苒去校醫室換藥。

程雋本來在跟人講電話，看到她的時候愣了一下。

陸照影送走一個女學生，也湊過來笑道，「秦小苒，妳今天換風格了，好看。」

秦苒今天穿了件有點長的T恤，不是她以往的那種白色圓領。料子很軟，是玫瑰色，輕飄飄的有點長，距離膝蓋十公分，下襬繡著細碎的白色花邊。

她平常都是清一色的黑白分明，老成的顏色被她穿出了個性，依舊好看得不行。偶爾穿了件其他顏色，更是極其惹眼。

這玫瑰色更襯得她一身冷豔，膚色雪白至極。

黑色牛仔褲裹著的腿又長又細，其實明明是挺簡單的衣服，不華麗，卻還是被她穿出那種吊兒郎當的頹廢感。

「嗯，」秦苒坐到椅子上，「中午有個演講，我得上去賣臉，衣服是林思然的。」

林思然嫌棄她的校服褲子，偏要她換衣服，還幫她化妝，但後者被秦苒強烈反對。

程雋今天很沉默，只慢吞吞地幫她換藥，估計是因為她的手沒再次出血。

秦苒不太想去演講，想一想，下面坐著那麼多人，光是那個場面就很令人煩躁。她在校醫室磨蹭了好久才去綜合大樓。

她幾乎是準時到，階梯教室裡果然人很多，大大小小加起來接近兩百人，吵吵嚷嚷的，像蜜蜂一樣。這裡的人都非常緊張，這次比賽有分數加成，在省級演講中拿到名次能寫進履歷表，以後報考志願或其他時候都拿得出手。

旁邊還有兩個新聞社的記者扛著攝影機記錄。階梯教室裡的氣氛緊張，所有小組都在激烈地討論著怎麼應付問答。人群都在躁動，氣氛十分緊張。

林思然在今天早上把資料都給秦苒了，秦苒都翻了一遍，演講稿也多看了幾遍。

林思然等人占了位置，在第四排，秦苒一眼就找到了，把袋子放到他們幫她留的位子上，「我去一趟洗手間。」

對於這種事，秦苒是半點緊張感也沒有。

演講順序是抽籤制。

林思然抽到的籤很普通，不占便宜，是第四個。

秦苒坐好，清了清嗓子，打開袋子準備拿出演講稿再看幾眼，卻發現袋子裡的演講稿跟隨身碟全都不見了。

秦苒抬手把袋子丟在桌子上，壓著的嗓子都在冒火，每個字都透著煩躁：「剛剛誰來我的位子？」

幾個女生是連在一起坐的，吳妍就坐在她右邊，並不理會她。

林思然在她的左邊。她本來拿著筆，不停地在筆記本上修改思路，聽到秦苒的話後慌了，側身過來翻了好幾遍，「演講稿怎麼不見了？我明明幫妳放進去了啊？」

「吳妍，你們有沒有看到苒苒這裡的演講稿跟隨身碟？」林思然又抬頭詢問吳妍等人。

其他人均搖頭。

吳妍笑得諷刺，「演講稿是我們這麼多人的心血，妳就這麼不明不白地丟了？」

「幫忙找一下吧。」

林思然皺皺眉，但是又不想在這時候起內鬨，其他幾個女生也左右翻找著。

隨身碟裡只有簡報，但是演講稿是整理好的，足足有四頁紙，是他們所有人的心血，要是丟了，那他們今天準備的這場演講就毫無意義。

在這一瞬間，林思然忽然明白了秦苒的火氣。

秦苒的袋子是她特地準備的考試袋，上面有釦子，不可能弄掉，一定是有人故意拿走了。拿東西的人明顯是針對他們，或者是針對秦苒。但是林思然不得不承認，那個人的這招真的管用，他們的演講稿不見了要拿什麼上臺？

「怎麼回事？」徐搖光跟幾個男生坐在前面一排，聽到聲音後回過頭來，眸光清冷。

他一向難以接近，聲音都疏冷輕緩。

林思然起身在地上找了一圈，十分著急地看向徐搖光，「我們的演講稿跟隨身碟弄丟了。」

徐搖光一行人顯然也沒想到，林思然氣得眼睛都紅了。

她往四周看了一圈，不知道這件事究竟是誰幹的。

「我們先找找。」徐搖光冷靜下來，站起來吩咐，「去走廊外的垃圾桶翻一翻。」

喬聲為他馬首是瞻，在班上極有威信。他一開口，幾個人就站起來出去。

吳妍也站了起來，她看了徐搖光一眼，抿抿唇。

徐搖光對秦苒一向很多意見，一開始的時候，班上的人都知道徐搖光看不慣秦苒。誰知道這才過了多久，林思然讓秦苒來念演講稿，徐搖光也沒拒絕。現在演講稿在秦苒手中丟了，他沒指責就算了，竟然還幫她找。

幾個人都出去幫忙找了，自己不去太突兀。吳妍沒忍住，多看了徐搖光一眼，對方正低著頭在問秦苒什麼。

她收回目光，也跟著幾個女生出去。

演講已經開始一段時間了，一班的演講人是秦語，這點不意外。她拿著紙，咬字清晰，聽起來滿認真的。往下掃一圈，看到本來一直看著她的徐搖光忽然從後門出去了，身側跟著秦苒。

秦語臉上的笑容一滯，又馬上緩過來。

演講完畢，評委問了幾個問題，她一一回答，小組其他成員又有幾個代表上來。

接下來是評委互相討論、打分數的時間。秦語下來坐到自己的位子上，她坐在第三排，跟徐搖光離得很近。

「九班的人怎麼都出去了？」秦語順著後門看過去，若有所思地開口。

「好像是秦苒把隨身碟跟演講稿弄丟了。」都坐在一排，九班的動靜雖然很小，但基本上都差不多知道了。

秦語扭過頭來，滿詫異的，「演講稿弄丟了？那秦苒這次麻煩大了。」

兩旁架著新聞記者的攝影機呢，稍有差錯，就會丟臉丟到全校師生面前。

秦語擔憂地開口，嘴角卻輕輕牽起。

九班的人找了一圈，最後在垃圾桶裡找到了被撕得粉碎的演講稿，還有泡了水的隨身碟。

林思然咬著牙，「這個人明顯就是想陷害苒苒，是嫉妒苒苒嗎！」

垃圾桶旁站了一圈人，都沉默了。

這明顯是衝著秦苒來的，顯而易見的惡意。吳妍不由得開口，「現在好了，我們班的演講稿沒有了。」

「吳妍，妳別說了。」

有人看到秦苒靠著牆，手中捏著礦泉水瓶，面無表情的樣子，不由得拉拉吳妍的袖子。

「我為什麼不說？早就說別讓她來了，就是她害我們的！」

徐搖光冷冷地看她一眼，吳妍抿起唇不再說話。

評委已經快打好了分數，下一個就是他們班。

徐搖光看了秦苒一眼，想了想，低聲開口，「林思然，妳把妳的筆記本給我，我上去吧。」

演講稿他也負責寫了一部分，全程脈絡都是他整理的。每一點他都記得，就是沒有那麼多渲染跟細節。在沒有稿子的情況下，沒有人比他更適合。

「不用了。」

秦苒看了吳妍一眼，理理自己的衣襬，伸手捏扁了礦泉水瓶。裡面沒有水了，砸在垃圾桶裡發出砰的一聲，最後落到垃圾桶裡。

她抬腳往前走，頭也沒回，「我上去。」

「我去就行。」徐搖光往前走了一步。

就算是即興發揮，一個弄不好就會在學校及所有攝影頭前面出醜，面臨的壓力特別大。

九班其他人都覺得現在這個情況下，好像只有徐搖光最適合。

林思然也反應過來，想要用手拉住秦苒，「是啊，苒苒，妳別意氣用事，這件事也不是妳的錯，讓徐……」手卻沒能拉住秦苒。

秦苒沒停下腳步，朝林思然揮揮手輕聲道：「妳放心。」

幾句話的時間，他們已經到了階梯教室。林思然見秦苒朝演講臺走去，連忙抓起自己桌子上的筆記本，「那我的筆記本給妳！」

秦苒已經站在演講臺邊，指尖微涼。與此同時，評委已經打完了全部分數。

評委席上有幾個市級長官，分數是去掉高分跟低分之後平均，秦語最後拿到的分數是八點七分。

其他人都在議論著秦語的分數。前面兩個班級拿到的最高分不過七點六分，目前為止，秦語的分數高出太多了。

「我們拿到了八點七分，」秦語身邊的女生壓抑著激動的心，激動地開口，「最高分了！」

分數超出太多，人群都在議論秦語，目光聚集在她身上。

秦語抿唇一笑，餘光看到徐搖光等人回來，眼眸一轉，「他們的演講稿還沒找到嗎？」

「我看秦苒是空手上去的，應該是沒找到。」女生搖搖頭，「在這個時候出錯，教導主任肯定會發火。」

「在市級長官面前出錯，能不發火嗎！聽說演講稿是秦苒保管的，她也真是……」另一個女生也小聲開口。

秦語笑了笑，起身去長官那邊領回饋意見。長官誇了秦語幾句，其他人則小聲討論，似乎討論到站在一旁的秦苒，有兩個人誇這個學校顏值高。

秦語跟教導主任很熟，她垂眸，小聲開口，「主任，秦苒他們班的演講稿弄丟了，可能會不太順利……你們別太為難她。」

主任一愣，點點頭，臉色卻不好。

演講稿丟了，這是態度問題。

很快就輪到九班。

林思然坐在位子上，拿著筆記本示意秦苒。但秦苒沒下來拿筆記本，只朝林思然比了個「放心」的口型。

放心？林思然怎麼可能放得下心。

徐搖光坐穩了，看了眼秦苒。對方站得筆直，臉上不是一貫的漫不經心，多了幾分認真，落落大方，一點也看不出怯場，不像是開玩笑的。

他頓了頓，眉眼斂下，「她既然那麼說，肯定有把握。」

其他人對於有人故意拿走秦苒的演講稿，身為九班人也是憤怒不已，有人在罵究竟是誰那麼缺德。

吳妍冷笑一聲，似嘲似諷：「她從頭到尾都沒參與過寫稿，天天就知道混，根本就沒認真，我當初就說了，不應該讓她參與。」

「好了，吳妍。」有女生皺眉，「誰知道會有學生這麼齷齪。」

吳妍聽到這個人的數落，臉色不是很好，但也沒再說什麼。只是看了秦苒一眼，抿抿唇，捏著上衣的一角，手指發緊。

秦苒站定，剛跟幾位評委打完招呼，教授主任就抬手，語氣聽不出波瀾，「妳的演講稿呢？丟了？」

秦苒手撐在演講臺上，十分有禮貌地笑了笑，「評委老師，我只是提前背好了演講稿，所以沒有帶稿子。」

誰都知道，這麼重要的場合丟了演講稿，是對這個活動、對評委的不尊重。

秦苒這麼說，掩蓋了弄丟演講稿的事實，但林思然、徐搖光等九班人卻是冷汗淋漓。

這次的演講比賽主題是社會科學研究熱點面向世界的發展，徐搖光跟林思然等人查了很多的資料，其中又涉及到其他國家的專業詞彙。最重要的是，沒人比林思然更清楚，秦苒幾乎從頭到尾都沒有參與到這件事，她也只是今天早上讓秦苒看了大概的資料，然後讓她又念了一遍演講稿。

秦苒都沒看過幾遍稿子，更何況是背。

「原來是背了，倒是提前做好了功課。」教導主任看了秦苒一眼，沉聲開口，「開始吧。」

林思然脊背上冷汗淋漓，九班人臉色普遍都不好。

前面一排的秦語只是看著秦苒，嘴角微微勾了勾。

秦苒卻揚起淡笑，拿起一隻粉筆在背後的半邊黑板上畫了一個簡單的圖，「從青少年本身角度來講，科技體系大致分為三個方面面向全球……」

黑板的半邊是投影螢幕，一半是空的。她的簡筆圖十分簡略，但形象生動。語氣不急不緩，抑揚頓挫，條理清楚，絲毫不顯晦澀。

林思然說得沒錯，她長得好看，就算站著不動也是最漂亮的背景板。更何況她演講的時候不是其他人常見的恣意，而是前所未有的認真，整個人都在發光的那種。階梯教室裡本來還有人在小聲說話，沒幾秒鐘都下意識地看過來。

教導主任臉上的表情從不悅變為驚訝，然後從驚訝變成嚴肅認真。第三四排九班的人坐在椅子上，抬頭看著秦苒，目瞪口呆，半晌回不過神來，尤其是主要撰寫稿子的林思然幾個人。

都是自己寫的，多多少少有些模糊的記憶，秦苒說的第一段不就是他們演講稿的開場白？秦苒不就是看了幾遍，就把演講稿都背下來了？

徐搖光一直在看著秦苒。

秦苒的右手還有傷，左手在上面畫圖的時候也不顯晦澀，只是畫得有點慢，沒有右手畫得那麼分明好看。但即使這樣也能看出有繪畫功底，足以震懾到階梯教室的師生。

秦苒站在黑板旁，偶爾畫兩幅圖，再講述演講稿。這次演講，前三個班都有演講稿，因為內容太多，不會有人在這上面花功夫。

秦苒獨樹一幟，偶爾幾個英語單字也是信手拈來，演講這種枯燥的東西，階級教室裡所有人的注意力也幾乎都被她吸引過來。

教導主任跟幾位長官是真的佩服，在秦苒演講完畢後，又看著記錄問了秦苒幾個問題，秦苒一一回答。身邊的幾位長官不停地點頭，誇讚這一組很用心，又側身對教導主任評論衡川一中的學生踏實。

「不錯，難得妳這麼有定性。」教導主任不停點頭誇獎。他一向是不苟言笑的類型，此時看秦苒的目光猶如一個老父親，「妳叫秦苒對吧？下去叫你們組的成員來回答問答。」

秦苒下臺，看到林思然等人還坐在椅子上，直直地盯著自己，幾乎呆了。

她笑了笑，也沒回自己的位子，只靠在外面，「到問答環節了。」

林思然這才回過神，捧著自己的筆記本上臺。

他們這組的得分最後是九點七分，若不是因為林思然他們後面拿了筆記本上去，分數還會更高。拿了分數後，林思然等人都是一路飄著走下來的。

秦苒回到自己的椅子上，微微靠著階梯教室的椅背，教室裡的學生幾乎都看向她這邊，但沒人敢跟她搭話。只有九班的人對著秦苒吵吵鬧鬧，激動不已。等林思然等人坐回來了，周遭其他班的人才小聲跟林思然等人說話。

後面的演講都沒有出色的地方，不僅學生聽得無趣，連評委都覺得無聊。

高三一共有十七個班參與這次的演講，秦苒之後的分數都被壓得特別低，後面十三個班的分數都沒有超過八分。

秦語身邊的女生拍了拍胸口，心有餘悸地道：「還好我們是在秦苒之前演講，不然連八分都拿不到。」這句話說得僥倖，但也沒有誇大的部分。

學校有兩寶，一是常年霸占第一的徐搖光，二是萬年老二潘明月。

秦苒那個班有徐搖光坐鎮，而他們一班的潘明月沒參加，從演講稿的內容上來說自然是九班勝出。再加上演講人的表現，秦語遜色不只一點點。若是真的在秦苒之後演講，能不能拿到八分還真的是個未知數。

秦語臉上笑著跟班上的人說話，心裡卻是極其不舒服。她下意識地看了秦苒一眼。

徐搖光也微微側頭看著秦苒，眸光低斂，不知道在想什麼。

秦語抿抿唇，更是煩躁，身邊的人還在說秦苒脫稿的問題，她的笑容都快維持不住了。

「第一，我們拿了第一！」秦苒這邊，一群人圍著秦苒，左看看右看看，「秦苒、苒姊，妳也太厲害了吧！那麼長的演講稿，妳是怎麼記住的？」

拿了第一名回到班上後，還是在自習。班上其他人都圍過來。

秦苒的唇揚了揚，她坐到自己的位子上，笑得漫不經心，十分謙虛，「就這樣看著看著就記住了。」

喬聲笑著指她，「妳記性這麼好，為什麼不用在讀書上！」

其他人紛紛說是，然後還有人說她畫畫好看的。

秦苒不理他。

喬聲說完，想起正事。他朝秦苒笑了笑，然後大步走到講臺上斜靠著講桌坐著，手拿著板擦敲了一下桌子，很響的一聲，「安靜一下。」

這聲動靜，其他人都安靜下來。本來還圍在秦苒桌邊的人全都坐好，一個字都不敢說。

「林思然說，演講稿一直都在九班人的範圍內，我問了好幾個人，沒有人看到其他班的人接近。」喬聲嘴角勾著，卻不見笑意，「所以，我懷疑是本班人，是參加演講小組的人。究竟是誰，現在給我站出來。」

班上沒人說話，連大氣也不敢吐。

喬聲點點頭，繼續笑，「行，大概是有人忘了，階梯教室和走廊都有監視器，放學我會去找監控影像。」

說完後，班上的人面面相覷，然後又低聲討論。

「喬聲好帥啊！」吳妍的同桌低聲開口，壓抑著興奮，說完又捏拳，「不過拿演講稿的人真可惡，誰這麼嫉妒秦苒？還拿演講稿，真缺德，秦苒要是不會背，豈不是完了！」

吳妍笑了笑，「是啊。」手卻捏著，有些心不在焉。

晚上放學，喬聲沒拿籃球也沒去球場，跟徐搖光說了一句，兩人就往外走。

「喬聲，加我一個，我也要去。」中午參加演講的男生知道他們是要去看監控影像，「我要看看我們班上到底是誰這麼沒團魂！」

吳妍的臉色更白了，看了一眼秦苒的方向。

秦苒放學一向不喜歡先走，喜歡慢吞吞的。

有人在催促吳妍。吳妍拖拖拉拉的，發下昨天收好的英語答案卡。英語老師已經改完了，發到秦苒這裡，秦苒只有四分。

吳妍此時的眸裡沒有嘲諷，只是看了一眼周圍，班上還有幾個在討論習題的學生，抿唇想了想，跟著叫她的人一起走了。

——校醫室。

秦苒來拿安眠藥，桌子上放著幾個碗，上面蓋著蓋子，能看到熱度。

「今天表現不錯啊，」陸照影趴在桌子上看著她笑，「應該不會被罵。」

程雋不在校醫室，聽陸照影說是出門了。

「噯，同學，看病嗎？」餘光看到外面有人，陸照影一抬頭，是個年輕女生，「下班了，不過我還是可以通融一下的。」

「不是，我是來找人的，」那女生臉色紅了紅，又轉向秦苒，「秦苒，妳可以出來嗎？我有事找妳。」

秦苒坐在椅子上，手裡拿著筷子瞥了她一眼，十分冷酷，「有事在這裡說，走不動。」

「這是私事，」吳妍看了一眼陸照影，抿抿唇，「不好……」

「我跟妳沒私事。」秦苒並不理她。

吳妍只是用餘光看著陸照影，泫然欲泣，是真的要哭了，在尋求陸照影的幫助。

陸照影卻笑了，他往後一靠，摸摸自己的耳釘，比劃了一下，「我左耳進右耳出，小妹妹。」

剛剛對吳妍的和緩模樣都沒了。

吳妍的臉色白了白，抿唇躊躇了半晌，見到秦苒跟陸照影真的不理她才捏捏手，臉色蒼白地開口：「秦苒，中午那件事……是……是我做的，但是妳記住了演講稿，妳也因禍得福，妳去跟喬聲說說，別讓他跟我計較行不行？」

吳妍根本就沒想到為了秦苒的事，喬聲竟然要去查監控影像。

九班人都知道喬聲只聽徐搖光的話，什麼時候關心過其他人的事，連秦語也不過是沾了徐搖光的光。

可是秦苒才轉來衡川多久？喬聲一插手，吳妍就真的怕了。她不敢跟喬聲說，雖然喬聲平常玩得很開，實際上班上都怕這位少爺，身上有一股狠勁，所以她只能來求秦苒。

秦苒抬起頭，臉上沒有絲毫意外的表情。她把手中的筷子扔到桌子上，發出很大的聲響，面無表情但渾身都冒著火。

吳妍被嚇得一跳。

「妳……」

秦苒清了清嗓子，剛想說什麼，一股熟悉的冷香慢悠悠地傳來。緊張的氣氛緩和了一瞬。

秦苒的目光偏了偏，程雋依舊穿著黑色襯衫，沒有什麼圖案，只有一排透明的釦子。他一手拿著手機，似乎在跟人說話，身後距離三步的遠處還跟著一個年輕男人。

似乎意識到校醫室的氣氛不對，程雋瞇了瞇眼，「等等打給我。」

他掛斷電話，沒看向吳妍，目光從秦苒身上滑過，最終落在陸照影身上。

吳妍看著他愣了一下，半晌沒反應過來。

陸照影摸摸下巴，琢磨出一點味道來。他知道下午秦苒有個演講，吳妍的那一句「但是妳記住了演講稿」跟「因禍得福」很明顯，陸照影不是傻子。

他雙腳一蹬，椅子往後移了移，嘴邊掛著不達眼底的笑意。

「喔，就是這個女生中午應該故意弄丟了秦小苒的演講稿，想讓秦小苒在全校師生面前出糗，但她沒想到秦小苒不僅背下來了，效果還非常驚人。現在有人在查監控影像，她就特地來道歉，求秦小苒息事寧人。」

「根據人民檢察立案標準，報復陷害致使被害人的人身權利受到損害，致人精神失常等等是犯刑法的，兩年以下有期徒刑或拘役。」跟在程雋後面進來的戚呈均瞥了一眼吳妍，又轉頭，輕笑，「秦小姐，妳需要律師嗎？」

「我真的不是有意的……」吳妍回過神來，慌了，小聲抽泣，「秦苒，妳別……」

「不是有意的？」程雋收起手機，精緻的眉眼和緩，他看了一眼吳妍，滿溫和地說：「所以是演講稿自己跑到妳手上，然後還威嚇利誘妳丟了它？」

一番話連嘲帶諷，很毒。

吳妍愣住，校醫室裡的三個異性都用異樣的目光看她。她臉色紅了又青，青了又黑，在程雋的挖苦下，一秒也忍不住，直接哽咽地跑出了校醫室。

而戚呈均收回目光，看向此時校醫室內唯一的女生，知道對方應該就是那位他好奇不已的秦小姐。秦苒對他卻不好奇，也沒拿起筷子，而是拿起放在桌子上的保溫杯。

程雋本來想打電話，看到便半瞇著眼睛，什麼都沒想就接過來，直接幫她擰開了蓋子，還倒了一杯水出來。

秦苒手受傷的這段時間裡，不是林思然就是程雋幫她擰蓋子。她熟練地接過來，喝了之後說了聲謝謝。

本來想跟秦苒聊幾句的戚呈均：「……！」

他看到了什麼情況！

再轉頭，見到陸照影一腳蹬著桌子，對這個情景半點也不好奇，像是習慣了。

戚呈均是多淡定、理智的人，在法庭上向來一針見血、鋒芒畢露。此時卻足足愣了一分鐘才若有所思地坐到一旁的椅子上，任由程木幫他倒了一杯茶。

秦苒今天的狀態還行，沒有換藥，而是拿了一瓶安眠藥塞進口袋裡，這才拿著自己放在桌子上的書籍回寢室。

從頭到尾，戚呈均沒有找到機會跟她深度交流。

而她對戚呈均也絲毫沒有好奇心，打完招呼就低頭吃飯，吃完拿了安眠藥就走。

「這小女孩……」戚呈均看著她離開的筆挺背影，「難怪會遭人嫉妒。」

程雋看她離開了，偏頭看了一眼程木，低著嗓音：「你去查查這件事究竟是怎麼回事。」

程木麻木地應了一聲。程雋則拿起手機，繼續打電話。餘光看到掉在桌腳的一張答案卡，順手撿起來。

是秦苒剛剛拿書的時候不小心掉下來的。

本來只是隨意看著，但是真的看到了，程雋的目光卻是一頓，手也稍微收緊了。

戚呈均坐在他對面，有點好奇，也湊過來看了一眼，第一眼就看到答案卡上方的四分。

他先是一笑，剛想轉身，卻發現了不對的地方。

陸照影的手撐在椅背上，笑著開口，「小孩子什麼都好，就是智商差，很少見她考過兩位數的分數，真煩惱啊。」陸照影嘆了口氣。

戚呈均面無表情地看他一眼，然後指著這張答案卡：「你確定她的智商不高？」

陸照影一愣，撐著椅子站起來，湊到這張答案卡面前看了半晌，除了一個四分，什麼也沒看出來：「四分啊，怎麼了？」

程雋收起了答案卡，若有所思。戚呈均則一言難盡地看了眼陸照影，「沒什麼。」

陸照影嘴角抽了抽，他覺得戚呈均是想跟他打架。

＊

「果然是她！」

天漸漸黑了，喬聲終於從一堆資料中找到自己要的監控影像。

「吳妍？」

好幾個男生面面相覷。徐搖光靠在一旁，姿態優雅但眸光冷冽：「拷貝下來，我們先出去。」

喬聲早就用滑鼠拷貝好了。

叩叩——敲門聲響起。

幾個男生以為是負責監控的保全在催，一回頭卻發現門旁站了一個女生。

「秦語？妳是來找徐少的吧！」因為喬聲跟徐搖光的關係，九班都認識秦語，也知道她跟徐搖光兩人關係很好。

秦語笑了笑，目光轉向喬聲手中的隨身碟，目光一轉，「你們打算怎麼做？」

喬聲拋了拋隨身碟，笑了一下，「公布影片。」

「剛剛我在來的路上碰到吳妍了，她的狀況很差。」秦語嘆了一聲，抿起唇，「你們想過沒有要是公布了這個影像，吳妍會面對多大的壓力？她承受不住怎麼辦？因此想不開怎麼辦？」

頓了頓，秦語又了然一笑，「是我姊姊讓你們來查影像的吧？」

保全這邊的影片不是誰說要查就能隨意查的，他們又不是警察，也只有喬聲有這個魄力。

「那妳有沒有想過，要是妳姊姊沒有背起來，她面對的會是什麼嗎？」喬聲頓了頓，他收起隨身碟，靠在桌沿站著笑道：「還有，妳似乎對妳姊姊有很大的惡意？她不是那種會找別人訴苦求助的人。」

「你怎麼知道她不是這種人？」秦語看了喬聲一眼，有些似笑非笑，「她這樣我可看多了，她一聲不吭的，一副自己受到很大委屈的樣子，你看你們班的人是不是現在都很同情她的遭遇？這個時候你再公開吳妍的影片，吳妍是不是會被你們班孤立？論高明，沒有人比得過她。」

喬聲跟秦苒接觸了這麼久，多少有些瞭解。秦苒是真的冷，打架也很有膽量。一個連魏子航都能收服的人，會跟他示弱？

脾氣不好，漫不經心地斜你一眼的時候，連喬聲都不敢太大聲，也不能把「弱」這個字跟秦苒聯繫起來。總覺得秦苒有點高深莫測，不知道是怎樣的環境才能養成這種性格。

「我交的朋友，我肯定深知她的品性。秦語，我不用妳來教我，我不傻，有自己的判斷。」喬聲嗤笑一聲，將腳邊的椅子踢開，踢出一條路。他摸摸自己的頭髮，「徐少，我去食堂。」

秦語揣摩了喬聲的一番話，十分抑鬱地發現，喬聲是站在秦苒那邊的，態度堅定，不會被動搖。他真的對秦苒沒有絲毫懷疑。

秦語站在原地，感覺到其他兩個男生的目光在看自己，她不由得抿唇，沒想到喬聲真的一點也不給自己面子。

她眸光微震，「喬聲，我們認識兩年，比不過你跟她認識一個月？」

「至少她不會在我面前搬弄是非。」喬聲腳步微頓，側頭嘖了一聲。

秦語咬了咬牙，有些不可思議地看著喬聲的背影。

秦苒的手段是真的高明。不聲不響地，林錦軒、喬聲都被她收服了。

秦語深吸了一口氣，看著喬聲的方向，眸底閃過一絲不甘，又很快掩下。

「徐少，這件事喬聲不聽我的解釋，你……」秦語嘆了一聲，抿抿唇，聲音微微壓低。

徐搖光捏著手機抬頭看她一眼，「妳想讓我去跟喬聲求情吧？但吳妍這次確實犯了大忌。」

「我知道吳妍有錯，可她是我的朋友，我不管她，她就真的毀了。」秦語嘆氣，低了低眉，

「這件事沒有惹出多大的禍端，沒有必要對吳妍那麼狠，我們都是學生。」

徐搖光側著身子，臉上依舊不近人間煙火，沒開口。

「我們認識這兩年，我沒求過你一件事，這次，算我求你行不行？」秦語歪頭，笑得溫婉。

*

——食堂。

喬聲正在跟九班的幾個小弟吃飯。

「秦語沒跟過來？」喬聲等人已經幫徐搖光打了飯，瞥了一眼徐搖光的身後，喬聲的腳蹬在對面的椅子上笑著。

「她去練琴了，我有事找你。」徐搖光在喬聲左邊坐下，拿起了放在碗邊的筷子。

喬聲點點頭，表示瞭解，「你找我之後，還是要去看她練琴吧？」

跟徐搖光相處了這麼久，也知道徐搖光十分十分喜歡拉小提琴的，而秦語也拉得特別好，以前喬聲也經常跟徐搖光去聽。只是現在喬聲不太親近秦語了，很少去看她。

「嗯，」徐搖光夾了根菜放進嘴裡，吃完才開口，「吳妍那件事，私下教訓她就算了吧，影片別放出去。」

喬聲手一頓，啪地一聲放下筷子，惱火地將手撐在桌子上，「不是，徐少，秦語求你了？」

「嗯。」徐搖光並不否認。

「靠！」喬聲手握成拳，捶了一下桌子。

對面男生放在桌子邊緣的湯匙隨著震動，掉到了地上，發出一聲清脆的聲響。

徐搖光平靜得很，捏著筷子優雅隨意地說，「算我欠你一個人情。」

「徐少，我知道你很喜歡秦語，但你有必要為了她做到這種地步？」喬聲十分煩躁，他靠上座椅。

「她拉得確實很好。」

徐搖光想起那天在藝術大樓樓下聽到的曲子，後來他也找過監控影像，顯然拉小提琴的人避開了所有鏡頭。若不是他是唯物論，幾乎都要相信那可能不是人了。

不過他也很清楚，秦語並不是那天拉小提琴的人。

「我聽了她兩年的琴，她第一次求我。」徐搖光瞇起眼，偏頭看喬聲一眼，「所以你答不答應？」

喬聲捏了捏手，最後又鬆開，有些無力，最後嘆道：「徐少，你說我敢不聽你的嗎？」

雖然妥協了，喬聲還是忍不住感到委屈，「徐少，你圖什麼呢？你就這麼喜歡她？秦小苒除了不會彈琴之外，比她可愛多了。」

「她很識趣。」徐搖光頓了頓，瞥了喬聲一眼。

「哼——」喬聲笑，「我算是看出來了，你要是告訴她你是京城……她還會這樣玩你？」

好好一個小徐少，到了雲城住宿舍、吃食堂、穿地攤貨。

徐搖光沒理會他。

喬聲就不明白連他都看出來的事，為什麼徐搖光沒有動靜，還這麼照顧秦語。他就這麼喜歡會拉小提琴的人？

喬聲有點氣。這是什麼癖好。

喬聲晚上沒去自習，感覺沒臉去見秦苒，所以回家裡躲著，拿著手機看了秦苒的頭像一整晚，最後傳了一句話過去：

『秦苒，強權所逼，我對不起妳！但我一定會替妳狠狠教訓吳妍一頓！』

*

隔天，秦語早早就找到了吳妍，和她說這件事。

「語兒，謝謝妳！」吳妍沒想到秦語為了幫她做了這麼多，激動地握著秦語的手，「徐少果然還是罩妳的！」

吳妍還謹記著學校的不成文規定——若在學校裡非要找出一個不能惹的人，那就是秦語，因為徐少罩她。

「都是朋友，我怎麼會不幫妳。」秦語微微笑著，「快上課了，妳回班上吧。」

吳妍十分感激地看了她一眼。

回到九班，她坐到自己的位子上，拿出英文課本背課文，低著的眼眸看了一眼秦苒的方向。

秦苒正靠著牆，滑開手機就看到了喬聲三個小時前傳來的訊息。她微微瞇眼，然後又側身看喬聲。

喬聲趴在桌子上補眠，頭埋在手臂裡。

早自習下課，吳妍走過來湊到秦苒桌子面前，低聲開口：「秦苒，妳沒想到吧？根本就不用妳開口，妳以為……沒有喬聲罩著妳，在這個學校妳算什麼？」

昨天她那樣求秦苒，秦苒都沒答應她，吳妍恨上加恨。

聽到吳妍的話，秦苒腦子一轉，大概知道了喬聲的那句話是什麼意思。

秦苒抽出一本習題本，翹著二郎腿，心情十分美好地看了吳妍一眼：「誰告訴妳我要靠人罩了？」

吳妍看她一點都不氣，還笑出來，不由得愣了一下。

這跟她預想的不一樣。

也就是在這時候，坐在夏緋位子上跟夏緋看手機的林思然忽然滑到什麼，愣了一下，猛地站起來，氣沖沖地衝著吳妍道：「吳妍，妳為什麼要丟苒苒的演講稿！」

全班在這時候安靜了一瞬，參加演講的幾個女生愣愣地說：「林思然，妳是不是弄錯了？」

吳妍也是他們寫演講稿、查資料的一員，怎麼會不知道在那種場合弄丟稿子的嚴重性？

「林思然，妳可別亂說。」吳妍的瞳孔縮了一下，但是想到秦語跟她說的話又放鬆了下來，

「是不是有人跟妳挑撥離間，說了什麼？說不定她就是自己提前背好，然後故意撕掉了稿子，博取

關注，要不然以她的智商能記住這麼長的演講稿？」

誰都知道她說的是秦苒。徐搖光的話喬聲不敢不聽，吳妍很確定。這兩人一干涉，影片絕對不會被放出來。

這樣一想，吳妍更有底氣了。

吳妍說的話也有道理，在所有人眼中，秦苒不是個愛讀書的人，能記得演講稿確實很讓人費解。吳妍一臉問心無愧，還指責林思然跟秦苒，看起來大氣凜然，像是無辜被冤枉。

「林思然，這件事可能是個誤會，」有人開始出來當和事佬，「大家都不要動氣。」

「什麼誤會？」

吳妍還記得昨天秦苒一副愛理不理自己的樣子，自己被圍觀的屈辱感。她張了張嘴，有些盛氣凌人地笑了，「林思然，是秦苒跟妳說的吧？」

全班這時候才下意識地看向秦苒。

秦苒手裡還拿著剛剛那本習題本，手指有一搭沒一搭地敲著封面，臉上帶著漫不經心的笑。背靠著牆，下巴微微抬起。

她這個人喜怒一向明顯，但現在，班上的人卻看不出她的表情。

面面相覷，對這件事情有些搖擺不定。

「煩不煩！」

也就是這時候，將頭埋在桌子上的喬聲站起來，滿臉戾氣，踢了椅子一腳，「都給我去位子上坐好！別吵我睡覺！」

喬聲雖然是富二代，但他平時玩得開，沒什麼架子。此時他站起來低著嗓子開口，全班都靜下來，不太敢說話。

吳妍心裡卻委屈得要命，喬聲即然答應了不放出影片，就肯定不會放出來。此時站起來，不過是為了維護秦苒而已。

憑什麼？憑什麼她求秦苒的時候，秦苒可以絲毫不講情理，這時候她卻要不計較！

「林思然、秦苒，」說不上是嫉妒還是其他心理，吳妍心裡有一股火湧上來，「這件事妳們今天必須跟我說清楚！」

「吳妍！」

喬聲警告地看了她一眼，這個人要是還不識趣，就算有徐搖光，他也不打算息事寧人。

吳妍咬了咬唇，不甘心卻不敢再說什麼。

兩人這一來一往，看在班上其他人眼裡，有點像是喬聲刻意維護秦苒的意思。

只有夏緋跟林思然沒說話，林思然看著吳妍，似乎是想看她能做到哪一步。

「算了，吳妍，別計較了……」吳妍的同桌跟吳妍關係好，伸手去拉吳妍。

「呵。」林思然忽然笑了，「吳妍，如果我不知道事情的真相，看妳這麼委屈的樣子，我會覺得妳是真的被冤枉了。」

吳妍已經走到了自己的位子。聽林思然這麼說，又像是被戳破的氣球，炸了，「林思然，妳這句話是什麼意思？好啊，我本來不打算跟你們計較，但妳就因為秦苒的一句話，一而再再而三地汙蔑我……」

吳妍的同桌馬上去拉吳妍，小聲開口，「這件事有可能是誤會，跟妳和秦苒都沒有關係，妳就別說了。」

吳妍氣得眼睛通紅，恨不得殺死秦苒的樣子讓人覺得她是受了天大的委屈。幾個跟吳妍很要好的學生都去安慰吳妍，好像這件事她才是最大的受害者。

林思然看到秦苒坐在位子上不言不語，就覺得難受。

早自習下課時，林思然去問夏緋一道數學題目。數學老師在上課時講過，林思然聽得差不多懂了，但上課時秦苒圈了幾道題目說不懂，讓林思然跟她講一遍。

林思然自己也一知半解，雖然她知道秦苒是個學渣，但也沒有要敷衍她的意思，就去找夏緋討論這個題目，想從題幹到公式、答案，把這個問題真的搞懂。

兩人討論完題目，林思然拿著筆順思路。

夏緋任由她思考，自己拿起放在一旁的手機，繼續滑。

林思然順完思路要走的時候發現夏緋的表情不太對，下意識地看了眼她的手機。

就看到一段監控影像。

走廊上，一個女生側對著鏡頭撕紙張的畫面不是很清晰，但絕對能看清那個人是吳妍。

林思然親身經歷過演講稿被弄丟的那種緊張感。

稿子是在秦苒面前被丟的，如果不是秦苒記性好，他們九班就丟臉丟到市集長官跟電視臺去了。

這意味著他們這麼多天的努力白費了，這一切的源頭還會被歸加到秦苒身上。

所以九班人才會在知道演講稿被丟之後集體行動，怒斥偷稿子的人，同仇敵愾。

在知道這一切竟然是吳妍做的後，林思然的失望氣憤程度可想而之。

最讓林思然想不到的是她說出這件事之後，吳妍還覺得委屈。

這時，吳妍的同桌看向林思然：「林思然，妳也少說兩句……」

因為吳妍的表現，班上的這些人可能都覺得林思然有些無理取鬧。

「妳要計較是吧？可以啊。」林思然拿過夏緋手中的手機，連笑都不想笑了，也不解釋，只是放大影片後扔到吳妍手裡，輕聲開口：「你們看看。」

第三章　照片

吳妍只是笑笑，根本不在意。

只是一直拉著她的手的同桌，不知道為什麼忽然放開了她的手。

「怎麼了？這上面有……」

吳妍冷笑著低頭，本來還想嘲諷一兩句，話還沒到嘴邊，臉色忽然僵住。

她臉色一變，想要刪掉這個影片。

林思然看了她一眼，「這是論壇發的影片。」

刪不掉的。

班上其他人下意識地掏出手機，打開學校論壇，貼文就在第一頁，很容易被看到。

吳妍下意識地看向周圍，剛剛還在幫她說話的同桌拿著手機往後退了一步，防備地看著她。

論壇影片的畫面中，吳妍的側臉很好認。清晰度不是藍光版的，但也能看清她臉上的表情，她撕掉幾張紙，又把隨身碟扔到垃圾桶，往上面倒水的時候側著的臉笑得猙獰又詭異。

吳妍的出現讓九班人都目瞪口呆，完全傻了！

她說秦苒自導自演、說秦苒故意陷害自己，現在看來根本就是自己打自己的臉！

看到監控畫面後，誰是清白的，誰是罪魁禍首一目了然！

剛剛吳妍一副委屈的樣子，真的有人懷疑秦苒自導自演，還有不少人讓林思然別鬧，現在看起來卻是無比諷刺。

真正的罪魁禍首吳妍被他們護著，而一手拯救了九班學分、維護了九班名聲的秦苒卻被他們懷疑唾棄，連他們自己都為秦苒感到心寒。

還有吳妍，她是怎麼做到一臉委屈，一臉憤怒地把所有過錯都推到秦苒身上的？

「秦苒，對不起。」

吳妍的同桌滿臉愧色地朝秦苒彎了彎腰，然後回到自己的位子上，不管吳妍，把自己的書搬到兩個人的桌子中間。

現在才多大就這麼有心機，要不是今天有監控影像，秦苒豈不是百口莫辯。其他之前有搭話過的人紛紛前來道歉。

「我……」

吳妍顫抖著手，她腦袋一片空白，直接傻眼了。腦子裡的一根弦啪地一聲斷了。

她剛剛都義正嚴辭地說了些什麼？

說她本來不打算跟秦苒計較，就因為這句話，班上的人都下意識地相信她，可現在看來這句話從頭到尾就是一個笑話！

她不敢面對那些之前跟她關係比較好的人，因為他們現在都用一種厭惡的目光看著自己。

她自以為喬聲不拿出監控影像，就沒人能拿出來，自以為一切都被自己掌控著。

但是這監視器畫面，徹底暴露了她那張嘴臉……

「簡直不要臉，她不就是嫉妒喬聲跟秦苒關係好。」

吳妍後面的同學把自己的桌子往後移，怒罵出聲。

面對班上同學明顯的排斥跟指責，吳妍低頭捂著臉，跌跌撞撞地從後門跑出去。

有人還在跟林思然道歉，但她心情不太好，搖了搖頭，坐回自己的位子上，偏頭小聲問：「苒苒，妳沒事吧？」

「沒事，謝謝。」秦苒垂眸，看了一眼手機上的影片，是她昨天晚上從學校監控處駭來的。

她本來想拿出來，只是還沒用到。

她微低著頭，翻到學校論壇，發文的是一個ＩＤ為「leifeng」的人，看不出什麼頭緒。

「我又沒做什麼。」林思然愣了一下，不知道秦苒怎麼會蹦出這句話，「妳還給了我言昔的專輯耶，妳知道那……」

「言昔那件事，我只動動口。」秦苒放下手機，手撐著下巴，指尖冷白，「比不上妳……」

林思然抬頭看她，而秦苒笑笑，不再說什麼。半晌後又偏過頭，看著林思然。

不到一天，繼那個影片之後，九班的人又義憤填膺地把吳妍的事添油加醋地在論壇上說了一遍。學校裡幾乎都傳遍了，沐盈班上的人一整個下午都在討論這件事，都在說秦苒在稿子被人撕了之後怎麼逆轉乾坤，又說吳妍怎麼樣……

秦苒在這些學弟學妹眼中，成了比徐搖光那些人還神祕的人物。

「那算什麼，秦苒可是沐盈的表姊！」李鈺涵挽著沐盈的手臂，「放學後帶我們去見妳的表姊吧？」

沐盈一抬頭，那些在班上混得很好的幾個人都一臉期待又驚嘆地看著她。

她家境不好，成績又沒有沐楠好，第一次這麼受人關注。鬼使神差的，沐盈答應了他們，在秦苒的教學大樓下等。

晚上放學，秦苒依舊走得比別人晚。沐盈一看到她，眼前一亮，剛揮手還沒開口，就看到不遠處的一輛賓士中走下一個老者，停在了秦苒面前。

秦苒此時拿著手機，低頭走得很慢，前面忽然投下陰影。她沒抬頭，只是換了個方向繼續走。

那個人影頓了一下，顯然沒有想到她會是這個反應。不過也馬上轉過來，伸手攔住了她。

「不好意思，」聲音略顯蒼老，雖然笑著，卻微微瞇起眼睛打量秦苒，指了指不遠處的那輛賓士，「我們夫人要見妳。」微微頷首，語氣不卑不亢。

秦苒擰眉往旁邊站了站，面無表情，頭也沒抬地說：「讓開。」

沒問車，也沒問他是誰，更沒問夫人是誰，這顯然出乎老者的意料，秦苒的回答不在他預料的任何情況之內。

「封夫人想要見妳，請妳跟我走一趟。」老人又擋住了路，加重語氣。

秦苒終於抬起頭，左手的手機轉了一下，在半空中劃出一道弧度，又被她緊握在掌心，眼神又冷又燥：「讓開。」

或許是還沒人這樣跟自己說過話，老人愣在原地。但秦苒繞過他，往前走沒幾步就看到沐盈。

秦苒顯然心情不太好，沐盈很少見到她這麼冷的樣子。

「表姊。」她小聲開口。

「嗯，」秦苒清了清嗓子，微微瞇起眼，杏眼中寒意還來不及收斂，抬了抬眼眸：「找我有事？」

「是這樣的，」沐盈看著不遠處的寶馬，想問那是什麼人，但見到秦苒的這個表情又不敢多問，只是開口，「媽聽說妳的手受傷了，要妳星期六來我家。」

「她又是怎麼知道的……」秦苒捏著手機想了想，回她：「行，我會去。」

「不好意思，我表姊她一向脾氣不好……」沐盈等秦苒離開了，才低頭慢慢跟同學解釋。

「哇，果然名不虛傳，靠近一公尺範圍內自帶冷氣！」

「沐盈，她竟然真的是妳表姊！」

「剛剛那個從寶馬上下來的老人是誰啊？看起來好氣派！」

沐盈還沒解釋完，身邊的一群人壓抑著聲音開口，激動到不行，完全不像是被怠慢的樣子。

還想解釋的沐盈站在原地愣了半天，心情複雜地看著秦苒離開的方向，「我也不知道。」

*

秦苒去校醫室的時候，陸照影正捧著手機笑得很傻，看到秦苒，他打了聲招呼。

戚呈均一向忙碌，打完官司就該走了，但他今天一直待在校醫室，手裡拿著秦苒的答案卡。

「秦……」

他張了張嘴還沒開口，程雋就從人體模型那邊繞過來，抽出他手裡的答案卡，遞給秦苒。

秦苒看了一眼，是上次她塗的答案卡，手一頓。

程雋看了她一會兒，面不改色地開口，「妳昨天不小心丟在這裡，我讓人收起來了。」

秦苒點點頭，很有禮貌地開口：「謝謝。」

戚呈均就盯著秦苒看。

陸照影沒看出來，他跟程雋都看出來了，這女生看似雜亂、得分少的英語答案卡，實則裡面所有ABCD的選項，包含了五個摩斯密碼。

摩斯密碼是用長短頓點來表示英文字母、數字跟常用符號，而秦苒畫的五個摩斯密碼是有順序的，組織起來就是鎢酸的分子式。

一開始他很疑惑這個分子式有什麼意義，經過程雋提醒，他才發現鎢酸分子式的分子量是二五〇，意思是罵人傻子——這女生用塗答案卡罵人呢！也不知道她是在什麼情況下塗這張答案卡的。

戚呈均坐在沙發上，手指抵著唇，看著程雋幫秦苒換藥。

這時候，校醫室已經關門了，但外面有人敲了兩下門，又急又響。

陸照影的腿放在桌子上，不太在意地開口，「進來。」

門「匡噹」一聲地被人推開。

有這麼急？

陸照影瞇眼抬頭，一眼就看到還穿著西裝、拿著公事包，似乎剛出差回來的徐校長。

他連忙放下腿，站起來，「徐老，你是來找戚呈均的吧？」

戚呈均本來沒注意到敲門的人。他學過一些微心理學，正在試圖分辨秦苒的心理活動。還沒分析出什麼，就聽到陸照影的聲音。

戚呈均不由得愣了一下，也馬上站起身朝徐校長看過去，很緊張地說：「徐……」

校醫室的人都下意識地覺得徐老突然匆匆來校醫室，肯定是要找剛來學校的戚呈均。然而，徐校長都沒看戚呈均一眼，直接往秦苒跟程雋那裡跑。

程雋剛拆下紗布，正在用酒精清理邊緣。

幾天過去，她手心的傷口已經開始癒合，有些紅腫，帶點微紫，有縫合的痕跡，看起來比之前更猙獰。

徐校長的臉色幾乎頃刻就變了，「妳這隻手是怎麼弄的？」

「徐校長？」秦苒看到徐校長也很意外，又看看自己的手，隨意笑了笑，「放心，沒事。」

「什麼沒事！醫生，她這隻手……」徐校長臉色漆黑，不理會她，只看向對面。這時候他才發現幫秦苒包紮傷口的人是程雋，驚愕了一下才開口：「有你在，她的手問題應該不大。」

徐校長稍稍鬆了一口氣，不過還是忍不住看了一眼程雋。這個人每個月只接一台手術已經是慣例了，現在這是……正猶疑著，這才注意校醫室的情況。

看到站起來的戚呈均，他一愣，驚訝道：「你也來雲城了？」

戚呈均：「……」

他笑了笑，張了張嘴剛要開口，卻看到徐校長又轉向了秦苒那邊。

「妳說妳是怎麼回事？這麼大一個人，還能讓人把妳的手傷成這樣？」徐校長現在臉色不好看，也不看秦苒的手，只看著她的臉：「妳跟我說這隻右手怎麼回事？誰他媽吃了熊心豹子膽，敢這樣動妳的右手！封樓城他不知道……」徐校長看著陸照影等人投過來的目光，忽然反應過來，頓了頓，「不知道妳現在的情況嗎！」

「沒事，廢不了。」秦苒另一隻手撐著下巴，指尖抵在唇邊。

徐校長一向沉穩，是儒雅學者派，理智又克制，程雋他們這是第一次聽到徐校長說髒話。

程雋小心地將藥粉撒到秦苒手心的傷口上，期間抬頭看了徐校長一眼，眸子裡都是沉靜。

陸照影就沒有他這麼淡定了。他傻愣地看看秦苒，又看看徐校長，這兩人不僅在年紀上，連身分上也有巨大的鴻溝。徐家在京城比不過站在頂端的那三家，但徐老在京城的地位舉足輕重，因此徐家能排在他們之後。在京城，想要結交徐家、接近徐老的人不知凡幾。

他完全沒有想到徐校長跟秦苒不僅認識，看樣子還很熟？

一偏頭，戚呈均從一開始的一瞬傻眼，到現在完全淡定，陸照影不由得問了他一句。

「這很奇怪？」戚呈均微挑了一下眉，目光從秦苒那裡收回來，緩緩開口：「雋爺的不對勁我都能接受了，何況是徐校長。」

不愧是律師，一針見血。

陸照影愣了愣，現在他才反應過來，好像確實是這樣？但徐校長是因為什麼呢？難道也是因為她長得好看，很養眼？

徐校長跟程雋、秦苒又說了幾句，就走出了校醫室大門。

飯店的人已經把食物送過來了，今晚吃的是小龍蝦。秦苒一開始很期待，直到看到小龍蝦身上白白的一層蒜泥：「……」

陸照影跟戚呈均開了一瓶啤酒喝，秦苒也拿過一瓶酒插上吸管，還沒喝就被程雋拿走。
「今天的主菜是蝦。」他把牛奶擺到她面前，手指點了點桌面，沒喝酒。
秦苒拿著筷子戳著米飯，抬頭看了他一眼，「麻辣的才好吃。」
程雋看了她一眼，低頭剝了一隻蝦。他的手法不是很熟練，但很細緻，畢竟是主刀醫生，剝的殼整整齊齊。將飽滿瑩潤的蝦肉放到她碗裡後，程雋拿了張面紙擦拭修長的指尖，「試試。」
戚呈均的手一頓，嘖嘖稱奇。
「你看，就是這樣。」他微微低頭，壓低聲音跟陸照影說話。
比起現在，徐校長的反應算什麼，你能在京城找出一個可以讓雋爺低頭的人嗎？
陸照影見怪不怪，只是翹著二郎腿問秦苒，「秦小苒，妳怎麼認識徐校長？」
「徐校長去我們鎮上扶貧過，我來一中的推薦信就是他給我的。」秦苒小口小口地吃蝦，臉上看不出什麼異狀。
陸照影撓撓頭，覺得這也太誇張了，張了張嘴還想問什麼，看到程雋斜了他一眼，馬上把嘴巴貼上封條。
程雋低下眼眸，眉目清朗，但心裡也不如表面上那麼平靜。
面前的這個孩子究竟是什麼人？七一一的大案件裡有她的身影，資料還被封鎖了一半；封樓城為她找了一二九，連一向淡定的徐校長也護著她，邏輯思維好到讓人心驚肉跳……很神命的一個人。

與此同時，市郊的一個社區內——

「吳姸，是我對不起妳，我沒想到喬聲竟然連徐少的話都不聽了，害妳……」秦語推門走進吳姸的房間。

吳姸只是呆坐在自己的床上，聞言，有些緩慢遲鈍地反應過來，「不關妳的事，這件事不是喬聲做的。」她的聲音嘶啞，低垂著眼眸。

白色的手機被她扔到一旁，螢幕停留在論壇上。

論壇裡，現在幾乎每一篇文章都在討論、譴責她，吳姸現在連看都不敢看。

「不是他，那還有誰能拿到監控影片？」秦語看著吳姸，驚訝地開口。

「還能有誰……」吳姸笑得有點奇怪，不知道想起了什麼，還未開口的話又被吞下，很生硬地轉了話題，「我爸媽準備下學期幫我換學校。」

秦語嘴角微揚，只一瞬間就斂下，「妳要是有什麼事直接找我，我能幫上忙的一定會幫。」

吳姸胡亂地點頭，等秦語離開這裡，看不到人影了才拿起手機，手指點開相冊，一眼就看到了她想要看到的那一張。

她的手指捏著，冷漠又猙獰，眸底全是瘋狂。

*

次日，星期六。

秦苒沒去醫院，而是打了通電話給陳淑蘭之後，中午去了寧薇家。寧薇今天休息，秦苒到的時候，屋內食物的香氣縈繞，寧薇正在廚房忙碌。

「表姊，妳來了。」沐盈打開門，讓秦苒進去。

秦苒進去之後，才發現秦語跟寧晴都坐在客廳的沙發上。自從上次鬧翻後，寧晴又被陳淑蘭數落了一通，這是第一次看到秦苒，她尷尬地拿起桌上的茶。

「苒苒，妳的手……」

她看著秦苒的右手，想到陳淑蘭說的話，張了張嘴，想問她的右手是怎麼回事，這也是她這段時間十分煎熬的一件事。只是一句話還沒說完，秦苒就轉身去廚房看寧薇。寧晴僵著手，端起沐盈幫她倒的一杯茶掩飾尷尬。

「二表姊，喝茶。」沐盈把另一杯茶遞給秦語。

秦語看著那茶杯，接過來卻沒有喝，而是放在桌子上。這玻璃杯不知道被多少人喝過，寧薇家連個消毒櫃都沒有。

沐盈沒去廚房幫寧薇跟秦苒，而是坐在秦語身邊，看著秦語一直低頭看手機，笑得十分乖巧，「妳的手錶真好看。」

目光看到秦語是在看學校論壇，沐盈不由得拿起手機，「二表姊，妳為什麼在看學校論壇？」習慣性地點進去，隨意翻了翻，在看到一條回覆足足有一千條的文章標題上看到「校花」這兩個字，知道這是在說秦苒的，不由得點進去。

一眼就看到首圖，還有後面被掩蓋的半邊標題，她瞪大眼睛，手指僵住，感到不可思議。

這時，秦語收起手機，微微側身，不解地問，「沐盈，妳怎麼了？」

寧晴也看過來。

秦苒待在廚房裡，寧薇把罐子的蓋子蓋上，轉頭就看到秦苒手心包著厚厚的紗布。

「好好待著，別碰水。」寧薇揮手，讓她出去。

秦苒想了想，將手裡的青菜扔回水池，不過也沒走，就靠在門邊，瞇了瞇眼。

寧薇想想寧晴跟秦苒的關係，在心裡嘆氣，卻也沒逼她出去。

「這裡的空調是妳找人來裝的吧？妳打工也不容易，不要花在我們家，阿姨雖然沒本事，但還能養活一家人。」寧薇絮絮叨叨地繼續開口：「還有，下次不要幫沐楠買衣服了。」

上次在學校，秦苒讓沐楠帶回來的一個袋子就是幫沐楠買的新衣服。

秦苒盯著冒著熱氣的罐子看，漫不經心地應了一聲。寧薇知道她的脾氣，嘴巴上是回應了，下次還是會買。

幾道大菜做好了，湯也是一早就在燉著。寧薇先端了湯出去，秦苒拿著幾個碗慢悠悠地跟著。

狹窄的客廳裡氣氛不太好。

寧晴盯著手裡的手機，低著眉眼，不言不語，秦語坐在她身邊，一臉擔憂的樣子。沐盈則手指捏著裙子，坐立不安。

寧薇將湯放到桌子上，下意識地問，「怎麼了，都這個表情？」

寧晴抬眸，手機被她「啪」地一聲扣在桌子上。她沒看寧薇，目光落在秦苒臉上，聲音顫抖：「妳老實告訴我，上次妳給妳外婆的錢是哪裡來的？」

秦苒彎腰，把碗放在桌子上，然後拉開一張椅子坐到飯桌邊，不太耐煩地回答，「是我自己的。」

「那這是什麼？」寧晴從沙發上站起來，拿起扣在桌子上的手機走到秦苒身邊，把放大的一張照片給她看。

秦苒幫自己倒了一杯水，靠著椅背。

那是一張背景有點黑的照片，有路燈，滿模糊的，但是能看清照片上的人是她，背對著她的人看不清長相，但年紀不輕了，旁邊是一輛賓士。

這種照片發出來太令人誤會了。

秦苒拿杯子的手一頓，側頭打量了片刻，輕笑。

「妳的錢是不是他給的？」寧晴的腦袋有點亂，「我給妳的錢妳從來不用，現在……妳是什麼意思？故意挑釁我，報復我？」

秦苒明白過來寧晴在說什麼，慢吞吞地抬頭看著寧晴，眉眼裡都是漠然。

寧薇也知道事情不對勁，連忙抓住寧晴的手，「大姊，妳別衝動，有話好好跟孩子說，苒苒不是那種不聽話的孩子。」

誤會了秦苒很多次，寧晴又緩了緩情緒，看著秦苒，「妳告訴我，照片上的人到底是誰？這麼晚了，妳為什麼要去見他？」

秦苒拿碗幫自己盛了一碗湯，漫不經心地開口：「我為什麼要告訴妳？」

油鹽不進的，寧晴的腦子一陣抽疼，連沐家都不願意待了，拿著自己放在沙發上的包包氣沖沖地走了。

「姊姊，能……唉。」秦語看了秦苒一眼，欲言又止，最後嘆氣，追上寧晴，「媽，妳等等我！」

寧薇還是不知道具體發生什麼事了。

「沒事。」秦苒淡定地開口。

她喝完了湯，又吃了一碗飯，看到林思然打給她的奪命連環call才離開沐家，回到學校。

今天是星期六，除了住校的人，大部分的學生都在家。住校的人在教室自習，也有人在路上閒逛，學校水泥路上的人不多。九班的人還站在一起討論，有人用手比劃著跟秦苒說著什麼，義憤填膺的。

「苒苒，我打電話給妳怎麼不回？」林思然把秦苒拉過來，壓低了自己的聲音，「妳看學校論壇了嗎？」

林思然拿出自己的手機，點開一篇文章給秦苒看——

『這女生，不就是某班的新生？』

『難怪我看她明明家境不好，竟然還用奢侈品。』

『這男的都夠當她爸了吧？』

「……」底下的回覆一條比一條激烈。

有照片，基本上是一片倒，評論還在不斷增加，秦苒就漫不經心地看著。

這時候，九班的門被敲響了，門邊的人站得筆挺：「秦苒是哪位？出來一下。」是一位老師。

秦苒將手機還給林思然，跟在那位老師的後面走。教室裡的人看著她，等她走後，又小聲討論起這件事來。而秦苒跟在這位老師後面去了辦公室，裡頭坐著幾位老師。

「是這樣的，秦同學，」教導主任是上次在演講比賽時認識秦苒的，對她印象深刻，語氣很好地開口，「有人匿名舉報妳行為不檢點，對此妳有什麼要解釋的嗎？」

「解釋什麼？」一個女老師看了秦苒一眼，很是厭惡，「現在的學生什麼事做不出來……」

有幾個其他老師阻止了她。

教導主任看了她一眼，目光轉向秦苒，斟酌著：「秦苒，這件事已經發酵到微博上了，對我們學校名聲，對妳也不好。能告訴我，妳跟照片上的人認識嗎？是不是有人故意營造了假象，還是有內情？」

如果不認識，那這件事好辦多了。

秦苒眉頭微挑，然後放下手機，懶洋洋地收回目光，輕笑：「認識。」

教導主任一愣。

那個女老師看了秦苒一眼，就嗤笑一聲。只是她還沒笑完，秦苒繼續開口，不疾不徐地說：「他是封樓誠。」

女老師因為臨時接到舉報而趕來學校，秦苒一副油鹽不進的樣子讓她有點煩，直接開口：「封樓誠是誰？妳現在能聯繫到他？妳為什麼晚上要見……」

女老師還沒說完，教導主任就站起來，「妳說的是我想的那個封樓誠？」

「不然？」秦苒點點頭，聲音無波無瀾，但很有禮貌。

「我知道了。」教導主任看了秦苒一會兒，臉色變了變，「這件事我會處理，妳先回去吧。」

「主任，你怎麼讓她離開了？」女老師不太理解，卻也不敢在教導主任面前放肆，只是語氣顯然不太好。

教導主任看著秦苒的背影，若有所思，聽到女老師的話，他瞇了瞇眼，語氣有些和緩：「不讓她離開，妳準備拿她怎麼辦？」

「肯定要叫家長，通報警告！」女老師皺著眉，「這不是會影響到我們的風氣嗎？」

「通報警告？」教導主任笑了笑，然後點點頭，「連封樓誠一起警告？」

「他那種人必定也是社會上的人渣。」女老師想想那文章上的形容，不由得皺眉，「為什麼不能警告？」

「行啊，」教導主任理了理自己的衣服，微微笑著，「妳去。妳把我們市裡第一家族的家主掛在我們學校論壇點名警告，妳厲害，可以啊。」說完之後，教導主任也不理會她，側身跟另一個男老師說話，「這件事你去處理，圖片剛放出來，影響不大。秦苒年紀輕輕的，別被影響了，把文章都給我刪了。」

教導主任年紀那麼大了，也不是那種沒有眼光的人。從秦苒一開始落落大方的樣子，他就不覺得有什麼可疑之處。更別說對方是封樓城，這件事秦苒不會隨便開玩笑。

男老師應聲，連忙拿出手機聯繫其他人。而教導主任點點頭，直接離開辦公室。

女老師呆在原地，有些呆愣地看著男老師，「剛剛主任說什麼封家？」

「妳上官網看看，或者晚上打開本地新聞有可能會聽到或者看到他。」男老師打完電話，朝她笑了笑，「封家妳聽過吧，封家家主的名字應該很好找。」

女老師張了張嘴。封樓誠這個名字，在雲城最頂尖的階層裡鼎鼎有名。但像她這種小市民每天就只數著手指過日子，哪會關注雲城大事、雲城大人物有哪些，又哪會關注本市掌權家族的族長是哪位、叫什麼？尤其封家這個家族距離他們的生活太遠了，她平時根本接觸不到，自然沒想過要關注這些，更不知道封家家主的名字是封樓誠。她剛剛要做什麼？把秦苒跟封樓誠放在一起警告？

男老師還在跟一群管理論壇的人說什麼，但女老師已經沒有心思去聽了，坐在椅子上，背後一陣濕冷。

傍晚，秦苒去校醫室換藥。

最近幾天戚呈均一直留在校醫室，程雋好像也很忙。秦苒換好藥之後，幾個人在低聲探討什麼，程木刻意壓低了聲音，讓人聽不到。

秦苒就坐在角落，拿了一台他們不用的電腦在打什麼。

「秦小苒，要喝水嗎？」陸照影舉著杯子，靠在桌邊問她。

秦苒瞇眼，搖了搖頭，「不用。」

「妳在幹什麼？」陸照影端了杯水過來，有些好奇。

秦苒咬著嘴裡的棒棒糖，看著電腦上最後顯示出來的ＩＤ。
又按了一下，畫面瞬間成了遊戲頁面，她微微一笑，「遊戲。」
陸照影笑了笑，「妳也玩九州遊啊，看比賽嗎？」
秦苒咬碎棒棒糖，含糊地點點頭。
「那妳肯定知道ＯＳＴ的陽神楊非，他很厲害，」陸照影笑，「他不是剛贏了冠軍嗎？下個月在雲城有一場季後賽。這個票一般人花錢都買不到，我有個朋友認識他們，到時候帶妳去見他。」
他一副「妳快感謝我」的樣子。
秦苒瞥他一眼，沉默了一下：「……喔。」
陸照影摸摸下巴，思索著這女生怎麼跟他認識的其他楊非女粉不一樣。
九州遊遍布全球，楊非是第一個打出國內，揚名國外的選手。意氣少年一飛沖天，不僅僅在國內深受九州遊粉喜歡，就連國外都有他的後援會。而最近兩年，九州遊進入了一個新的時代，這個時代叫「陽神」。就連陸照影都滿喜歡他的，還經常利用自己的特權去拿票。
秦苒這表現……她不會是個假粉吧？

＊

學校論壇的文章出現得莫名其妙，也刪除得莫名其妙。發文的人不停地發，但也總是不停地被刪除。因為是放假期間，除了少數一些人，知道的並不多。

星期一早上，秦苒從床上爬起來，就看到床邊放著一盆綠色植物。她朝林思然床上看去，林思然已經起床了，秦苒瞇了瞇眼，洗臉之後才去教室。

一個上午過後，秦語來到學生會。

學校論壇是學生會的人管的。

「學姊好。」學生會的人都認識秦語，一個個都非常有禮貌地跟她打招呼。

秦語點點頭，來到技術部，閒聊了幾句才無意地說道：「我有個朋友發了好幾篇文章都無緣無故被刪了，你知道是什麼情況嗎？」

負責這件事的人一聽到秦語的話，大概就知道秦語在說什麼，「妳是說關於某個包養文？」

他壓低聲音。

秦語點點頭，眸光閃爍，也放低了聲音，「有什麼內情？怎麼突然被刪了，是因為對學校影響不好？」

「不是，總之這件事妳不要管。」負責人一臉神祕。

「為什麼？」
負責人嘆了一聲，小聲開口，「妳知道這件事的當事人是誰嗎？」
秦語不太在意，她哪知道秦苒認識什麼人，不過還是下意識地問：「誰？」
「雲城老大，封家人。」
有那麼一瞬間，秦語覺得自己聽錯了。她揚了揚眉，聲音都不自覺拉高，「封家人……你是從哪裡得到的消息？」
秦語當然知道雲城第一家族封家，只是她這個階層的人從沒見過封家家主，唯一有交流的是封夫人。封辭雖然是林錦軒的朋友，但是秦語也沒跟他多說過幾句話，更別說是封樓誠，秦語只在電視上見過。而且別說她了，就連林家也沒能跟封家交好。
「小道消息，這件事妳得保密，別說出去。」男生十分忌憚地開口，「老師親口跟我說的。」
秦語抿了抿唇，低著眉眼半晌後，抬頭笑了笑，「妳怎麼知道這件事是不是真的？」
她從來沒有聽秦苒或陳淑蘭說過她們認識封樓誠，所以不太相信，如果秦苒真的認識封樓誠，會不跟寧晴他們說？會不跟別人說？
「這個我不清楚。」男生搖搖頭又抿抿唇，微微思索，「反正也沒人會拿這個開玩笑對吧？」
秦語沒再說什麼，就是有些心不在焉。
末了，秦語把頭髮別到耳後，微微笑著，「或許吧。」

這件事風聲大，雨點小。實際上，圖片剛貼出來的時候確實有不少人帶節奏，但後來學校論壇上有不少人自發性地維護秦苒。學校論壇的文章實際用處也不大，不過現在連這用處不大的文章都被刪了，網路上流量最大的大概就是微博了。

秦語若有所思，手漫不經心地點開了吳妍的頭像。

＊

星期一下午最後一節課下課，秦苒坐在座位上慢吞吞地把書收好。林思然問過她之後，收拾完東西就去食堂了。

秦苒一向動作慢，教室裡的人很快就走得差不多了。

「秦苒，有人在樓下等妳！」有個男生在門外，對秦苒喊道。

秦苒坐得沒有很直，看起來有些懶散，整個人的色彩風格總是充滿自我，長長軟軟的頭髮披在腦後，總讓人覺得涼颼颼的。

男生見到秦苒點點頭，腦子裡全是對方嘴角漫不經心的笑。

在樓下等秦苒的是沐楠。

「學校論壇上沒事了吧？」沐楠穿著黑紅色格子襯衫，本來冰冷的臉硬是被沖散不少，他平常少言寡語的，有種讓人不敢上前溝通的意味，而暖色調的衣服恰好讓他達到了一種平衡點。

秦苒很疑惑沐楠今天為什麼會來找她，她笑了笑，左手拿著手機，「沒事了。」

沐楠點點頭，插在口袋裡的手放鬆下來。

沐楠剛上高一就被選為高一的級草，在學校也小有名氣。他比較冷，但不是徐搖光的那種孤傲，而是從骨子裡散發出來的冷。

沐盈在不遠處朝沐楠招手。

「表姊。」

沐盈知道論壇文章的事，沒想到星期一來學校，事情就平息了，她不由得多看了秦苒一眼。秦苒點點頭。

她要去校醫室，沐楠跟沐盈要回家，三人在路口分開。

與此同時，恩御飯店——

秦語從車上下來，寧晴站在飯店門口等她。

「來得正好。」看到秦語，寧晴嘴角都是笑意，「封夫人已經在樓上等了，妳跟封夫人好好相處。」

這種事不用寧晴說，秦語自己也知道。她點點頭，跟著寧晴上去。

封辭今天沒有來，他本來要來，聽說臨時有事耽誤了，林錦軒倒也在場。

「聽說語兒就要去京城拜名師了？」封夫人笑著看向秦語。

秦語微微抿唇，「嗯，最近正在練拜師曲。」

寧晴叫人把秦語的小提琴帶過來了，見到封夫人喜歡，就讓秦語現場表演一段。

秦語也不推辭，她改編的那首曲子已經耳熟能詳了。除了意境上差了不少，但熟練度跟基本功不會出任何差錯。

封夫人看秦語拉完一段小提琴，莫名有些走神，若有所思。

「怎麼了？」看到封夫人這樣，秦語心頭一跳。

封夫人回神，抿了一口茶，微微笑著：「沒什麼，妳拉得真好，都可以去巡演了。」

封夫人覺得這風格好像有點耳熟，她應該聽過，卻想不起來是在哪裡聽過。

秦語不只被一兩個人誇讚過，這點自信她還是有的，抿起唇，「對了，媽，關於姊姊有件事不知道……」

寧晴眉頭一擰，不用猜就知道秦語想說什麼，連忙用眼神示意秦語別在封夫人面前提起。秦語抿抿唇，看著封夫人遲疑著……

「妳說。」封夫人抽了一張面紙，擦了擦手。

秦語有些難以啟齒，最後猶疑地嘆了口氣，開口：「就是，聽別人說我姊姊認識封家家主，是真的嗎？」
封夫人的手卻是一頓，微微抬頭，詫異道：「妳還有姊姊？」
封夫人對林家的瞭解不多，哪知道秦語還有個姊姊。
秦語也抬頭，她沒想到封夫人連秦苒的存在都不知道……
寧晴下意識地端起茶，避開封夫人詢問的目光。往日看到熟人，她都會刻意避開秦苒。
「是的。」秦語反應過來，笑了笑又覺得不好，繼而抿唇，「她跟別人說自己跟封叔叔很熟，我只是想問問您。」哪知道封夫人根本就不知道她姊姊的存在。
「跟別人說她跟我們家老封很熟？」封夫人一聽到秦語的話，大概就知道是什麼情況了。她端著茶杯，笑得很嘲諷，「還真是奇怪，老封真的沒幾個熟識的人。」
「原來不認識。」秦語低下頭，掩住嘴邊的笑，「那應該是我聽錯了。」
因為封辭沒來，林錦軒只是坐在一旁替幾位女士整理餐具，沒什麼開口。
聽到這裡，他抬了抬眼眸，看向秦語，「妳聽誰說的？她不像是會說這種話的人。」
林錦軒對秦苒也有幾分瞭解。話不多，人也冷，跟秦語完全是兩個類型，眉宇間總是斂著若有似無的少年人的意氣鋒芒。
又是這樣，不由自主地維護秦苒。秦語看向林錦軒，心裡很抑鬱，臉上卻笑著。
「我也是聽別人說的。」

封夫人對秦語的這個姊姊沒多大的興趣，轉而問起秦語的事情。秦語在雲城名媛中不算最出色的，但也小有名氣，聽說小提琴拉得好，比起家裡那個陰氣沉沉的的潘明月，不知道好到哪裡去。

她又拉著秦語的手說了好久。

等封夫人離開後，寧晴才問秦語，「妳姊姊是怎麼回事？」

「不知道，我也是聽別人說她借用封家人的名號，把論壇的事壓下來了。」秦語淡淡地開口。

*

——校醫室。

戚呈均不知道從哪裡抱來一隻捲毛犬，黑溜溜的眼睛，「程木，幫我準備籠子，我讓人托運回去。這是要給你女神的，用心點。」

程木的動作本來很慢，又板著臉，並不在意這件事。但聽到戚呈均提起他的女神，連忙打起精神，十分迅速地拿出手機，聯絡人幫戚呈均安排好這件事。

陸照影正在滑手機，坐在秦苒身邊頭也不抬地解釋：「程木的女神喜歡狗。除了雋爺，程木對她最認真了。」

他一手按著手機，漫不經心地解釋著。不知道什麼時候滑到一個頁面，嘴邊的笑容緩和下來。

側頭一看，秦苒正捧著一本外文書，低垂著眉眼，很認真的樣子。

陸照影抿抿唇，收起手機站起來，朝另一邊正對著人體模型思考的程雋比了個手勢。

程雋本來不打算理會陸照影，看到陸照影的口型說著「秦小苒」，他想了想，放下手中的東西，不疾不徐地跟著陸照影出來。

「秦小苒跟封樓誠的照片被人發到了微博上，被人買了熱搜跟推廣。」陸照影皺眉，很著急，「上次我找學校拿了監控影片，傳到衡川一中的論壇上，我懷疑這件事就是那個人做的。」

程雋「嗯」了一聲，表情沉穩，似乎不意外，但眸色卻變深沉了。

「你知道行銷帳號帶風向一向噁心，現在怎麼辦？我讓人撤掉這些行銷帳號？」陸照影並不清楚秦苒、封樓誠和徐校長之間的關係，但據他了解，一定跟三年前的那個案子有關。

他把手機遞給程雋。程雋翻了一下，網友對這些事一向敏感又厭惡，底下的話自然不堪入目。

陸照影看到程雋的臉色沉了下來。

「你去辦好。」程雋從口袋裡摸出了一根菸來，不知道想到了什麼，沒點燃，只在手裡把玩著，臉上一貫懶散的笑意都沒了。

他把手機扔給陸照影，咬著未點燃的菸，嗓音冷狠：「還有，順著這條線查查操控的人。能買這麼多行銷帳號的絕對不是普通人，我倒是想看看誰會對一個高中女生有這麼大的惡意。」

陸照影心想，京城裡的人不知道雋爺的心計，不知道是哪個傻子，要是知道這件事有雋爺在後面掌控著，可得哭慘了。

微博上的發酵是學校裡所有人都沒有想到的。陸照影已經壓掉了大多數的行銷，但第二天一早，廣大的網友已經人肉到衡川一中了。一中人事部為了這件事召開緊急會議，這件事一開始在論壇發酵的時候，沒人知道會發展到這一步。

九班知道這件事的時候也差不多在這個時候。林思然跟夏緋本來一起去上廁所，洗手的時候聽到有人在小聲地聊這件事，兩人一查，跳出一堆熱門微博，她們連忙回九班找秦苒。

「苒苒，妳快去找老班。」林思然皺著眉，「微博上那些人真是瘋了，他們又不認識妳，怎麼都亂說，還要人肉妳？」

「什麼微博？」秦苒懶洋洋地瞥來一眼。

「妳沒微博嗎？」

秦苒頓了頓，又笑，「半年沒用了。」

「微博上的那件事妳不用管，妳先去找老班。」林思然思路很清晰，「這件事我們處理不了，只能讓學校擺平。」

相處這麼久，林思然也知道秦苒的個性。知道秦苒一向不在意這些事，便拉著秦苒去高洋的辦公室，但沒想到高洋也正好來找她。

「正好，學校長官也在找妳，妳跟我來。」高洋推了一下自己的眼鏡，笑得和藹。

秦苒跟在高洋身後，去了一趟學年主任辦公大樓。上次那個女老師也在，她不太敢看秦苒，就拿著自己的東西走出門，不過剛出來，就看到秦語抱著一堆資料上樓，女老師認識她，雙方打了聲招呼。

秦語看了看辦公室裡面，了然，「是秦苒啊。」

女老師訝異，「秦同學跟她很熟？」

「算不上吧，昨天剛跟封夫人聊過。」秦語將頭髮別到耳後，「我聽學生會有人說秦苒認識封家人，昨晚跟封夫人吃飯的時候順便問了一下，封夫人並不知道她。」

女老師的腳步猛地頓住，轉頭說，「秦同學，真的謝謝妳！」她也不急著離開了，而是匆匆轉身去教導主任辦公室。

秦語站在原地，等女老師離開後也沒有走。

手上的資料其實只是個幌子。她低頭，微微抿唇，昨天晚上林錦軒的態度讓她有點慌，拿著手機想了想，又低頭撥了一通電話出去。

「喂，媽。」秦語看了辦公室那邊一眼，眸底流轉著光，「……沒事，只是想跟妳說一聲我在教導主任辦公室裡看到姊姊了，她有打電話給妳嗎？」

*

經過一夜的調查，陸照影吩咐的人查得差不多了。拿到資料的時候，連他也感到意外。

「是誰？」程雋把筆放下，按了一下太陽穴，語氣不疾不徐。

陸照影靠在一旁，單手插口袋，把資料往他面前一扔，「你絕對沒想到，我竟然順著那個人查到了徐家，這個人背後跟徐家有點關係。」

「徐家？」程雋的身子往後靠了靠，敲著桌子，半瞇著眼，「徐老不是這樣的人。」

「當然不是，那只不過是跟徐家有點關係的一個小人物，哪能認識徐老。」陸照影笑了笑，眉眼狂妄，「她也只是跟小徐少認識。」

程雋看了他一眼，想了想名字，不太確定地說：「徐搖光？」

「就是他。」陸照影嘖了一聲，「不過聯繫行銷帳號的人不是小徐少，是秦語，就是秦小苒的妹妹，估計是透過小徐少認識那個小人物的。」陸照影都懶得記名字。

程雋笑了笑，「膽子真大。」

「可能沒想到有人會去查她。」陸照影仔細觀察了一下，他們雋爺說這句話的時候，眼底確實沒什麼笑意。

「證據都拿到手了吧？」程雋重新拿起筆。

「幾張截圖外加轉帳記錄，都有。」陸照影伸手摸著耳釘，磨了磨牙。

程雋「嗯」了一聲，聲音裡帶著鼻音：「印兩份，送一份給徐老，一份留下來。」

陸照影知道程雋的意思，印了幾張紙後收好，「行，交給我。」

與此同時，辦公室內——

教導主任對秦苒很客氣，「昨晚已經有人降熱搜了，但總有幾個知情的人在推波助瀾，剩下的事情學校會安排好。」

高洋其實很著急，會來找教導主任就是想把這件事的影響降到最低。卻沒想到他還沒開口，教導主任直接安排好了一切，讓他有點愣住。

教導主任只是溫和地看向秦苒，「還有其他問題嗎？」

其實他早就知道秦苒的存在，當初林麒曾經把秦苒的檔案給他，那時候教導主任拒絕了。沒想到她後來竟然拿著校長的推薦信進了衡川一中，又跟封樓誠有掛鉤，他很難對秦苒不客氣。

秦苒抬起頭來說了聲謝謝，滿有禮貌的，就是臉上沒什麼情緒。

「真是麻煩丁主任了。」高洋繃緊的神經一瞬間放鬆，連忙替秦苒開口。他就說，秦苒是這麼乖的學生，哪會做這種事。

砰——

這時候，門被從外面推開。

「主任，我剛剛得到消息，人家封家主可不認識什麼高中小女生。」女老師走進來看了秦苒一眼，陰陽怪氣的。

「妳又在說什麼鬼話？」教導主任頭痛地按了一下太陽穴，「這件事不用妳管。」

女老師看著秦苒，一臉嘲諷。「我沒說錯，不如您問問這位秦苒同學，看她是不是真的認識封家人。」女老師知道秦語的身分，秦語那種人當然不可能撒謊，那撒謊的就只有秦苒了。

沒想到她說完，秦苒沒有半點驚慌，只是瞥了她一眼，似笑非笑的。

高洋有點搞不清情況，怎麼又跟封家有關係了？

「主任，」女老師不再看秦苒，把目光轉向教導主任，「秦苒同學只不過是借用封家人的名號讓學校幫她擺平這件事，她根本就不認識封家家主，這種行為惡劣至極。」

教導主任的腦袋一陣抽痛。他看向秦苒，放輕聲音：「秦苒同學，妳能聯繫一下封先生嗎？」頓了頓，他又開口，「當然，主任並不是懷疑妳。有一些細節需要封先生幫忙，他畢竟也是當事人之一，微博那邊我們要先做好預防措施。」

秦苒就站在原地，偏頭看了一眼女老師，不知道想到了什麼，笑著點點頭，「行。」依舊不慌不忙的。

女老師看到她這樣，覺得有什麼不對勁，卻也想不通，只把自己的手機遞過去，「等等，我找了一個號碼，妳打過去。」

她把手機拿給秦苒看。秦苒沒抬頭，只是將自己手裡的手機轉正，滑出通訊錄，從為數不多的幾個人當中找到一個名字。

女老師湊過去看了一眼，是通訊錄，看到上面顯示著三個字——封樓誠。

裝得還滿像的。女老師並不覺得秦語的情報有誤，又急著拆穿她，直接開口，似嘲似諷地說：「連封家主的私人號碼都有，那妳現在打吧。」

秦苒沒理會她，直接點下了這個名字。

兩聲，電話就被接通。封樓誠的聲音傳來：『秦……』

「封先生您好，我們教導主任想跟你說幾句話。」秦苒直接打斷了他未出口的「秦小姐」。那邊的聲音頓了一下：『好，妳拿給他。』封樓城的聲音頓時變得公式化起來。

教導主任和封樓城說了這件事。

『抱歉，我是去送點吃的給孩子，沒想到會鬧得那麼大。現在有個會議走不開，我讓管家去學校一趟。這件事你們不用擔心，我會處理好。』

辦公室裡很安靜，封樓城的聲音周圍幾個人都聽得特別清楚。畢竟是封樓誠，氣勢足，說話條理清晰。而女老師從秦苒沒什麼表情地拿出手機，開始說第一句話的時候，心中就有一種不祥的預感。

第三章 照片

接下來的等待時間中，辦公室裡沒什麼聲音。

叩叩——

二十分鐘後，辦公室的門被敲響了，教導主任等人馬上站起來。進來的並不是封樓誠的管家，而是匆匆忙忙趕來的寧晴，臉上的妝容有點花了。

「對不起，對不起，主任，孩子給您添麻煩了。」寧晴連忙開口，一瞥，見到秦苒自顧自地坐在一旁的椅子上，低頭玩著手機就低聲開口，「秦苒！」

秦苒沒抬頭，也沒理會她，自顧自地低著頭。寧晴的頭更是快炸開了，她張了張嘴，還想說什麼時感覺眼前一黑，多了一道陰影。

一轉頭，一個拿著公事包的年輕男人走了進來。

稍微有在關注時事的人，對頻繁出現在本市報導中的封樓誠長相肯定很熟悉，對於封樓誠的左右手李管家一定也很眼熟。這個平常只在電視裡跟封樓誠一起出現的人，此時竟然會出現在這裡。

教導主任心底一驚，封樓誠真的很重視秦苒。

「秦小姐。」李管家先十分恭敬地跟秦苒打了招呼。

嘴角這才掛上恰到好處的微笑，轉向教導主任，遞出一張名片，「丁主任您好，我是封家的管家，這次是專門過來處理秦小姐的事情。」

他跟教導主任微笑著握手。周圍沒人敢吭聲，女老師早就嚇得一臉蒼白，臉色一黑，額頭沁出冷汗，喃喃開口：「秦語明明告訴我他們不認識……」

「主任，如果沒我的事，我先回教室了。」秦苒朝他們點點頭，朝門外走去。

整個辦公室裡除了李管家，其他人都不敢吭聲。

而寧晴接到秦語的電話後怒氣沖沖地來學校，現在只愣愣地看著秦苒的背影，又看看跟教導主任說話的李管家，頭腦嗡嗡作響，彷彿第一次認識秦苒。

*

眾所周知，微博上的事情要儘快降低熱度，能平息最好。三天後，關於秦苒的這件事，在微博上找不到任何一點蹤跡，連關鍵字都查不到了。就像一滴水掉進大海，激盪不出半點波瀾。

這時，秦苒在程雋這邊拆線。

「這是一份資料。」程雋拆完線，又囑咐了一些注意事項才把資料遞給她。

微博的熱度沒了，現在是揪主謀的時候。他也沒出手，只把事情全權交給秦苒自己處理。

當然——怕某人處理不好。

他就同時找了徐校長。依照徐校長對秦苒的關心程度，不會對這件事坐視不管。

秦苒咬著嘴裡的棒棒糖，低頭翻了一下文件。這份文件她手裡也有一份，比程雋給她的更詳細。

「好吃嗎？」程雋問了一句。

秦苒抬起頭，一雙眼睛霧氣醉人，「什麼？」

「妳的糖。」他不動聲色地伸手指了指。

秦苒從口袋裡摸出一根糖給他，「隨便吃，別客氣，我有很多。」

她今天難得沒穿外套，穿了一件被她冷落很久的格子襯衫，是紅黑色的，釦子十分禁欲地全都扣起，衣襬紮進牛仔褲，腰身很細，順著紮進牛仔褲的衣襬能看到流暢的線條。

窗外的陽光正好，打在她的側臉略顯刺眼。

程雋懶懶地笑了一下，看了一會兒，拿出一根菸咬在嘴裡，卻沒點上。

門外，程木拿著手機進來，「雋爺，郝隊來……」

他是想要說什麼，但一看到秦苒，沒說出口的話就被吞了下去，下意識地看了一眼秦苒。

秦苒手上的線已經拆掉了，她撐著桌子剛要站起來，就聽到程雋開口：「就這樣說吧。」

「……郝隊來雲城找您了，就在門外。」程木看了秦苒一眼，徹底服氣，面無表情地開口。

＊

——校長辦公室。

徐搖光敲門進去，聲音恭敬：「爺爺。」

「坐。」徐校長指了指門邊的椅子，闔上手裡的文件，「聽說你很喜歡學校裡的一個女生？」

徐搖光似乎很驚訝，「爺爺，您說的是……秦語？」

「她借著你的名義做了一些事，當然，不是說你的人脈、地位不能用……」徐校長手指敲著桌子，沉默了一下，繼續開口：「就是，爺爺想不通，為什麼你當初看不上秦苒，卻找上了這種人？」

說完，徐校長把桌子上的一份資料推給徐搖光，「你看看。」

徐搖光的手一頓，而後又若無其事地伸手拿過來。徐校長的這份資料是陸照影給他的，很齊全。

徐搖光翻了幾張，雙眼低垂著，眸光微冷。

等了半晌，徐老也沒見到徐搖光開口，他端起了一杯茶，抿了一口：「關於秦語，你沒有什麼想說的？爺爺想聽聽你的看法。」

徐搖光翻了幾張就把文件放回去，抬頭看著徐校長，似乎是思索了一下才開口，聲音恭謹，「爺爺，你為什麼會認為我喜歡她？」

徐校長活到這麼大把年紀了，看人很準，尤其是這個孫子。雖然優秀，但心思沉，無法接替他的位置。眼下倒是沒料到徐搖光會這樣回答，他有些驚愕，「你不喜歡？」

「嗯。」

「那為什麼我要你訂婚的時候，你不同意？」

「我沒想過要結婚。」徐搖光的眼眸清冽，依舊是又清又冷的淡定模樣。

徐校長真的半晌沒反應過來。

離開校長辦公室的時候，徐搖光沒拿走那份資料也沒下樓，站在走廊末端，看著一群少年在不遠處的操場上搶球的樣子，鮮活又明媚。

他爺爺、喬聲、一中的學生，似乎連秦語自己都認為他很喜歡她。

＊

——林家。

「張嫂，妳去二樓整理出一間房間。」飯桌上，林麒開口。

寧晴最近這兩天都在想秦苒和封樓誠的事，聽到這裡，她詫異地抬頭，「家裡有人要來？」

「是心然，她也高三了，要回雲城高考。」林麒放下筷子，「這件事也是德海今天才跟我說的。」

孟家是林錦軒媽媽那邊的人。林錦軒的母親死去多年，兩家卻一直沒斷絕來往。他們這幾年的生意重心都放在京城，要不是孟心然今年高三，她也不會回來。

飯桌上，林麒在跟林錦軒討論這件事，秦語卻是心不在焉。

好幾天過去，微博的熱搜被壓下來後，吳妍徹底失去了消息，秦語又聯繫不到那個帳號的人。

徐搖光以往都會找她討論題目或聽她拉小提琴，她一直都對徐搖光若即若離，但現在他真的不理她了，她反而更加不安，這幾天上課都心緒不寧。

秦語坐在椅子上，長髮從肩膀滑下，遮住了那雙漆黑的眼睛。半晌後，她抬頭：「媽，我也想帶姊姊去京城的魏老師那裡，妳知道她也拉過小提琴。」

寧晴很意外，「帶她去？」

秦語點點頭。

林麒吃得差不多了，但也沒離開，聽到這一句後詫異地揚起眉，「妳跟妳小姑說過了？」

「這件事我會跟小姑說，她應該不會拒絕。」秦語笑得很溫和。

林婉是什麼個性，寧晴自然知道，秦語若是貿然說起這個，可能會引起林婉的反感。若是以往，寧晴一定不會讓秦語冒這個險。但現在，寧晴想起幾天前在辦公室遇見的封家管家，鬼使神差地點了點頭。

秦語低頭，眸底疑惑更深了。

第三章 照片

——下午，剛放學。

秦苒的手拆線後，這幾天好得差不多了。她準備去醫院看陳淑蘭，摸出口袋裡響著的手機，上面是寧晴的電話，秦苒準備當作沒看到，然而寧晴依舊一如以往，鍥而不捨地打來。

秦苒想了想，還是接了。

寧晴暫時不會帶秦苒去外面，怕被熟人撞見，約好了晚上在林家見面。

「是秦小姐啊。」張嫂上下看了一眼秦苒，「進來吧。」

秦苒右手插在口袋裡，半瞇著眼睛，懶得理她，並掃了屋子一眼。

寧晴坐在沙發上，有些心不在焉，而秦語正從樓上下來。

秦苒沒坐下，左手還拿著一捲紙。她盯著秦語看了一會兒，又收起眼神，吊兒郎當地看向寧晴：「說吧，找我有什麼事。」

寧晴站起來，看著秦苒笑了笑，「苒苒，妳到啦……妳的手……」

秦苒滿不耐煩的，「別做這些虛偽的。找我有什麼事，妳先說。」

寧晴被她打斷，頓了頓，心裡有些不高興，但還是忍著：「就是，妳妹妹過一個月就要去京城了，那個魏老師很厲害，媽媽準備讓妳跟她一起去，長長見識……」

秦苒歪過頭，額前的頭髮滑過眉骨，夾雜著一股冷意，嘴角邪魅地勾起，似笑非笑地看向秦語：「讓我去京城？妳確定她這是好心？」

寧晴有點不滿她這個態度：「這怎麼不是好心了？妳功課不好，學學小提琴，還能走藝術生這條路，妳妹妹完全是為了妳。」

「姊姊，妳不要誤會，我也只是為妳好。妳也知道妳的成績……」秦語頓了頓又開口，「魏老師名氣大，到時候他就算不收妳，指點一兩句也是受益匪淺。」

秦苒嗤笑一聲。她一向這樣，脾氣又冷又臭，不像秦語那麼乖巧又安靜。

寧晴被她的眼神刺激到，「妳這是什麼眼神？妳妹妹也是在為妳著想！」

「怎麼回事？」這時候，林麒從門外走進來，把公事包遞給張嫂。目光掠過寧晴、秦語，最後停在秦苒身上，笑：「苒苒來了啊。」頓了頓又開口，「怎麼了，在吵架？」

「爸，沒事，是我不好，我惹姊姊生氣……」秦語抿抿唇低下頭，看不清她的臉。

林麒一愣，聲音放緩了：「語兒，有什麼事好好跟妳姊姊說，她不是……」

啪——

秦苒抬手，把手中的幾張紙扔到桌子上，看向寧晴，「沒什麼好說的，我希望妳管好秦語。林叔叔，您幫過我，我看在您的面子上，沒把這些交給法官。」

秦語看著桌子的那些東西，下意識地有些不安。而林麒不知道最近微博上的事，抬手拿起了桌子上的東西翻看，臉上從疑惑變得沉默，最後一向溫和的臉都變沉了。

上面是秦語跟吳妍的聊天記錄，還有她把微博帳號介紹給吳妍的記錄，最後一張是秦語轉二十萬人民幣給吳妍的銀行匯款單。

第四章　第一女神探

全部看完，林麒就知道這件事的大概了。

「林叔叔，你先看，我回學校。」秦苒見林麒翻得差不多了，對他說了一聲，轉身往門外走。

可能是因為氣氛，林麒也不如以往那麼溫和，秦語一時間竟然不敢說話。

林麒讓司機送秦苒回學校，被秦苒拒絕了，他又將人送到門外。再回來時，面色沉靜，眸色染寒。

「這是剛剛苒苒給我的，妳們都看看。」林麒把那幾張紙遞給寧晴。

寧晴一看，心口瞬間一緊。秦語越發不安，心臟跳得飛快，走近過來拿走寧晴手中的紙，從上往下掃過。她跟吳妍的聊天記錄、跟帳號主人的聊天記錄，還有吳妍的轉帳記錄，一筆一筆記得清清楚楚。

秦語臉上的血色瞬間消失，脖頸上青筋畢現。

她所知道的秦苒不過是一個再普通不過的高中生，以至於她誘導吳妍找那個帳號主人的時候都沒有偽裝，誰知道這些聊天記錄，甚至連銀行轉帳記錄都會出現在寧晴手上。她預想到最壞的，也不過是吳妍站出來說出這一切，她還可以反駁。但秦語怎麼樣也沒料到，秦苒不但一聲不響地拿到了聊天記錄，甚至連銀行轉帳記錄都查到了。她哪來這麼大的本事？

「爸、媽，不是這樣的。」秦語抱住林麒的手臂，眼裡迅速聚攏起水霧，「吳妍是我的朋友，我不知道她找我幫忙是為了這些，還有她要離開一中了，她向我借錢，我能不借嗎……」

感覺到林麒並沒有動搖，秦語心底的恐慌瞬間湧出來。

林麒低頭看了她一眼，「吳妍是妳朋友，妳借給她二十萬都不用問一聲嗎？她怎麼知道妳跟那個人很熟？」

秦語的手有點僵硬，又迅速開口：「她們都知道我跟那個人很熟。爸您也知道，我每天為了練琴只睡五六個小時，哪有時間問這些事。」

林麒看了她一眼，伸手拿開她的手，轉身走向樓上的書房。他按按眉心，似乎有些疲憊，「語兒，妳讓我想想。」

秦語不敢跟著他上樓，只跌坐在沙發上，眸色翻湧。寧晴也沒有理會她，只是拿著被扔到桌子上的幾張紙，怔怔地坐著。

＊

幾天後，校醫室門邊停著一輛來自京城的吉普車。從副駕駛座上走下一個高大身影，三十歲上下的年紀，極其突出的五官棱角分明，眼射寒星，雙唇削薄，下巴上有剛冒出來的鬍渣，很明朗的硬漢形象。

他在校醫室門外看了幾眼，目的十分明確地推開大門進去。

秦苒的右手實際上已經癒合得差不多了，還有一道疤，正在慢慢淡化，程雋正在拿藥給她。是淡綠色的藥膏，秦苒也沒見過，敷在傷口上有點涼。

「雋爺，關於……」

三十歲上下的男人走進來，手裡拿著一疊檔案，話還沒說完，看到坐在程雋對面的女生又止住。顯然這件事不太適合讓一般人知道。

秦苒收起藥，自然地避開。程雋則往後一靠，散漫地開口：「等等快開飯了，坐吧，那是郝隊，京城刑警隊大隊長。」

轉而朝那個男人看過去，慢悠悠地開口，「你有事就說吧。」

郝隊頓了頓，又看了秦苒好幾眼。對方低垂著眉眼，一根猶如蔥段的手指敲著唇，五官精緻明豔，有種冰冷感，這副容貌倒是少見。他稍微愣住後跟程雋提了幾句，終究避著秦苒，沒有多說。

不一會兒，程木、陸照影跟戚呈均三人一起從外面回來，看到郝隊都很高興。

「郝隊！」

陸照影要好地摟住郝隊的肩膀，程木跟戚呈均則十分嚴肅恭謹，「郝隊。」

這兩人顯然對郝隊極其敬重。

郝隊朝程木投去了一個疑惑的眼神，是針對秦苒的。程木一臉木然地搖頭。

他擺好了飯菜，在吃飯的過程中，大多是陸照影在沒話找話聊。

「郝隊，我的女神沒來嗎？」程木一臉期待地看著郝隊。

郝隊搖頭，「她有事，不能離開京城。」

「喔。」程木十分遺憾，「我女神要是能來，這件案子會好破很多。」

郝隊頷首，因為秦苒在場，他說得很含糊，「嗯，這個案子不好破，跟三年前七一二的案子很相似，要是能找到當年管理那個案子的人，我有百分之九十的把握能把他們一網打盡。」

郝隊看起來像是知道一點內情。陸照影疑惑地撐著下巴，郝隊是刑偵大隊第一人，很少見到他這麼佩服一個人，滿詫異地說：「郝隊長，你也有這麼佩服人的時候？」

「七一二那個人……」郝隊吃完後放下筷子，想說什麼，但看到坐在一旁的秦苒又迅速咽下差點脫口而出的話，「沒什麼。」

秦苒一直低著頭，郝隊說話的時候手上的筷子碰了一下碗。

「怎麼了？」程雋低了低頭。

「沒事。」秦苒搖頭。

吃完飯之後，郝隊單獨叫程木出去。

「那個女生是誰？」郝隊幫自己點了一根菸，微微瞇眼。

「衡川一中的學生。」程木面無表情。

郝隊吐出一道煙圈，瞇眼：「學生？」

「你也很疑惑吧？」程木現在已經完全起不了半點波瀾，「她不但是個學生，成績還很差，當然，長得是真的好看……」

「跟你女神比起來如何？」程雋一向很傲，沒見過他對誰這樣，郝隊有一絲好奇這女生是不是有不一樣的地方。

「她哪能跟我女神相提並論？我女神可是刑偵大隊的第一女神探！」

郝隊歪頭看了程木一眼，點頭，「喔。」他沒什麼興趣了，不再過問。

「三年前的卷宗我看了。」郝隊轉身往外走，「我去找雲城刑偵隊。」

*

幾天後，秦苒手上的疤痕也好得差不多了。最近幾天程雋、陸照影等人很忙碌，那個郝隊防她像在防狼一樣，所以秦苒很少去校醫室。她趴在桌子上微微閉著眼，身上的校服拉鏈拉到最上面，遮住了下巴。

身邊，林思然在為夏緋講解一道習題。

「林思然，妳的筆記本是從哪裡來的？」夏緋指著林思然一直當作參考的筆記本開口。

林思然側身看了一眼，「是苒苒給我的。」不過她一直都沒怎麼看。

「這名字好熟悉……」夏緋指著第一頁的三個流暢的字，若有所思。

林思然笑了笑，不太在意，「世界上這麼多人，同名字的人全國能找出幾百個。」沒什麼好奇怪的。

「不對……」夏緋搖頭，「我絕對在哪裡看過。」

夏緋說得這麼篤定，林思然不由得拿起筆記本，翻了幾章。裡面的字寫得極其認真，每個知識都解釋得很清楚，畫的重點也很明確。林思然看著看著就入神了，再回過神來，中午自習就這樣過去了。

「苒苒，妳這套筆記是從哪裡來的？」林思然現在終於知道秦苒給她的究竟是什麼寶貝了。

「別人送的。」秦苒睜眼，半眯著眼睛看向林思然。眉色懶散流暢，如同青煙。

林思然也很瞭解秦苒，聽到她這麼說，也沒再多問。而是學秦苒趴在桌子上，說起另一件事：「苒苒，再過幾天就是校慶了，我們班排了一個節目，妳要不要……」

實際上，這個節目從開學的時候就開始排了。因為是五十年校慶，學校十分重視，但那時候秦苒還沒轉來九班。

秦苒轉來後，一身冷肅的氣息。是長得好看，但文藝委員不敢跟她說話，直到前幾天才咬著手帕讓林思然幫她說一聲。然後林思然一句話都沒說，秦苒就把書往腦袋上一蓋，聲音悶悶的：「我拒絕。」

林思然痛心疾首地看著她那張臉，說她暴斂天物，秦苒就戴上了耳機。

吵死了。

下午放學，秦苒跟林思然一起下樓。她一向晚走，剛走出校門，上次那個穿著西裝的老年人又攔住了她，態度十分強硬：「秦小姐，我們夫人找妳。」

這一次，他身後還有兩個穿著黑色衣服的保鏢。

不遠處有學生投來疑惑的目光。

秦苒深吸了一口氣，「行，我跟你們走。」

五分鐘後，學校不遠處的包廂內。封夫人坐在窗邊，臉色鐵青地看著對面坐著的女生。

「妳就是封樓誠連夜推掉所有事，也要去探望的那個女學生？」封夫人手中拿了一杯茶，涵養算高，但看著秦苒的目光帶著刺，還有幾分嘲諷。

秦苒坐在她對面，臉上沒什麼表情。

她雖然一向很冷，但大多數時候都是吊兒郎當、漫不經心的，帶著遊戲人間的輕佻。但是現在她那張精緻的臉不見任何表情，兩隻眼睛深沉猶如沉潭，帶著一點晦澀的朦朧。

「藏得夠深。」封夫人「啪」地一聲把茶杯扔到桌子上，「我該說妳手段夠厲害嗎？」

「妳想幹什麼？」秦苒深吸了一口氣，聲音無波無瀾，那雙眼睛卻十分深沉。

「離開雲城。」封夫人看她一眼，「別妄圖找封樓誠，妳一個學生玩不過我的。」

秦苒冷冷地笑了一下，握著杯子的那隻手劈哩啪啦的，燙得很，「封夫人，妳總是這樣，唯我獨尊，肆意猜測，不在乎任何人的生命……」

她低垂著眼，手中的杯子幾乎快往面前的人臉上砸去。

就在這時，她放在桌子上的手機響起。是一陣悠揚的音樂聲。

秦苒低頭，是程雋之前幫她設定的鬧鐘，上面還寫著備註——塗綠色瓶子的藥膏。

湧出來的暴戾一點點被平撫，秦苒深吸了一口氣，拿出手機撥通了一個號碼：「封叔叔，景色咖啡，你過來吧。」

秦苒沒等封樓誠過來，打完電話後直接離開了包廂。剛走出咖啡館的大門，就看到陸照影在對面那家私房菜館的門口叫她。

秦苒的腳步頓了頓，嘴裡咬著一根糖，捏著手機想了想，還是抬腳朝他們那邊走過去。

戚呈均不在，但程雋跟郝隊、程木都在。

「妳怎麼沒在學校？」程雋掛斷電話，低頭問一句。

秦苒笑了笑，臉色很平靜地說：「出來見個人。」

程木等人都聽到了，不過他們都覺得秦苒的「見個人」不外乎是同學什麼的，都不太在意。

程雋也不理會郝隊、程木，直接低頭詢問秦苒，「進去吃飯？」

秦苒跟封夫人坐著的時候確實不餓，連茶都沒喝，更別說吃點心了。現在程雋這樣一問，她還真的有點餓。

秦苒跟程雋去包廂吃飯，陸照影對那個案子的興趣不大，但也跟過來了。三個人吃了不到十分鐘，程木跟郝隊才進來，都有些無精打采。

陸照影摸著耳釘，翹著二郎腿笑，一點也不意外，「怎麼，那位錢隊長沒見你們？」

郝隊悶聲坐下，沒說話。

他雖然是京城刑警大隊隊長，但是全國那麼多刑偵隊，儘管這位錢隊長只在雲城，名氣卻高於郝隊。陸照影笑著看看程雋，又看看秦苒。最後夾了一塊肉放進碗裡，偏頭跟秦苒解釋，「那個錢隊長是雲城刑偵隊隊長，他三年前成名，最重要的是三年前加入了一個偵探組織，妳當然肯定沒聽過他，因為這間偵探所不對外開放。」

陸照影把秦苒劃分為自己人，開始對她慢慢解釋。卻沒想到他說完後，秦苒連問都沒問一句，臉上毫無波瀾，甚至幫自己夾了一口青菜，內心毫無波動。

陸照影還正在等著秦苒追問他什麼線索、錢隊長是幹什麼的……這一系列的問題呢。

「好吧。」陸照影放下筷子，往椅背上一靠，笑了，「真是的，我為什麼要跟妳說這些。」

她又不懂。陸照影沉沉地嘆了一口氣。

「雋爺，難搞啊。」陸照影轉向程雋那邊，低聲開口。

程雋沒理會陸照影，只是低頭看了眼秦苒的傷口，「今天上藥了沒？」

秦苒在傷口癒合的那段時間一直想用手抓，程雋就拿了一管清涼的藥給她，要她按時塗抹。

「嗯。」秦苒握了握自己的掌心，含糊地開口。

程雋看了她一眼，她前科實在太嚴重了。伸手拉過她的右手，一眼掃過去，似笑非笑地看著秦苒，「藥呢？」

程雋的手指有些涼，指尖是冷白色的，青色的血管隱隱若現，指腹有一些繭。

秦苒微微仰頭看他，見他好像很不高興，不由得靠在椅背上笑，輕聲開口，「傷口癒合就沒事了。」

程雋看了她一眼，沒出聲。

郝隊似乎很煩躁，滿桌的菜，他沒吃幾口就放下了筷子。拿出一根菸咬在嘴裡，還沒點燃，程雋就瞥了他一眼，不疾不徐地說：「出去。」

郝隊愣了好幾秒才反應過來，一聲不吭地拿著菸往外走，沒一會兒程木也拿著菸盒出來了。

「雋爺是怎麼回事？」郝隊吐出一道煙圈，瞇眼看向程木。
程木的表情很複雜，搖了搖頭又開口：「就你看到的，這位秦小姐……反正就是你看到的那樣。」
「她真的只是一中的學生？」郝隊側頭看程木，表情有些遲疑，「會不會像妳女神那樣……」
「不可能，別把所有人都拿來跟我女神比。」一提起程木的女神，程木就異常激動。

剛吃完飯，程雋的手機就響了。是江回打過來的。
鑒於上次因為秦苒的事，江回幫了程雋一個忙，程雋也就沒推掉他的邀約。
「秦小苒，哥哥帶妳去見見世面。」陸照影非要帶秦苒去，「會玩撞球嗎？我教妳。」
今天是週五，明天不用上課。
秦苒沒玩過，只看過電視上的撞球。但她拗不過陸照影，最後還是跟著去了。
一中學校周圍有很多俱樂部，玩的地方也多，開車不到十分鐘就到達一個會員俱樂部。
這裡滿安靜的，看起來是一個高級俱樂部。
秦苒沒走進包廂，而是先去洗手間。等她從洗手間出來的時候，看到拿著手機，站在迴廊中間和人講電話的林錦軒。
「妳怎麼在這裡？」林錦軒看到秦苒，愣了一下，然後跟電話那頭的人說了一句就掛斷電話。

他身高腿長，在迴廊上拉出的影子修長。

秦苒也沒想到會在這裡看到林錦軒。自從上次的微博事件之後，林錦軒找過她不只一次，主要是為了秦語。妹妹做了錯事，林錦軒這個哥哥自然要幫忙擦屁股。

「一個女生不要隨意在這種地方亂跑，尤其是妳這種……妳先跟我去包廂。」林錦軒不由分說地拉著秦苒的袖子，偏過頭，眉眼清俊，「正好語兒也在，上次的事她也有錯，讓她當面向妳好好道個歉。」

秦苒抽出了自己的袖子。

林錦軒這幾天為了秦語的事找過她好幾次，秦苒想了想，決定還是先解決這件事。

林錦軒的朋友多，這裡基本上都是在雲城混得比較好的富二代們。他推門進來的時候，玩得火熱的一群人愣了一下。跟在林錦軒身邊的女生單手插著口袋，校服外套綁在腰間，有些漫不經心的懶散，骨子裡的恣意幾乎遮不住。

滿包廂的人，秦苒大概只認識被眾人圍在中心的封辭。

「這是……」看到秦苒的時候，封辭也愣了一下，總覺得自己在哪裡見過這個女生。

「她還在讀高中，你們不要亂來。」林錦軒又警告性地看了秦語一眼，要她記得和秦苒道歉。

秦語抿了抿唇。

林錦軒似乎事情很多，還沒跟秦語說兩句，口袋裡的電話又響了。他偏頭跟封辭囑咐一聲，讓他照顧一下秦苒，又跟包廂裡玩得比較凶的一群少爺們叮囑了一句。

「那女生是妳哥哥的女朋友？」秦語身旁有位穿著黑色裙子的女人低聲問秦語，「妳哥哥這麼擔心她？只是出去打個電話，還特地跟封少說一聲？」

這些女人也是審時度勢的，誰能惹，誰不能惹，心裡一清二楚。

她一開口，染著一頭黃毛的男人就叼著菸笑，「是啊，沒見過。是妳哥的人？」目光不離秦苒半分。如果真的是林錦軒的人，他可不敢動。

總是這樣，不管自己多努力，只要有秦苒在的地方，幾乎所有人的目光都在她身上。

秦語笑了笑，「其實，她是我姊姊，比我大一歲。剛來雲城沒多久，因為高中……反正休學了一年，現在也沒住在我家……二少你能喜歡她，也是她的榮幸。」

身邊的男男女女對視一眼，都很意外。尤其是這位二少，目光看著秦苒那雙又長又直的腿，又轉向那張既冷又帶著頹意的臉，他磨了磨嘴裡的菸，端著一杯酒過去。

與此同時，江回這邊的包廂很安靜，除了陸照影，只有江回和檢察廳的幾個人。這幾個人在雲城隻手遮天，但坐在程雋身邊，除了江回，其他人話都不敢多說。程雋也不喝酒，就拿著茶杯，目光落在門的方向。

半晌後，他微微側頭，漫不經心地敲著桌子看向陸照影，眼眸漆黑：「她人呢？」

陸照影在跟郝隊聊天，一聽，也傻住了。

「是啊，秦小苒呢？」他放下杯子，朝門口的方向看去，沒看到人，「她剛剛跟我說她去洗手間了。」

程雋面無表情地看他一眼，沒開口。

「啊，不是，當時你在跟江小叔說話，所以她就跟我說了一聲。」陸照影小聲嘀咕，又掏出手機看了一眼。

秦苒去太久了，陸照影還滿瞭解她的，她不會什麼都不說就消失。打開手機一看，秦苒果然傳了訊息給他。

「她說去C5包廂了，」陸照影瞇了瞇眼，「說是遇到了熟人。」

這間俱樂部是會員制的，會員卡也是五百萬起跳，能來這裡的都不是什麼普通人。

「雋爺，秦小苒有這麼有錢的朋友嗎？」陸照影想想還是覺得不對，她這個人那麼窮。

程雋瞥了他一眼，重新蓋下眼睫，沒什麼情緒地跟江回說話。陸照影覺得不行，他一邊傳訊息給秦苒，一邊起身出去找她。

程雋用食指敲著桌子邊緣，「我去一趟洗手間。」

江回點點頭。但他看著程雋往門外走的背影，又一愣。

不對啊，他們的包廂有洗手間，還有兩個小隔間，怎麼一個兩個的都往外走？

「你絕對想不到他們兩個是為了什麼。」郝隊看程雋走了，終於點燃了自己的菸，不懂程雋這兩人為什麼就為了一個高中生這樣。「真是瘋了……」

「那個叫秦苒的小孩？」江回笑了笑，「那孩子確實長得討喜。」

郝隊：「……連歐陽薇都沒得到過您的讚譽，您也不是看臉的人吧……有必要這樣嗎？」

此時，C5包廂。

「封少，不喝酒？」波浪捲長髮的女人拿著一杯酒餵封辭。

封辭眉眼笑著，攬了攬自己的衣裳，聲音卻摻雜著冰，「我女朋友不喜歡我喝酒。」

那女人臉色一僵。

封辭繼續笑，「還有，別離我這麼近，她也不喜歡香水味。」

女人一臉訕訕地走了。

旁邊的人悶聲笑著，「封少，你這次來真的了。到底是誰啊，都藏了兩年，也沒帶來給我們看一看？」

封辭不說話，只是偏頭看著林錦軒帶來的女人。這裡狼多，他得幫林錦軒把人看好。

染著黃毛的男人終究顧忌著林錦軒和封辭，暫時沒做什麼，只是遞給秦苒一杯酒。

秦苒沒接下，只微微抬了抬頭，「抱歉，不喝酒。」

她說這句話的時候，蒼冷的語調多了一些以往沒有的慵懶。微紅的薄唇漫不經心地抿著，眼神看著門的方向。

明明被拒絕了，黃毛男人卻不感到惱怒，只是盯著她的臉看了一會兒，紳士地把剩下的酒一飲而盡，舉杯笑道：「唐突了。」

秦語在一旁，嘴角的笑都要僵住了。見黃毛回來，她忍不住多問了一句，「錢少，怎麼沒跟我姊姊多聊幾句？」

黃毛咬著菸，目光不離秦苒半分，「畢竟是妳哥帶來的人。」

秦語笑了笑，不再說話，林錦軒不可能永遠都在。

林錦軒回來得也快，見到一個黃毛站在秦苒身邊，他眉頭擰了擰，腳步下意識地加快。

「久等了。」他抱歉地朝秦苒開口。

然後又偏頭看向秦語，語氣嚴苛：「語兒，過來，和妳姊姊道歉。」

秦語抿抿唇，低頭上前，沒說話。

林錦軒聲音一沉，「秦語。」

「姊姊，對不起，微博那件事我也有責任，我不該跟吳妍提起那個人，妳能不能原諒我？」秦語咬著唇。

她一向懂得如何利用自己的那張臉，此時那雙眼淚光淋漓，弱不禁風的，我見猶憐。

秦苒笑了笑，不急不躁，十分慵懶的兩個字：「不能。」

秦語沒想到秦苒會這樣回答，直接僵住了身，臉上的表情都來不及維持住。

「姊姊，我知道妳還不能原諒我，但我是真心想要跟妳道歉……」秦語抬起頭，語氣委屈。

封辭和包廂裡的人不知道始末，但目光都看過來了。

秦苒笑了笑，也沒跟秦語說話，只是看向林錦軒，「看到沒有？明明是她做錯了事，消息是她透露出去的，轉帳記錄也出自她的手，沒人逼她做這些事吧？她這麼聰明，不會不知道她跟吳妍說這些的後果，但她一開口，就好像是我欺負了她一樣。」

秦語臉色發白，身體也一抖，梨花帶雨地說：「我沒……」

「我今天跟你來一趟，就是想當著你的面說，」秦苒不理會秦語，繼續看著林錦軒，露出一抹笑，「她可以道歉，但我不會原諒。你以後也不用為了這件事來找我，給我死了這條心。」

「姊姊，我真的不是故意……」秦語眼淚撲簌簌地掉下來。她沒想到當著這麼多人的面，秦苒還敢這麼說，她不怕被人說惡毒嗎？

「別跟我耍小聰明，誰有妳這個妹妹，就是倒了八輩子的霉。」秦苒笑了笑，精緻的眉眼染著冷燥，然後禮貌地朝林錦軒點頭：「還有事，先走一步。」

林錦軒回過神來就看到秦苒往外走去，連忙追上去。

秦語叫了一聲，「哥！」

林錦軒別說回應她，就連腳步都沒停頓一下。秦語的臉色瞬間蒼白如紙片。

林錦軒跟著秦苒，怕她出什麼事。這間俱樂部裡大多數都是不好惹的人，就算是他，也不敢在這裡惹事。

秦苒那張臉太容易招惹人了。

林錦軒加快了步伐，一轉彎就看到了秦苒，還有站在秦苒面前的男人，他腳步一頓。

看著那個男人，臉上罕見地出現了驚愕的表情。

在這間俱樂部看到秦苒的時候，林錦軒就覺得不對勁。她看起來不像是會來這間俱樂部的人。直到現在看到在跟秦苒說話的人，林錦軒的瞳孔微微收縮。

那個人面對著秦苒，低著頭，因為角度跟俱樂部昏暗的燈光問題，被秦苒遮住了大半張臉，但那個人遠遠掃過來的一眼，讓林錦軒彷彿被勒住了喉嚨。

頭腦炸開之下，林錦軒覺得那雙眼睛很眼熟。封辭才跟他說過沒多久，雲城來了兩個人，那兩個人的身分連封辭自己都忌憚不已，不怎麼敢提起，以至於林錦軒只深深地記得那兩人的長相，一直不知道這兩個人的名字。

此刻，他腦子裡彷彿有什麼清脆地響了一聲——秦苒怎麼會跟這個人在一起？

——前面轉角處。

秦苒意識到林錦軒跟出來了，不過她不想跟林家的人有過多的糾葛，就沒停下來打招呼。

「你怎麼也出來了？」看到程雋，秦苒揚了揚眉。

程雋側身擋住了林錦軒的目光才開口，「上洗手間。」

陸照影繞了路，沒搶在程雋之前碰到秦苒，還耿耿於懷。等秦苒回到包廂之後，他就一直嚷嚷著要教秦苒打撞球。

而郝隊看到秦苒進來，壓低了自己跟江回說話的聲音。他本來要跟陸照影說一件事，看到陸照影站在秦苒身邊，也就下意識地沒再提。

秦苒注意到了，不過她不在乎這個，跟在陸照影後面學撞球。

秦苒沒玩過這個，滿好奇的，就站在一旁看著他打，不過在她要親手上陣時被程雋攔住了。

「右手還沒完全好。」程雋正在跟江回說話，言簡意賅地對秦苒說了一句。

秦苒一整晚沒碰到球桿，就看著陸照影跟她講打球的規則跟理論知識。

C5包廂內，林錦軒若有所思地走回來，秦語都感覺到他不是她所熟悉的人了。

「哥。」秦語抿唇看著林錦軒，「你相信我姊姊的話了？你們總是這樣，無論我多努力都比不上她。」

林錦軒回過神來，朝秦語看去：「語兒，妳姊姊這件事妳確實有做錯的地方，從她的角度來看，她說的也不是完全沒道理。語兒，既然她不願意跟妳多說，妳以後就別去招惹她了。」

秦苒身邊的那個人惹不起。

林錦軒之前很疑惑，秦家沒什麼背景，秦苒從哪拿到秦語的轉帳記錄？但現在好像有了頭緒。

秦語低頭，緊握著手指。她沒想到林錦軒會這樣說，林錦軒一直都是這樣，無論遇到什麼事情都這麼理智，永遠站在旁觀者的角度思考。

秦語用了十幾年，就是希望林錦軒會站在她這邊。

——次日，星期六。

封樓誠在包廂裡等著，手裡拿著茶杯，一直看門的方向。時間到時，門被一雙冷白的手推開。

他連忙站起來，拉開對面的椅子，十分羞愧地低頭，「秦小姐，我夫人那件事我已經警告她了，她以後絕對不敢再找妳。」

秦苒拿起放在桌子上的杯子，慢悠悠地輕輕晃著，「嗯。」

封樓誠觀察著秦苒的那張臉，確定她真的不在意才坐回椅子上。

他搖搖鈴鐺，讓人上菜，繼續開口：「最近有人在找錢隊，試圖查那件事。」

秦苒挑挑眉，滿不在意，「喔。」

「聽說毒龍又出現了，」封樓誠頓了頓，又看她一眼，「三年了，妳該走出來了。」

「封叔叔，吃飯。」秦苒用手敲敲桌子。

「好吧，妳的手好了？」封樓誠在心底嘆氣，不過注意力又放到她拿杯子的右手上。

秦苒便放下杯子，攤開右手給他看。

封樓誠觀察了一下，傷口已經長了一層粉肉，只是縫過的痕跡還在，恢復得確實不錯，最近一直懸著的心終於放了下來：「那我好打報告了。」

大廚已經開始上菜，秦苒面無表情地盯著大廚手裡的白瓷碟子。

清蒸玉米加紅薯。

這有什麼特別的？有什麼與眾不同嗎？不是，誰家私房菜是這種玩意兒？你真的是大廚嗎？

*

程雋最近會一直拿著手術刀對人體模型比劃，是因為他今天有個手術。他通常差不多一個月接一台手術。來雲城差不多兩個月了，這是第二個手術。

週末，校醫室沒人，十分安靜。

程雋把校醫室的鑰匙都留了一把給秦苒，而秦苒正抱著電腦跟書，坐在程雋的書桌旁寫習題。

忽然間，「砰」地一聲，門被人從外面推開。

陸照影急匆匆地進來，身後還跟著一臉憂鬱的郝隊。在校醫室四處找了一圈，沒看到程雋。

「雋爺呢？」陸照影喘著粗氣。

秦苒翹著二郎腿翻過一頁，抬了抬眸，「你忘了他今天有手術？」

「靠！」陸照影一搥桌子。他一向以程雋為中心，現在找不到頭緒，「我還真的忘了。」

「我去找錢隊。」郝隊沒找到要找的程雋，直接轉身。

陸照影抹了一把臉上的汗，「他不一定會見你，你等等我！」

「什麼事這麼急？」秦苒的目光從陸照影跟郝隊的臉上掃過，放下書往後靠了靠，挑眉。

陸照影沒什麼要瞞著她的，躁鬱地開口：「昨晚郝隊叫程木查個東西，一直沒見到人，失蹤了。雋爺動手術時一定沒帶手機，妳去醫院等著，他一出來就跟他說這件事……」

郝隊知道程木失蹤後心煩意亂的，聽到陸照影跟秦苒解釋，不耐煩地偏頭斥責：「你跟她說這些幹什麼？添亂？」

秦苒懶得理郝隊，只捲起自己的衣袖，輕描淡寫的一個字：「嗯。」算是回應陸照影對她說的那句話。

「郝隊！」

陸照影一向很維護秦苒。不過這次事態緊急，他沒時間多說什麼，只警告地看了郝隊一眼，跟秦苒說了一聲就匆忙地出門。

兩人出門後，秦苒把書放回桌子上，想了想，最終還是拿了鑰匙出門。

半個小時後，她來到市立醫院。

今天市立醫院的人似乎有點多，尤其是大門外的停車位，停的全是外省的豪華轎車，引起了無數人圍觀，還拍照傳到了網路上。

秦苒面不改色地走進陳淑蘭的病房，寧薇跟沐盈幾個人都在。

「我最近幾天精神很好，你們也不要老是來看我。」陳淑蘭的目光在秦苒的右手上滑過，一直懸著的心終於放下了。

秦苒拿著水果刀，坐在一旁十分俐落地幫陳淑蘭削蘋果。

「昨天誰來過？」秦苒把削好的蘋果切碎，遞給陳淑蘭。

她瞥了一眼床頭的鬱金香，壓低聲音。

「是錦軒，他不忙的時候就會來陪我，那孩子很有禮貌，也會哄我開心。」陳淑蘭提起林錦軒，笑得和緩。

「看樣子比妳那個親外孫女孝順很多。」秦苒清了清嗓子。

自從陳淑蘭住院，秦語沒來看過陳淑蘭一次。而秦苒一向有什麼說什麼，陳淑蘭也不念她，只是笑了笑，並不在意。

沐盈拉拉秦苒的衣袖，小聲開口：「表姊，這樣說二表姊不好吧？她也是忙著練小提琴……」

碰到秦苒寒涼的眼神後，沐盈不敢多說，又轉移了話題，「表姊，妳上來的時候有沒有看到樓下停著的那些車？我都不認識，但好氣派，妳知道嗎？」語氣中帶著羨慕及不露骨的嚮往。

秦苒說了一句不知道就沒開口了。

沐盈也只是隨便問問，她不覺得秦苒會認識這些車。不過她路過的時候有聽到兩句，聽旁觀的人說那些大多都是限量版的豪華轎車，「聽說有好多名人來了，待會兒下去說不定還能看到……」

秦苒沒仔細聽。她看過陳淑蘭後又去見了陳淑蘭的主治醫生，這才去找程雋。

＊

程雋的手機關機，但離開的時候跟秦苒說了一句他有手術。秦苒很敏銳，一下子就猜到今天醫院樓下的那些豪華轎車多半是衝著他來的。這樣一算，秦苒也大略摸清了他的方位。

醫院ＶＩＰ病房的二十九樓有個單獨的手術室。這個樓層此時有不少保全守著，秦苒要是想，也能神不知鬼不覺地進去，弄來一套護士服去手術室門邊，不過她沒上去，就靠在電梯旁等。

與她同時在電梯門旁等著的，還有一眾穿著各種訂製服、拿著公事包，身後跟著助理的成功人士。不過在這群人之中，她一個年輕女生十分顯眼。

因為程雋的手術結束得早，秦苒沒等多久，電梯門開的時候，就看到一個人被諸位醫生簇擁而來。

與此同時，在電梯旁忙著公務的成功人士也簇擁上前。

程雋慢吞吞地跟著院長身後，穿著白袍，藍色口罩還掛在一邊耳朵上，單手解開外面的釦子。

儘管動完連續幾個小時的手術，他卻不顯半分狼狽。

身邊的人雖然擁擠，但都有所自覺地離他十公分，聲線也下意識地壓低。

很安靜的場面。

「下一場手術看情況。」因為長時間沒喝水，他說話的時候帶了幾分沙啞，接過院長給他的筆，準備去會議室討論研究。

目光一抬，就看到了靠在不遠處牆上的清冷身影。

程雋腳步一頓，金融界各大泰斗、醫院主任、科長都下意識地停在他身邊。

程雋在醫學界的名聲享譽大江南北，醫學界心臟科的研究者曾公開說過他天生為醫學而生。

每個月一台手術，這台手術多半是在其他醫生那裡成功率不到百分之十，所以不敢下手的，在他手下幾乎無一失敗。這樣的醫生，那些有手段的會想盡辦法，讓他為其所用才對。但是很詭異的，沒有人敢動他。就連金融界的那些大人物都對他十分尊敬，醫學界裡沒人知道他背後有誰，又是什麼身分。總之，不管你是哪個領域的大人物，在程雋面前都要守他的規矩。

程雋對手術十分認真，期間手機會關機。

一場手術後還會留給同行跟其他人三四小時的時間，理出思路或者現場教學，從未打破。所以了解他規矩的人，在看到他扯下白袍，和顏悅色地問一個小女生怎麼了的時候，大多數的人都還在傻眼狀態。

程木的事很急，秦苒三言兩語就說清楚了。

「我知道了。」程雋一邊拿出手機，一邊側頭跟院長說了幾句就帶秦苒離開，眼眸深沉。也不管他背後一眾人目瞪口呆的樣子。

他撥通陸照影的電話，跟陸照影說了幾句，垂下眼簾對秦苒道：「妳在這裡等我一會兒，我去開車。」

秦苒本來想說她不去了，那個郝隊好像很不喜歡她。不僅不喜歡，事實上是非常看不起她。不過看到程雋走得很急，她也沒開口。

不一會兒，程雋就開車過來了。

「先上車。」不是那輛熟悉的黑車，而是一輛藍色的藍寶堅尼，「我的車昨晚被程木開走了，這是江小叔臨時讓人送過來的車。只是好看了一點，但性能不太穩定，走不了山路。」程雋解釋。

秦苒：「……」

第五章　大神掉馬了

另一邊，沐盈看完陳淑蘭，下樓準備回家時走出大門，就看到自己來的時候注意到的那輛造型十分流暢的豪華跑車停在路邊。

來的時候，因為這輛車的造型別致，她多看了幾眼，聽到幾個男人議論才知道這輛車是限定的，價格要兩千萬起跳。這是沐盈作夢都不敢夢到的數字，在她眼裡，秦語的五十八萬小提琴已經是天價了。

很快地，她又看到秦苒正站在副駕駛座旁邊，似乎在拉車門。

「表姊！」沐盈心頭一跳，下意識地揚聲喊秦苒。

秦苒本來想快點上車，沒想到沐盈下一秒已經小跑過來了。

秦苒擰了擰眉。

「表姊，妳怎麼會在這裡？這是妳朋友嗎？」沐盈跟秦苒說話，目光卻控制不住地落在車上。

藍寶堅尼的底盤低，車門是蝙蝠型的，她這樣看過去，看不到坐在駕駛座上的長相，卻能看到一雙骨節分明的手，精緻好看。從這雙手也能看出車主不老，很能迷惑人。沐盈的目光直勾勾地盯著駕駛座上的人看去。

「我有事，」秦苒不喜歡應付這種事，偏頭瞥了沐盈一眼，「先走了。」

「可是表姊……」沐盈卻不希望秦苒這麼快就走，目光如炬地看著跑車，無比熱情，一看就知道她對程雋十分有興趣。

程雋的手指放在方向盤上，長腿屈了屈，懶洋洋地坐在駕駛座上開口，「秦同學，該走了。」

秦苒朝沐盈點點頭，直接上車。車窗看不到裡面，沐盈就站在原地，看著那輛車從眼前開過，只留下車尾。

雲城不大，不塞車的時候從城南開到城北，估計只要一個小時。

不久後，程雋把車開到了目的地，陸照影跟郝隊兩人都在員警休息室。

「什麼情況？」程雋走進去低聲開口。

郝隊跟陸照影看到程雋來了，如同找到了重心，連忙開口，「程木的事情，錢隊建議我們報警，不願意多聊，我跟陸少現在在等他下班。」

郝隊的人也在查程木的消息，但毫無進展。說到底郝隊並不是雲城的人，這邊有很多事情他都無法插手，但他也知道程木失蹤這件事不簡單，報警根本沒用。

他正說著，就看到秦苒跟在程雋後面慢悠悠地走進來。她不參與這件事，只拿著手機玩遊戲。

但郝隊敢當著陸照影的面說秦苒，卻不敢當著程雋的面說，只冷淡地看了一眼秦苒就收回目光。

「郝隊，這是有人送給你的東西。」門外，一個人敲門進來，遞了一份很舊的拼圖給郝隊。

七零八落的圖片。

秦苒好幾天沒玩遊戲了，正在等更新。瞥了一眼廢棄的拼圖，不是多複雜的圖，拼完應該是個寵物狗的樣子，她又收回目光。

郝隊接過來一看，眉頭擰起，「怎麼會有人無緣無故地給我這個？」

程雋盯著那張圖看了一會兒，忽然偏頭問陸照影，「雲城哪裡有大型廢棄工廠？做塑膠的。」

「我不知道，得問問江小叔。」陸照影拿出手機，「雋爺，你能看出什麼嗎？」

郝隊知道這大概是綁走程木的人寄過來的東西，連忙把拼圖遞給程雋。而程雋將拼圖放在桌子上，一一拼好。拼圖不太完整，有些地方還缺了幾角，程雋盯著這張圖看了半晌。

就在這時，從休息室門外走進來兩個人。

「請問，哪位是郝隊？」走進來的男人年紀差不多四十歲，穿著一絲不苟，眉眼掩著淩厲。

郝隊沒想到他找了好幾天的錢隊一直沒見他，現在卻突然出現，也來不及多想他為什麼會出現，幾步上前，「我是。」

陸照影站在程雋身邊，小聲開口，有些疑惑，「錢隊一開始不打算理我們，只讓我們不要管這件事，怎麼現在又改變主意了？」想了想，陸照影又看了看程雋，「雋爺，難不成他知道你……也不對，他應該沒聽過你。」

陸照影想不通，索性不再多想。而程雋只是看著錢隊細微的態度，若有所思。

「157＊＊＊＊＊＊＊＊，你讓技術部的人查一下這個號碼。」程雋對錢隊開口，「應該不是記名卡，但可以順著查出線路。」

錢隊點頭，吩咐年輕的技術人員去做這件事。

「然後我需要你做一個系統，把東西交到郝隊手裡的人肯定有偽裝，但一定能找到疏漏，就算轉了幾個人，路口監視器肯定能拍到……」程雋有條不紊地吩咐下去。

錢隊很快就弄清楚了這些人是以程雋為首，他多看了程雋一眼。

「大概需要多久時間能做完這件事？」程雋抬眸看向技術人員。

技術人員抱著一台電腦，「半個小時。」

「雲城有四間塑膠工廠，讓你順著這個系統定位出具體位置要多久？」程雋看著技術人員。

「沒試過，給我二十分鐘試試。」

郝隊明白這應該是程木的地址，緊張兮兮地看著年輕的技術人員。

休息室裡的氣氛緊張。這時候，秦苒的手機傳來一聲鏗鏘有力的「勝利」女聲，打破了沉靜的氣氛。

郝隊偏過頭，十分不耐煩地看向秦苒的方向。

秦苒降低音量，抬眸的時候，看到了郝隊帶著不耐煩的不屑，臉色非常差。

誰會在這麼嚴肅的時候打遊戲？

「這位女士，請您不要在這裡打擾技術人員！」郝隊壓低聲音，警告性地在秦苒身邊開口。

技術人員已經順著系統去定位，最後的地點卻是他們現在的位置。

陸照影瞪大眼睛，「怎麼可能？」

「對方干擾太多，」技術人員沉著聲音，「從資料庫重新篩選、鋪線路大概需要一天。」

一天，對於這麼大的工程已經算快了。

「但你們的七一二案子很快。」郝隊目光如炬地看著技術人員跟錢隊。

錢隊沒開口。錢隊這個人十分嚴肅冷漠，郝隊跟他說了好幾句話，錢隊愣是一句話都沒說。

郝隊這幾天已經領教到了這支隊伍的人有多高冷，畢竟他用了幾天時間錢隊也沒搭理他，今天不知道是不是因為有雋爺在才出現。

這時，秦苒收起手機，站起來。程雋回過神，目光炯炯地看著秦苒，把技術人員放在一旁的電腦遞給她，笑了笑：「給妳。」

秦苒驚訝地看了程雋一眼。她沒想到程雋會直接把電腦遞給她。

收回目光，郝隊準備問技術人員時，一眼就看到程雋把電腦遞給秦苒，郝隊直接皺眉，「雋爺，你把電腦給她幹什麼？別耽誤人家工程師辦事。」說完，目光又不善地看向秦苒，似乎在問她怎麼還沒走。

陸照影沒反應過來，他偏了偏頭，似乎也在思考程雋的用意。

秦苒低頭看了一眼被程雋拿在手裡的電腦，伸手接過，還沒轉身，不遠處的技術人員連忙站起來，讓位給她。秦苒坐下來，低頭開始認真又專注地工作。一雙唇抿著，修長的手指在電腦鍵盤上敲打，電腦螢幕出現一排排只有程式人員才會懂的代碼字元。

「定位。」

秦苒低頭，眉眼斂著，臉上沒了不經意的散漫。她認真起來的時候，整個人氣勢都不一樣了。

身邊對郝隊十分冷漠的技術人員聽到她的聲音，馬上從口袋裡拿出一支手機，翻開蓋子，又按了一下左邊的開關，馬上變成了一台小型電腦。

「正在定位。」

技術人員坐在她身側，打開動圖，很快就順著秦苒發出來的指示找到了城北的一處地址。

在場的人之前對技術人員的一番檢測歷歷在目，他們眼睜睜地看著技術人員整理了一堆密密麻麻的資料跟代碼，最後還是沒得到結果。但現在還沒過十分鐘吧？位置就出來了？

……我靠，她——！

郝隊張了張嘴，目光從不解到震驚，最後到現在的麻木，有那麼一瞬間他覺得是自己的眼睛花了。

身邊的錢隊去外面端了一杯茶進來，放在秦苒右手邊，「這是綠茶，我只放了七片茶葉，不會太濃。」

說完之後，又偏頭跟郝隊說：「我已經派人去城北的廢棄工廠了。」

郝隊這次徹底沒話說了。

陸照影收回下巴，卻忍不住看了秦苒一眼又一眼。

「雋爺，你早就知道了？」陸照影終於找回了自己的聲音。

程雋手握著拳，抵著嘴邊輕咳一聲，「之前有懷疑，但剛剛才猜到。」

實際上，從七一二查到的秦苒蹤跡，程雋就覺得有不對勁的地方，後來從摩斯密碼看出來一些，真正確定是因為錢隊忽然出現。

「錢隊應該沒聽說過我，按照你們所說，郝隊拜訪了他好幾次他都沒出現，代表他不想參與這件事。」

陸照影啞然，「這也只是猜測啊。」

「錢隊來了之後，眼神總下意識地看她那邊，這是潛意識的反應，從微表情上來說，他很敬畏她。」程雋笑了笑，「換句話說，在七一二的那樁案子裡，她在裡面的作用舉足輕重。」

「七一二？」陸照影更不懂了，「那是三年前吧，她多大？」

程雋沒說話。

半晌，陸照影終於回過神來，他抹了一把臉，面無表情地吐出一句話。
「靠……你們一個兩個都這麼變態嗎……」
技術人員圍著秦苒轉，對郝隊十分冷漠的錢隊也是。
陸照影不好意思打擾，但也不敢跟程雋說什麼，只能拍拍郝隊的肩膀：「實際上，錢隊並不冷淡吧？你看他對秦小苒熱情的樣子，又端茶又倒水的，把她當爸爸供著了！」
被錢隊等人冷淡對待的郝隊：「……」
「你說一句話啊！」陸照影搖搖他的肩膀。
他憋得發慌，沒人跟他說話，他會爆炸。
郝隊：「……」說個屁啊！你讓我說什麼！

*

程木的位置出來了，郝隊深深地看了秦苒一眼，然後跟陸照影去救程木。
秦苒被所裡的幾個人圍得密不透風。
程雋站在一旁看著那個技術人員滿眼放光地看著秦苒，身邊的人都在嘰嘰喳喳地問著什麼。
陸照影跟郝隊他們都走了，程雋手指敲著手機殼，瞇眼看了他們一眼。

圍在秦苒身邊的幾個人聽到了刻意壓低的聲音，「妳是不是還有考卷沒寫完？」身邊的這些人太吵了，秦苒只覺得頭有點痛，腦子有些不清晰。而程雋的聲音因為壓低了，多了一些娓娓道來的溫潤，很輕易就能辨認出來。

秦苒的腦子裡似乎衝出了一條思路，從人群中衝出來，然後偏頭對身後的人開口：「是啊，我還有考卷沒寫完，老師還等著檢查。」

熟悉的冷香慢悠悠地竄出來，秦苒鬆了一口氣，低聲道：「我們回去吧。」

程雋不動聲色地低了低頭，看著她忽然放鬆下來的神色，輕聲笑了笑。

「好，我們回去。」

裝作若無其事地轉身出門，卻下意識放慢了腳步。

程木被郝隊等人救出來已經是兩個小時之後，下午五點了。

因為郝隊跟陸照影要交接，程木沒有跟陸照影一起回來，是坐錢隊的車回校醫室的。到了校醫室之後，他才見到燒錄好資料出來的郝隊跟陸照影。

「我以為我要好幾天都見不到你們了。」程木看到郝隊跟陸照影，心有餘悸之餘又十分激動，「錢隊怎麼會答應幫忙？還有你們怎麼找到我的？我問錢隊他都沒說話，他這個人十分高冷……」

程木還想說什麼，但從眼角的餘光看到秦苒從廚房裡端了一杯水出來，連忙止住話，沒在她面前繼續說。

秦苒喝了一口水，瞥他一眼，也沒在意。自己坐回椅子上，一手就這樣撐著下巴，十分不認真地開始寫習題。

程木看了她一眼，皺了皺眉，對郝隊二人壓低聲音，「我們出去……」

一句話都還沒說完，郝隊就面無表情地打斷了他，「不用了。」

「什麼？」

「不用出去說，也不用避開她，」郝隊直接看向秦苒，目光很複雜地開口，「你的命是她救的。」

程木：「……」

他剛剛還很激動，說什麼都避著秦苒，此時瞬間安靜。

陸照影已經完全不管程木了，直接走到秦苒的桌子旁，手撐在她的桌子上，也不說話，只盯著她看，彷彿是第一次認識她。

片刻後，程木麻木地看向郝隊，他覺得自己的耳朵壞了，「郝隊，不是你跟錢隊他們救了我嗎？」

「具體情況複雜，你的定位被模糊了，技術人員不能確定你的具體位置。」郝隊言簡意賅，「是她用電腦確定了位置，要不然你到現在還出不來。」

所以說是秦苒救了程木，沒毛病。

「錢隊身邊的技術人員都不能確定的位置，最後是她定了位？」程木艱難地複述了一遍。

「嗯，」縱使親身經歷過，再次回憶之前的情況，郝隊也還是難以置信，他的手捏了捏，強調：「不到半個小時。」

程木沒再說話，校醫室裡很安靜。

之前程木沒太在意秦苒，眼下瞠目結舌，確實被嚇到了。郝隊不可能跟他開這個玩笑。

「但……她怎麼會這個？」程木還僵著。

錢隊因為七一二的案子在這個圈子裡成名，他手下都是菁英人員，可見從屬於他的技術人員的實力。不僅僅是程木，包括郝隊跟陸照影都想不通，秦苒在他們眼裡就是一個普通高中生，是怎麼學會這種技術的？

具體情況沒描述出來，但程木能想像到那個場景。

「秦小苒，妳也太厲害了吧？」陸照影這個時候終於找回了自己的聲音，一拍桌子，臉色興奮且激動：「妳什麼時候學了程式設計，竟然比專業的技術人員還專業！」

以往因為程雋的震懾，程木對秦苒在態度上很有禮貌，但他從小身邊都是極其優秀的人物，實際上並不在意秦苒，發自內心的瞧不起。但現在聽到陸照影的話，程木內心沒有再嘲諷什麼，只是低頭看了看自己的雙手，再次看秦苒的時候，態度還有眼神明顯跟之前不同。

秦苒依舊坐在桌子旁寫化學考卷。

因為對秦苒的態度變了，此刻校醫室裡的人對她都十分好奇。明明只是一個高三生，為什麼程式設計的技術會這麼好？在裝作不經意路過秦苒時，順帶看到了她正在寫的考卷。

跟她那種會軟體程式設計的大神風範不同，考卷上的字跡並不好看，像是小學生寫的字，生疏，框架打得也不好，沒什麼棱角。

而且……一眼看上去，只有寥寥幾題是對的。對她十分好奇的程木跟郝隊有些一言難盡。

「怎麼樣？秦小苒是不是很厲害？」陸照影在幫程木包紮不小心弄到的小傷口，看著一旁端著冰水喝著的郝隊，不由得笑了。

秦苒坐著的桌子在裡面，跟陸照影這邊隔著一道玻璃門。若是放輕聲音，秦苒聽不到這邊的對話。

這時，程雋拿著手機出來。

程木頓了頓，用僅僅幾人能聽到的聲音若有所思地開口：「雋爺，你們不奇怪嗎？為什麼一個什麼都不懂的高中生恰好會這個？不覺得這一切都太巧了嗎？」

程雋正在跟人講電話，聞言微微側身。他的動作一向懶散，此時漫不經心瞥向程木的目光有幾許鋒芒。他沒解釋什麼，只是放緩聲音，「三天後有跟錢隊的飯局，你們有其他事在飯局上說。」

雖然事實不像程木以為的那樣，但救援時，錢隊依舊功不可沒，吃飯是必須的，可是——

「雋爺，錢隊已經答應了要去吃飯？」程木想起回來時在車上的樣子，錢隊一個屁都沒放，「看他的樣子不太像是會跟別人出去吃飯的人。」

有程雋在，程木他們肯定會收斂，而錢隊等人到時候也不說話，氣氛會有多尷尬。心裡雖然這樣想著，程木卻不敢多說什麼。這次他跟郝隊來雲城一是為了程雋，二是為了錢隊，有這個機會總比沒有好。

＊

——三天後，中午。

郝隊、程木兩人先來赴約飯局，程雋跟陸照影還在等秦苒放學，還沒來。

程雋訂好了時間，等秦苒放學再過來，時間剛剛好。而程木跟郝隊會提前來是因為對程雋和錢隊本能的尊敬。

「她確實很厲害，但是這種公事場合，她出現會不會不太好？」程木捏著茶杯瞥了門外一眼，低聲對郝隊道，「錢隊到時候不高興怎麼辦？」

程木覺得秦苒一個高中生，不適合出現在這種場合。他原本以為郝隊會贊同他的意見，卻沒想到郝隊只默默地喝茶，並沒開口，似乎在想什麼。

程木還想說什麼時，包廂門被服務生打開，又有幾個人走進來。一抬頭，發現是錢隊，程木臉上顯而易見的驚愕。

他原本以為錢隊會跟程雋一樣準時到。通常提前來飯局的不是過於尊重對方，就是想跟其他人聊聊天。看錢隊那張古板沉默寡言的臉，不像是那種會聊天的人啊。

「錢隊，你要喝什麼茶？」程木站起來，率先開口。

「不用。」錢隊言簡意賅。

他坐在靠門邊的位子上，跟在他身後的兩個技術人員也全都落座。每個人都古板地坐著，除了錢隊開口讓服務生又上了一壺茶，其他人都沒有要說話的意思，場面彷彿被冷凍了一般。

程木接下來試圖問了錢隊一行人幾句，錢隊一行人不是搖頭就是點頭，像是冰塊。

程木徹底沒轍了，他以為自己的話已經很少了，沒想到有人的話比他還少。

他低頭，傳了封訊息給郝隊：『**錢隊太高冷了，完全沒辦法合作。**』

就在氣氛尷尬到冰點的時候，門再次被推開。先開門的是陸照影，他摸著自己閃亮亮的耳釘，一邊開門一邊偏頭跟身後的人說話。

「雋爺。」程木跟郝隊都站起來。

程雋垂著眼眸，低低應了一聲，聲音還帶了點鼻音，跟秦苒一起走進來。

程木剛想坐下，就目瞪口呆地看著錢隊等人也站起來，剛剛還冷若冰霜的幾個人中，有人把剩下的椅子擦了擦，有人把椅子拉開。而錢隊本人臉上帶著很淡的笑，倒了一杯茶放到秦苒面前，十分熱絡：「這個可以喝，只有幾片茶葉，我讓服務生重新上的。」

錢隊讓秦苒喝口茶試試，秦苒就端起來喝了一口。見到錢隊一直望著自己等回答，她微微頷首，低聲開口：「還行。」

錢隊鬆了一口氣，順勢坐到了秦苒身邊。

程雋跟陸照影見過前幾天錢隊一群人圍著秦苒的盛況。程雋很淡定，目不斜視地坐下。而陸照影縱使見過，卻依舊看著錢隊等人，在內心感嘆幾句。

人都到齊了，陸照影讓服務生開始上菜，錢隊又開始低聲為秦苒介紹這裡有什麼好吃的菜，還幫秦苒點了一大盤水煮肉片。

程木：「……」

他僵硬在空氣裡。

……？？說好的冷淡呢！

整個飯局沒有他認為的尷尬，從頭到尾，錢隊等人都在跟秦苒、陸照影他們聊天。尤其是錢隊那些人還一個接一個地對秦苒敬酒。

程雋看著桌上熱鬧的氣氛，靠上椅背，他一直很安靜又專注，只是見到這一幕後微微擰眉。伸手敲了敲桌子，低聲喚來服務生說了幾句。他半低著頭，額前的頭髮微微下垂，放在桌子上的手修長有度。

沒過幾分鐘，秦苒桌上的酒就被服務生換成了果汁，放在她面前的水煮肉片被撤到對面。

錢隊愣了愣，他不太敢正視程雋，這個時候只抬頭望了望，表示疑惑。

程雋這才拿起了筷子，十分懶倦地抬頭解釋：「她右手之前縫了幾針，正在長肉。」

不知道哪個字觸動了錢隊的神經，他猛地站起來，像被裝了彈簧一般，緊張兮兮地看著秦苒，聲音都飛揚了起來，「右手縫了幾針！妳的手怎麼樣了？」

錢隊帶來的幾個技術人員也全都放下筷子，臉色十分凝重地看向秦苒。

秦苒手中的筷子還沒碰到，水煮肉片就沒了。她扔掉了筷子，抬頭瞥了一眼錢隊，面無表情：「好了。」

「怎麼可能，縫了幾針哪有那麼容易好！」錢隊像隻無頭蒼蠅一樣。

秦苒感到煩躁，不想解釋便伸手給他看。

手上只有粉紅色的疤痕跟縫合的痕跡，但是只看這些也能看出當初被傷成什麼樣子。

錢隊皺著的眉沒舒展開來。他不問秦苒，並「啪」地一聲扔下手裡的筷子。抬頭看她身邊的程雋，緊張兮兮地問：「她的手是什麼情況？有後遺症嗎？會不會有什麼細微的影響？」

剛開始來雲城的時候，程木陪郝隊去找過錢隊，自然領教了對方的高冷、不好接近，話還少。

但錢隊現在這個嘰嘰喳喳、老母親的樣子，哪是那種高冷話少的人。不就是右手受傷了，有必要這麼關心嗎？好像她以後都不能用手了一樣？

飯局上有程雋，話說得再小聲他都聽得見，所以程木拿起手機傳訊息給郝隊。

『她不是左撇子嗎？右手受傷了就受傷了，又不是什麼大事，我女神當時肋骨都摔斷了一根，還跟我一起去查案子，也沒像她那樣。』

這頓飯後來的時間，基本上都是錢隊跟程雋在聊秦苒的傷情。他仔仔細細地詢問了程雋，直到確認她的手不會有一丁點的後遺症才鬆了一口氣。

一頓飯吃完，飯桌上話最多的竟然是錢隊，臨走的時候還叮囑了秦苒好幾句，直到程雋手握拳抵在唇邊，輕咳一聲，錢隊幾人才有些不捨地上了車。

程木麻木地看著錢隊上車。

等錢隊走後，程木又忍不住看向秦苒，似乎不明白為什麼錢隊會跟秦苒這麼熟，他想像中的尷尬、冷場的場景一個都沒出現。反而是他跟郝隊，全程幾乎沒說過一句完整的話。

程木坐上郝隊車子的副駕駛座，不怎麼在狀況內。

郝隊發動車子後側過頭，若有所思地說，「錢隊這個態度有問題，他對那個秦苒……不好說。」

這一點不用郝隊說，程木也發現了，兩人一時間都沒怎麼開口說話。

半晌後，郝隊才開玩笑似的開口，「不過這個秦苒和你女神相比怎麼樣？秦苒的電腦技術能力可不是一般人能比的。」

郝隊不太懂電腦，但他沒忘記前幾天秦苒用電腦的樣子，尤其是錢隊他們的態度。

一提起這個，程木精神一振，「她是很厲害，但怎麼能跟我女神比！」

郝隊想了想，認真比較了一下，點點頭，「這個確實。」

另一邊，秦苒在距離學校一條街的地方下了車。她要去教室，沒想到卻在學校的路口看到一輛黑色的寶馬。

五分鐘後，秦苒坐到副駕駛座上，靠上椅背，眼睛半眯著。沒什麼儀態，但還是壓抑了一點，只是開口的聲音很煩燥：「什麼事，說。」

後座是寧晴，司機把車開到學校大門外面就眼明心亮地下車了。

「微博的那件事我已經教訓過語兒了，妳別生氣。」只說了一句後轉移話題，放柔聲音，「苒苒，妳怎麼都沒跟媽媽說妳認識封先生？微博那件事是封先生幫妳解決的吧？人家貴人相助，妳有沒有請人家吃飯？」

雲城這個地方雖然小，卻也是臥虎藏龍。

林家表面上是豪門，但實際上根基很淺，不顯山不漏水的家族也多得是，有些甚至本家就是京城的。連寧晴都意識到了，林家在有些家族面前——比如林婉嫁去的京城沈家，根本不值一提。

「不用了，我跟封先生不熟。」秦苒手指無意識地在膝蓋上敲著，語氣低沉。

「妳怎麼會不熟？人家都幫妳了，請吃飯是應該的……」寧晴開口。

秦苒直接打斷她，「三年前我不是打電話給妳嗎？妳沒接，然後封先生在路上把我帶回去了。他可能是單純覺得我可憐，我連他電話都不知道。」

封樓誠的身分在雲城極其惹眼，秦語只是跟封夫人熟了一點，林婉對寧晴的態度就有了很大的變化，但沒想到秦苒竟然連封樓誠的電話都沒有。

寧晴頓時很失望，如果秦苒是秦語，那三年前他們就知道封樓誠的電話了，不會跟秦苒一樣，這麼大了，連心眼都不長，只會唯我獨尊。她都這麼明顯地提醒她了，秦苒也不開竅。

秦苒捏了捏自己的手指，直接推門下車。

剛下車，迎面就有一輛極限超跑法拉利開過來，十分漂亮的掃尾，準確無誤地停在秦苒腳邊。

秦苒往旁邊讓了讓，不覺得這輛超跑是來找自己的。

她才側過身，超跑上就走下一個男人。

對方穿著一身騷氣的粉色襯衫，眉眼帶著輕挑的笑，他摘下墨鏡，眼睛一掃就看到了站在路邊的秦苒，眼前一亮。

「秦小姐，還記得我嗎？我是錢謹鬱。」他非常自來熟地對秦苒招手，靠近她，「我們上次在俱樂部見過。」

人。

秦苒瞥了他一眼，沒太在意，神情很漠然，「喔。」說完一個字，轉身就要往回走。

錢謹鬱沒想到秦苒竟然要離開，他愣了愣，完全沒料到這個反應。

他撩過的女人很多，大多數他都站在車邊招招手，對方就來了，這還是第一次看到這麼冷淡的人。

愣過之後，錢謹鬱又小跑步繞到秦苒面前，嘴邊掛著笑。

寧晴意興闌珊地準備回去，卻沒想到秦苒面前轉眼間又停了一輛車。

那輛車跟她坐著的寶馬不一樣，是一輛超跑。以現在寧晴的眼光看來，價值不菲，在雲城有能力買這輛車的人雖然不少，但鮮少有人買，因為沒有人願意把一大筆錢花在一輛車上。

「苒苒，」寧晴推門下車，聲音放大了一些，走到秦苒身邊，「這是妳朋友嗎？」

寧晴目光不動聲色地從跑車上滑過，最後落在錢謹鬱臉上。長相不俗，眉宇間有股風流意氣。

她在圈子裡認識的人不少，但從沒聽說過雲城裡有哪個家族姓錢。

秦苒手插進口袋裡，沒什麼表情地再次繞過錢謹鬱，朝學校走去，低著的眉眼冷燥又不耐，卻又不掩精緻，像是一團火焰，灼得心口發燙。

錢謹鬱本來想攔她，在看到她時又怔在原地。

「您是……」不過確定她是衡川一中的學生後，錢謹鬱就不著急了，側身跟寧晴說話。

「我是苒苒的母親……」寧晴笑。

＊

秦苒自顧自地走到九班，這時候中午自習還沒結束。

她進來的時候，徐搖光正好要出門。秦苒微微側身讓徐搖光出去，而徐搖光依舊垂著眉眼，連眉眼都沒抬，十分漠然。

徐搖光是要去辦公室拿考卷。物理基本上每個星期都會小考一次，考卷也是越來越難。他去的時候，秦語也去拿物理考卷，在辦公室還沒走。

「這次的物理考卷很難。」秦語微微抬手將頭髮別到耳後，笑道：「我只考了八十一分，最後一大題沒頭緒。」

物理考卷是一百分制。

徐搖光看了她一眼，眉眼難得有些波動，「能到八十分就很不錯了，我們分數差不多。」

秦語笑了笑，有一種再度掌握住節奏的感覺。

「我星期五晚上要彩排校慶節目。」她看著徐搖光拿了考卷，抿了抿唇，似是無意地開口。

徐搖光一直喜歡看她拉小提琴。尤其是最近，特別喜歡她的新曲。秦語似乎掌握了他的心態，最近這段時間都不在學校練琴。

一聽到秦語要彩排，徐搖光肯定不會錯過這個機會。

他稍加思索後微微頷首，眉眼裡全是清然：「好，我會去看。」

*

林思然正在位置上寫物理題目，手邊放著秦苒給她的筆記本。最近這段時間，她沒事就喜歡寫物理題目。

秦苒坐回裡面，也抽出一本書開始看。

「苒苒，下個星期一校慶，這個星期五晚上要彩排，妳要看我們彩排嗎？」林思然放下筆，兩眼放光地看著秦苒。

秦苒一邊翻書一邊看了她一眼，反應緩慢，「看情況吧。」

沒肯定，但也沒否定，林思然高興起來。

秦苒靠上椅背，手撐著下巴，眼睛微瞇，漫不經心地想著，星期五晚上還是空出時間來吧。

徐搖光回來發下改好的物理考卷。

考卷被物理老師捲了起來，徐搖光一路上都在跟秦語說話，還討論了一道物理題目，沒來得及看考卷。到教室的時候，他才打開物理考卷。

物理老師有個習慣，喜歡把物理考卷按照成績從低排到高。

第一個自然是秦苒的。徐搖光低頭一看，考了三十八分。

這次的物理考卷很難，不及格的一大堆，下面有好幾張四十多分的，三十八分竟然沒有多突兀。

不過這個分數無法引起徐搖光的半點波瀾。他直接把考卷發給秦苒，繼續發給其他人。

自習的下課鈴聲響了，教室裡開始有人走動，喬聲的考卷也發下來了，他拿著自己的考卷來跟秦苒對比。還沒對比完，就看到徐搖光一言不發地拿著林思然的考卷走過來，神態有異。

別人不知道，喬聲卻很清楚，徐搖光對兩件事感興趣。

一是小提琴，二是物理。所以明明數學很好，卻偏偏當了物理小老師。

正巧，秦語兩個都有。

喬聲看著徐搖光的表情，有點發愣：「徐少，怎麼了？」

徐搖光沒有說話，直接把考卷放到林思然桌子上。

他看了林思然一眼，一雙眼睛依舊清冷，嗓音輕緩：「妳物理九十三分。」

他跟秦語都不過是八十分出頭。

一聽到徐搖光這句話，班上其他人都聚集過來。

這次的物理題目極難，中間穿插了幾道奧賽題，能考到八十分的都是往年參加過物理競賽的神人，更別說是考到九十分了。

只是這些人裡，不包括林思然。

眾所周知，林思然國文、生物、化學都很好，但她很偏，數學跟物理特別差，所以每次都衝不進班上前五名。現在，她的物理竟然比徐搖光還多十分？

連喬聲這個成績非常差的人也不由得看向林思然，很不可思議。

林思然本人也有些傻眼，低頭看了看，翻了一下自己的考卷：「我不知道……」寫考卷的時候她確實覺得得心應手，沒想到自己最後一大題竟然只錯了一小題。

徐搖光看她一眼，想了想，又很有禮貌地詢問：「最後一題妳是怎麼做的，考卷可以借我看看嗎？」

「當然。」

把考卷遞給徐搖光的時候，林思然忽然想到了什麼，偏頭看了秦苒一眼。

對方正懶懶散散地坐在自己的位子上，手漫不經心地翻著課外書，嘴裡還叼著棒棒糖。

林思然眨了眨眼，忽然想起了什麼，「最後一題我在筆記本上看過。」

她把秦苒給她的筆記本拿出來，遞給徐搖光。

徐搖光伸手接過來，先翻開一頁，就看到了上面三個飛揚的字。儘管潦草，徐搖光還是把這三個字看懂了——

「宋律廷。」徐搖光低聲，一個字一個字地念出來。

喬聲也湊過去看，又看向林思然，「沒聽過這個人啊，是我們學校的？」

「不是，」徐搖光翻了一頁，眉眼低垂著，不知道在想什麼，「他比我們大一屆。」又抬頭看向林思然，目光炯炯，「妳認識宋律廷？」

「不認識。」林思然搖頭，目光下意識地看了一眼秦苒，咬著唇。

沒經過秦苒同意，她不敢跟徐搖光說什麼。

徐搖光的目光從林思然身上轉到秦苒身上，眸中掠過一道光，只有片刻又消失。

他向林思然借了物理考卷，回到位子上。

喬聲沒注意到這一點，他把考卷還給秦苒，坐回自己的椅子上。長腿伸在走道上，八卦地詢問：「徐少，宋律廷是誰？」

「去年七月份IPHO的冠軍，雲城人。」徐搖光輕聲開口。

IPHO，國際物理學奧林匹克。

徐搖光有想過是不是同名，但是翻開這筆記本，他覺得同名的機率很小。

「林思然認識這種神人？」喬聲的腿輕輕放著，十分意外。

徐搖光沒多說什麼，目光不由自主地瞥向秦苒那邊。

——星期五中午。

秦苒手上的疤痕也漸漸消失，此時正坐在校醫室寫作業。

程木默不作聲地幫秦苒倒了一杯水過來，又細心地問道：「秦小姐，要吃東西嗎？」神態恭恭敬敬的。

往日程木雖然不說話，不會正面對秦苒表現出什麼，但骨子裡卻是極其不服秦苒，現在態度明顯有了不同。

秦苒翹著二郎腿，翻過一頁，拿起筆刷刷地寫著，漫不經心地回答：「不了。」

程木馬上退到一旁，不打擾她。

下午因為要彩排節目，整個學校都放假，秦苒寫了兩個小時的習題就開始收拾東西。

程雋半靠在沙發上跟陸照影低聲說話，兩人臉色都不太好。

秦苒坐在不遠處的桌子旁。她今天穿著校服外套，裡面是一件紅黑色格子T恤，偶爾會蹙眉，有些煩燥，但整個人的氣場很鮮活生動，偶爾看上一眼，十分愉悅，下意識地讓校醫室的氣氛緩和很多。

一直很在意這邊的程雋側頭，半瞇著眼睛看她一眼：「妳下午不是放假？」

「有個彩排，林思然要我去看看她們的節目。」秦苒把東西收拾好，站起來，「沒多久，估計半個小時就能回來。」

「嗯，」程雋這才點頭，慢吞吞地回應。他往後靠，目光又落在她的右手上，「別幫他們做苦力，妳的手就算好了，也需要兩個星期休養。」

秦苒頭也沒回，只敷衍地朝背後揮揮手，陸照影不由得笑出聲，「好冷酷的女人！」

頓了頓，陸照影又拿著筆看程雋，想了想又問：「雋爺，秦小苒的手早就能動了，你這麼緊張幹嘛？」

程木在心裡瘋狂點頭。先不說她是左撇子，就算不是左撇子，疤痕都快消失了，要休養什麼？

程雋瞥了兩人一眼，表情很平靜，連語氣都很慵懶，「知道為什麼我是雋爺，你們不是嗎？」

「為什麼？」兩人下意識地問。

「因為你們智商低。」程雋拿著文件袋，指尖修長，十分有禮貌地開口。

兩人：「……」

——一中大禮堂。

禮堂很大，能同時容納一千多人。裡頭吵吵鬧鬧的，像是有個儀隊在腦子裡叭叭作響。

秦苒一進大門，眉心就緊緊擰著，整個人都斂著一股低氣壓。

剛想翻出手機找林思然，喬聲就拿著手機拍拍她的肩膀。禮堂很吵，他下意識揚聲道：「林思然他們那邊還在排隊，她讓我帶妳去小禮堂。」

相處久了，他跟林思然都知道秦苒很怕吵，人一多，她整張臉都冷著。

小禮堂被一道門隔開。

一般情況下這裡面沒什麼人，此時被校方批准給秦語練小提琴。秦苒進去的時候秦語沒有練新曲，而是在練表演曲目。

聽多了新曲，秦語的表演曲目就寡淡無味。徐搖光本來聽得很認真，等秦苒進來的時候，他目光下意識地偏了偏，多看了秦苒一眼。

喬聲低聲跟徐搖光說話，徐搖光也微微回應。他分心了，聽小提琴就沒之前那麼認真。

一直很在意徐搖光反應的秦語目光沉了沉。

秦語的小提琴拉得還可以，比一般人高級很多。

「秦語的人不怎麼樣，但拉得還行。」喬聲在她耳邊小聲道。

秦苒「嗯」了一聲，「在業餘中確實拿得出手。」

徐搖光見到秦苒跟喬聲好像很關心，不由得低聲解說，「她那是雙泛音，在她這個年紀能做到這樣的人不多……」

喬聲聽得不太認真，撓撓頭，「我聽起來跟其他的沒什麼兩樣。」

秦苒也敷衍著，「一般般吧，不流暢。」

剛停下來的秦語聽到秦苒跟喬聲的這一句，抿抿唇，終於忍無可忍，「你們懂什麼叫雙泛音、左手撥弦嗎？等你們知道這些再來評論我的小提琴，我拉小提琴不需要不專業的人來指揮評論。徐少，他們這麼吵我根本無法專心，請你讓他們馬上離開。」

不就是雙泛音跟左手撥弦嗎？雙泛音不就是指腹浮於弦上，不用按下，需要找好音準的位置，讓弦震動的位置受控嗎？至於左手撥弦這個動作，技巧比雙泛音難，但只要對小提琴稍微有瞭解的人都知道這個手法，知道這些很自豪嗎？

秦苒的關注點不是這些，而是秦語的雙泛音跟左手撥弦的技巧不熟練，她的雙泛音十分僵硬，弦震時好時壞，右手觸摸弦的時候有些呆滯，使得發出的震音並不流暢。還有她的左手撥弦，問題就更大了，秦語撥d弦的時候總是很沉悶，因為她不敢用力，秦苒估計秦語自己也試過，若是聲音清脆，那她肯定會碰響e弦。

總之，秦語的基本功是還可以，但技巧絕對不過關。

但秦語又偏偏要在一段曲子中炫技，使曲子硬生生被破壞了美感，這就是秦苒一句「不流暢」的由來。不過她沒說出來，只是拿出耳機塞進耳朵，找一張椅子坐好，把音樂聲調到最大，整個人眉語間的煩躁才慢慢緩下來。

因為秦語的一句話，小禮堂的氣氛瞬間沉重起來。

喬聲收起臉上的不經意，他轉了轉頭，有些冷笑地看向秦語。

秦語不太敢看喬聲，一隻手的手指掐著掌心，微微閉起眼對徐搖光開口：「你就任由她在這裡嗎？」

徐搖光此刻也回過神，看了一眼秦苒。清冷的一雙眼中眼瞳很深，又側過身跟秦語說話：「妳作為一個小提琴手，勢必要受到各種專業跟不專業的人評論，沒必要計較。」

「那如果我說她在這裡會影響我心情呢？我無法再拉下去。」秦語也不看秦苒，淡淡地開口。

徐搖光沒馬上回答，思考了一下後看向秦苒，意思很明顯。

秦語終於鬆了一口氣，站在一旁居高臨下地看著坐著的秦苒。

喬聲張了張嘴，他跳起來，不可思議地說：「徐少！」

徐搖光還是沒說話。

秦苒手裡的手機動了一下，是林思然打了電話過來，她接起來。

已經到林思然的表演了。

秦苒站起來，取下耳機塞進口袋裡，半瞇著一雙杏眼，漫不經心地朝喬聲道：「到林思然了，走了。」

喬聲似笑非笑地看了秦語一眼，眼裡都泛著碎冰，然後跟在秦苒後面直接離開。

兩人走後，小禮堂又安靜下來。

徐搖光的臉色沒有什麼變化，依舊冷冷淡淡地看向秦語：「人走了，妳繼續。」

秦語剛拿起小提琴，徐搖光的聲音又淡淡響起：「妳姊姊會彈小提琴？」

雖是問句，卻是肯定語氣。

「她小時候學過，但不認真，學了幾年就沒學了，還把人家老師孩子的頭打破了。」秦語說。

徐搖光點點頭，不再說話。

眼神有些放空，秦語後來注意到他時，發現他沒有之前那麼認真。

門外，秦苒已經看到了林思然，她落在九班其他要表演的人身後。

「在想什麼？隊伍都走了。」秦苒清了清嗓子，低聲開口。

「好像看到了一個熟人，」林思然微微皺眉，「也不確定。」

林思然又回過神來，從口袋裡摸出一個拇指大的玻璃瓶，裡面裝著一棵植物，直接遞給秦苒：「拿著。」

「什麼？」喬聲湊過來看一眼。

林思然笑了笑，風淡雲清地說：「一根草，沒什麼。」

聽到林思然這麼說，秦苒面無表情地看了她一眼。

喬聲沒太在意秦苒的表情，只是認真看了一眼，發現真的是一棵草，也就沒說什麼了。

女生真的很無聊。

＊

晚上，秦語排練完，滿臉思緒地回家。

寧晴正在家裡跟人講電話，一臉喜氣的樣子。秦語坐在沙發上，沒去練琴，等寧晴通完電話，她用手攏了攏頭髮，狀似不經意地開口：「媽，妳上次那張紙是在哪裡找到的？」

寧晴剛掛了電話，一愣，「什麼紙？」

秦語抿抿唇，「就……妳幫外婆收拾東西的時候，有張紙掉出來了。」

寧晴回想了半天，也只有一丁點印象：「紙？那應該是妳外婆的東西吧？我不清楚，明天妳跟我一起去看妳外婆，順便問問？」

陳淑蘭？秦語對陳淑蘭的印象只停留在穿著樸素的老人印象，對陳淑蘭並不瞭解。

不過，那張曲譜裡的意境和技巧都很考究，秦語自己也覺得應該跟陳淑蘭沒什麼關係，就是不知道她是在哪裡得到的。

她略微點頭，「我明天跟妳一起去看外婆吧。」

因為秦語發現，徐搖光對她那首改編新曲的興趣比其他曲子來得多，但曲譜只有一張。

不過秦語沒把那張曲譜跟陳淑蘭連結在一起，只能碰碰運氣。

第五章　大神掉馬了

次日，秦語難得跟寧晴一起去看陳淑蘭。

「媽，語兒來看妳了。」寧晴把陳淑蘭的床搖起來。

陳淑蘭病懨懨的，精神狀態不好，說話的聲音也有氣無力的。

秦語沒坐在床邊，坐到一旁的椅子上，十分關心地問候了陳淑蘭好幾句，到最後要走的時候才幫陳淑蘭蓋被子，「對了，外婆，上次我媽幫您整理行李的時候，我好像看到有張紙，上面就是一堆符號。」怕陳淑蘭看不懂簡譜，秦語換了個說法，「您還有其他張嗎？」

陳淑蘭說話的時候，狀態都很糟，沒跟秦語說幾句話。唯獨在聽到這句話的時候，精神一振，看向秦語的眼神精光畢現。

「妳怎麼知道我的行李裡有簡譜？」陳淑蘭病懨懨的，沒什麼殺傷力，但一板起臉，眉眼依稀可見淩厲，「妳拿走了？」

在秦語的印象裡，陳淑蘭就是一個農村老奶奶，哪知道她還有這種氣勢，「我沒有。」她不由得往後縮了縮，有些害怕。

「是嗎？」陳淑蘭瞇著一雙渾濁的眼，盯著秦語看了半晌，「我奉勸妳不要在這件事上動什麼心思，那些簡譜也最好不要動。」

秦語臉色發白，背後一陣涼意：「外婆，您在說什麼呢？」

「我在說什麼妳自己清楚。」陳淑蘭咳了幾聲。

寧晴拿著水壺，一進來就看到秦語臉色發白，很受打擊的樣子，不由得看向陳淑蘭。陳淑蘭病懨懨地躺在床上，雙眼微微閉著，似乎很累。寧晴怕打擾陳淑蘭休息，就直接帶著秦語出去了。

兩人剛出門，寧薇跟沐盈幾個人就上樓來了。

秦苒拿著手機，不遠不近地跟在後面。

「二表姊，妳也來看外婆啊。」沐盈往前走了幾步，笑意盈盈地跟秦語說話。

秦語叫了聲小姨，之後就沒開口說話了。

「媽，我們這次校慶，二表姊要拉小提琴。」最近幾天，幾乎全校的人都在為校慶狂歡，尤其是高一的這群新生，他們正好趕上校慶，「表姊還是壓軸表演。」

最近學校裡提起秦語拉小提琴的次數多了起來，大家的注意力漸漸轉到一班那個功課好、長得好看、家世也很厲害的上一任校花秦語身上。

「是啊，語兒有個校慶，媽的身子不好，我就不讓她去了，你們有時間嗎？我讓語兒多拿幾張票，她是學生會的。」寧晴提起秦語的時候臉上浮現笑意，連聲音都不自覺降了好幾調。

寧薇頓了頓，她還要去打工。

倒是沐盈十分驚喜地開口：「那就謝謝大姨了，我們班好多人都沒票。」

一中裡一個年級就將近一千人，加上家長、學校老師和主任這些，學生的票也寥寥無幾。

一行人說著話，秦苒拿著手機，頭也沒抬地往病房走。

寧晴從餘光看到秦苒的背影，壓根不想再說她什麼了。從小她就是這樣，性格孤僻，不跟別人一起玩。陳淑蘭說她早熟，寧晴簡直無語了，明明就是情商低，性格方面的問題。

「語兒，妳先回去。」寧晴想起一件事，沒直接跟秦語回去。

秦語點點頭，她心裡有事，也沒多說，沐盈就幫秦語按了電梯。

——病房內。

秦苒坐在椅子上幫陳淑蘭削蘋果。

陳淑蘭睜開眼睛，往背後的枕頭上一靠，「苒苒，上次我讓妳帶回去的簡譜，妳有收好嗎？」

「在箱子裡。」秦苒低頭認認真真地削蘋果，白淨的臉微微偏了偏，挑眉：「放心，我沒扔。」

「那妳收好。」陳淑蘭笑著，又輕咳了一聲。

秦苒看了陳淑蘭一眼，眉眼輕佻，「那本來就是我要扔的東西，一堆垃圾，是您撿回來了。」

「妳當成垃圾，但有人覬覦著呢……」陳淑蘭眉眼一抬，見到寧晴進來又止住了話，開始問秦苒最近的成績。

秦苒老老實實地說了物理成績，寧晴一進來就聽到了三十幾分。

其他成績寧晴不太清楚，她卻記得這門物理，秦語幾天前回去的時候跟林錦軒說過。聽說這次物理很難，秦語考了八十二分，全校第三，連一向不太愛說話的林錦軒都誇了秦語幾句。

此刻聽到陳淑蘭誇秦苒這三十分進步了，寧晴沒說話，心裡卻不大在意。

秦苒如果沒有什麼事，每個星期六都會固定陪陳淑蘭三個小時。寧晴等她要走了，才跟她一起出來。

「苒苒，妳等等。」寧晴叫住前面的秦苒，面容儘量和緩了一點。

秦苒伸手按了一下電梯，側了側眸，臉上沒什麼表情：「什麼事，說。」

她作風向來肆意，對自己不在意的人更為隨意，漂亮的眉眼斂著不耐和寧晴最厭惡的輕匪。

這態度讓寧晴心情不好，卻也耐著性子笑：「上次那位錢少妳還記得嗎？他是……」

「停。」秦苒一眼就看出寧晴的想法，看了寧晴一眼，眉眼冷淡：「他是誰不用跟我說，我跟他沒關係，妳怎麼不去賣秦語？」

電梯門「叮」的一聲開了，她直接走進去。

寧晴伸手擋住電梯門，抿了抿唇：「媽也是為妳好！那錢少也是家底殷實的人，他媽媽聽說也是個集團的總裁，他能看上妳，是妳走運，別不知好歹。」

秦苒笑了笑，眼神涼薄：「既然他條件這麼好，妳就讓秦語去嫁。」

「妳又在胡說什麼，妳妹妹她……」寧晴張了張嘴。

秦語是她一手打造出來的，無論在哪方面都能跟那些名媛相比，更何況林婉看中了秦語，以後秦語的婚事一定會在京城。

看多了上流社會，寧晴就知道自己在這圈子裡也不過是個不起眼的小浪花。

那位錢少雖好，可是太風流，本身沒什麼作為，比起封辭、林錦軒不知道差了多少，寧晴不捨得讓秦語去嫁給這種人。但秦苒不一樣，她除了一張臉，其他沒什麼亮點，成績不好，沒家世，寧晴真的覺得她很不識時務。

「說不出話，就鬆手。」

*

秦苒直接回到奶茶店。之前因為手受傷請了假，原本老闆不會對兼職人員這麼鬆，但秦苒不一樣，她在奶茶店的時候，生意比以往好了幾倍，隊伍都要排到街頭去。不管是本校的還是外校的，都會衝著她的臉來。所以秦苒一回來，奶茶店老闆連高興都來不及。

「秦小苒又去奶茶店了？」坐在副駕駛座上的陸照影一眼就看到了奶茶店的盛況，不由得笑了。

他看了一眼後視鏡，程雋那張臉果然有點沉。

其實秦苒的手在陸照影這些人看來確實沒事了，畢竟疤都掉了。但程雋卻依舊不讓秦苒做任何事，廚房也不讓秦苒進，全都交給程木了，有救命之恩在，程木都老老實實地做了。現在倒好，程雋在方方面面都照顧著，她自己卻跑到奶茶店了。

「她這麼缺錢？」陸照影想了想，「要不然，我們雇秦小苒當技術人員吧？她的技術肯定可以。」

程雋低著眉眼，沒說話。

程木看了陸照影一眼，內心一驚，他沒想到陸照影這麼信任秦苒，竟然要僱秦苒當內部人員，連篩選都不用？看向程雋，似乎也在認真考慮的樣子？

程雋低著眉眼，額髮自然地垂下，半瞇著一雙漆黑的眼眸。他很想進去把那個女生抓出來，告訴她沒必要為了這幾塊錢這樣，但是……

程雋心情不好地開口：「先走吧。」

感覺得出來他心情可能不好，一路上，陸照影跟程木都不敢再多說什麼。

另一邊，林家──

寧晴回去之後，心情也顯然算不上好。晚上吃飯的時候，秦語注意到寧晴在跟人講電話，她聽不清楚，只聽到寥寥幾句「錢少」。

秦語眼眸一轉，大概就知道什麼事了。

張嫂端了一盤水果給秦語，「小姐，這是大少爺讓人帶回來的水果，新鮮得很，您先吃。」

秦語拿了一顆葡萄吃，目光朝寧晴那裡偏了偏，「我媽在跟誰講電話？」

張嫂笑了笑，滿不在意：「是為了妳那個姊姊，聽說有一位叫錢少的看上她了。」

「錢少？」秦語目光一轉，抿唇，「我好像沒聽說過雲城有姓錢的……」

「這種小門小戶的，哪能跟封家比。不過對妳姊姊來說，也算是難得了。」張嫂開口。

秦語自然知道這些，若那位錢少來頭大，她肯定不會牽線，「確實難得。」

以秦語現在的眼界來看，秦苒未來確實沒什麼發展。喬聲雖然跟她走得近，但喬家怎麼會要一個市井之女當媳婦？現在能嫁到錢家都算是運氣好了。

秦語不再關心秦苒的這件事。直到晚上林麒回來，忽然在飯桌上提起秦苒。

「苒苒認識封總？」林麒看向寧晴。

寧晴一愣，「封總是誰？」

「封總是封氏總裁，」林錦軒夾了菜，解釋一句，「是封樓誠的妹妹，他們兄妹倆一個從政一個從商，本家在京城，家大業大，妳不知道很正常。」

事關秦苒，秦語也微微抬起頭，很不可思議地說，「那姊姊怎麼會認識封總？」

連她跟寧晴都沒聽過。

不過也是，本家在京城，又是封樓誠的妹妹，她跟寧晴哪能接觸到。

「今天在一個宴會上聽封總說起的，封總是替她兒子打聽的，」林麒也頓了頓，開口，「她兒子比較低調，隨他父親姓錢。」

啪——

秦語手中的筷子掉到桌子上。

秦語的反應有點大，封樓誠有些不解：「語兒？」

秦語連忙拿起筷子，心不在焉地抿嘴笑了笑，「我有點驚訝，沒想到封叔叔還有個妹妹。」

她怎麼也沒想到自己原本以為毫不起眼的錢少，竟然跟封樓誠有關係。看林麒跟林錦軒的表情，那位錢少的身分怕是不低於封辭。

秦語心裡很亂。秦苒的運氣怎麼總是這麼好！

「封總是女強人，」林錦軒淡聲開口，「她兒子跟他父親一起在雲城定居，妳應該也見過，就是錢謹鬱。」

秦語下意識地看向寧晴，寧晴拿著筷子愣在椅子上。

說到這裡，林錦軒眉頭皺了皺，放下筷子：「爸，封總是替她兒子打聽苒苒的？」

林麒微微頷首，他知道林錦軒的擔憂，「這件事我心裡有數，你別管。」

飯桌上的人都很心不在焉。

寧晴有些異樣，林麒看出來了。吃完飯後他起身，沉聲對寧晴開口，「妳跟我來書房一趟。」

秦語回琴房練小提琴，卻沒什麼心思。想到錢謹鬱那件事，她就有些嘔。

之前是因為想到在雲城沒聽過「錢」這個姓氏才會插手，誰知道隨便找的人，竟然跟封樓誠有關係，看樣子還是京城的人。她心煩氣躁，隨隨便便找的一位不知名的錢少，都是跟封辭比得上的人物，她怎麼就沒這樣的運氣？秦語又是氣悶，又是不可言說的嫉妒。

正好口袋裡的手機響了一聲。低頭一看手機號碼，不是本市的。

「喂，爸？」秦語皺了皺眉，不過聲音倒是乖巧，「您過兩天要來雲城，順便看我？好啊，那我們老地方見。」

說了幾句之後，她掛了電話。

＊

程雋晚上請錢隊吃飯。

錢隊來雲城也是有任務在身的。他雖然高冷，但在來之前可能也有人提點過他，對程雋的態度很好，雖然話少了一點，但看得出來很恭敬。

不過程雋懶懶散散地坐在椅子上，不說話。

低斂著的眉眼濃墨重彩，看起來溫潤，一身氣勢卻很強，錢隊不太敢主動跟他說話，一直都是陸照影跟錢隊交流。

郝隊跟程木坐在一旁，等陸照影他們說完了，程木才對錢隊開口：「錢隊，你以前認識秦……秦小姐？」

錢隊一向很冷，不太愛理人，但提起秦苒，他精神一振。

「認識。」

言簡意賅，但好歹搭理自己了。

程木受寵若驚，「那你知不知道秦小姐喜歡什麼？平時有什麼愛好……」

他一連問了好幾個問題。本來以為錢隊會只隨便回答幾個字或者直接不理他，因為錢隊的冷若冰霜他領教過，卻沒想到錢隊回答得特別詳細。

「秦小姐喜靜，你看她很冷，但實際上人很好，她喜歡吃……」錢隊提起秦苒，口若懸河。

架勢就跟老母親沒什麼兩樣。

程木拿了隨身攜帶的本子，錢隊說一點，他就在本子上記下一點。

吃完飯，程雋本來該離開了，但聽到這兩人的聲音卻又坐了下來，靠在椅背上瞇著眼。修長的手指漫不經心地敲著桌面，似乎聽得很認真。陸照影見到程雋這樣，挑了挑眉，也笑著坐下了。

錢隊意猶未盡地說完，對程木的觀感好了一些，臨走時還特意跟程木打了招呼。

程木著實有種受寵若驚的感覺。

「你怎麼會跟錢隊打聽秦苒？」郝隊十分驚訝，畢竟程木跟他之前一樣，不太喜歡秦苒。

而且程木的人就跟他的名字一樣，很悶。除了程雋跟他那位女神，郝隊沒見過程木關心過誰。

京城裡巴結程木的人多得是，但沒有一個成功。

他現在竟然向錢隊打聽秦苒的喜好？

「秦小姐救過我。」程木跟在程雋、陸照影身後，悶聲開口。

程木不太愛表達，但並不傻，自然看得出來程雋跟陸照影對秦苒的容忍程度。

郝隊拿出一根菸叼在嘴裡，偏頭朝程木看去，笑了：「你這麼關心她，那你的女神呢？」

程木連想都沒想，十分自然地說：「我女神自然是排在她前面。」

＊

——星期一，全校放假，校慶下午兩點開始。

秦苒上午就蹲在校醫室。學校的動靜這麼大，陸照影這些人自然也知道。

「秦小苒，你們今天校慶？」

陸照影今天休假，沒穿白袍，只隨意穿了件T恤，趴在秦苒寫考卷的桌子上，笑咪咪地問她。

秦苒一手撐著下巴，一手拿著筆懶洋洋地回答：「是啊。」

「那妳有什麼表演？」

陸照影對這些小孩子打鬧什麼的沒興趣，平常別人送他音樂會的票，都沒有他看得上眼的。不過秦苒要是有個大合唱什麼的，他倒是很有興趣。

「沒，」秦苒拿起一旁的牛奶，插上吸管喝了一口，「就是去看看班上的大合唱。」

陸照影也不意外，畢竟秦苒這種性格不太像是會跟人合唱的。平常人多一點她都要皺眉，要是跟人一起合唱，她的腦袋可能都會爆炸。

「妳什麼時候看完，傳個訊息。」程雋慢條斯里地翻了一張紙，抬了抬眸，「晚上出去吃飯，錢隊請的。」

上次是程木等人請錢隊，這次是錢隊請秦苒跟程雋吃飯。

秦苒「喔」了一聲，對他們這種飯局不期不待。不管去哪裡，都是開水煮白菜。

「大合唱在下半場，五點能出來。」秦苒沒什麼表情地說，「出來再聯繫。」

中午吃完飯，兩點不到，喬聲就在校門外打秦苒的電話。

「那我先走了。」秦苒把筆跟習題本收拾好。

陸照影十分熱情地跟喬聲打招呼，而程雋看起來半點要打招呼的意思都沒有，只微微抬頭瞥了門外的喬聲一眼，跟秦苒說的話也言簡意賅：「嗯。」

秦苒拿了手機、耳機出門，程雋則在校醫室內瞥了喬聲一眼。喬聲雖然在跟秦苒說話，但顯然落後了秦苒兩步。

他收回目光。

校醫室門外，喬聲也心有餘悸。

「妳認識校醫室的那幾個人？」喬聲低聲詢問。

頭頂太陽大，秦苒扣上鴨舌帽，懶洋洋地說：「還行吧，打工認識的。」

「那就是不熟？」喬聲鬆了一口氣，「妳以後離校醫室那幾個人遠一點，徐少跟我說過，那些人……反正以後離遠一點就是了。」

徐搖光跟喬聲的原話是離校醫室那幾個人遠一點，不然怎麼死的都不知道。但喬聲再問下去，徐搖光就不說了，不過這不妨礙喬聲猜想，他知道徐搖光的身分。

秦苒的手壓著帽檐，十分敷衍地開口：「喔。」

喬聲還想說話，遇到在路口旁等秦苒的林思然、夏緋等人就閉上了嘴巴。

＊

——學校裡的一處林蔭處。

「語兒，爸待會兒還要去趕工，明天回寧海鎮。」秦漢秋從口袋裡摸出錢來，「這是給妳的零用錢，妳拿著。」

秦漢秋一直很喜歡這個乖巧懂事的女兒。雖然他現在有了小兒子，但還是一樣關心秦語，要不然之前也不會想要把秦語帶回去。

他在原木廠工作，身上總有一堆木屑，臉頰汗淋淋的。

秦語自然不會拿，輕聲細語地開口，「爸，這是您的辛苦錢，我怎麼能拿呢？我現在在林家也不用花錢，您拿著回去給弟弟和阿姨用吧。」

秦漢秋每年都會找機會來看秦語，而他給秦語的錢，秦語從來沒收下過，總是要他給弟弟，秦漢秋就覺得這個女兒體貼到不行。

不遠處有一行人在聊天，秦漢秋連忙轉身，「那好，妳今天有表演吧？去忙吧。」

他也不想讓秦語的同學知道她還有這樣的爸爸。

秦語說了幾句貼心的話，見到不遠處的那一行人要走過來就轉身離開。

秦漢秋看著她的背影，想到她待會兒是要上臺表演就很高興。他轉身朝大馬路走去，卻看到被眾人圍在中間的秦苒。

秦苒的性格滿像他的，有點天不怕地不怕。

秦漢秋也很久沒見到秦苒了，猛地見到她，忽然反應過來秦苒早就跟寧晴來雲城了。

「苒……」他有些高興地仰了仰頭。

剛想打招呼，秦漢秋也發現了秦苒身邊的幾個人。秦苒身旁的少年穿著的衣服一看就價值不菲，她身邊的其他人也是光鮮豔麗，每個人似乎都很高興又激動。

秦漢秋忽然反應過來，馬上收回了來到嘴邊的話，轉身往樹林裡面走。

秦苒自然也看到了秦漢秋，被他的反應弄得愣了一下，「爸，你怎麼看到我就跑？」

秦漢秋被秦苒這一聲自然的「爸」嚇到了，背影頓時十分僵硬。

他愣愣地站在原地，不敢回頭，汗從額頭上往下滑，還帶著些許細小的灰塵，「苒苒，妳快走，爸晚一點再來看妳。」

秦苒往前走了兩步，見到秦漢秋的表情微微瞇起眼，「你剛剛去見秦語了？」

秦漢秋沒說話，只是看著秦苒，慌亂又狼狽。不用他回答，秦苒早就知道了。

她把手機塞到口袋裡，側了側頭，氣笑了：「她跟寧晴一樣，可真是厲害。」

「苒苒……」秦漢秋看著自己身上的塵土，抿了抿唇。

雲城跟寧海村不一樣，秦漢秋見多了雲城的有錢人，而一中裡基本上都是當地人，家境不差。見多了人情世故，秦漢秋也知道自己的出現會給女兒帶來什麼，下意識地想要逃離。

秦苒卻不管他，只是微微抬了抬下巴，朝喬聲那群人開口：「我爸。」

她側對著秦漢秋，頭上扣著鴨舌帽，因為逆著光，秦漢秋看不清她的表情，只聽到她帶著一點冰冷的聲音。

秦漢秋直接僵在原地。臉上一滴汗落下，他完全忘了怎麼反應。

一切在他眼前慢了下來，耳朵裡瞬間只剩下少女淡漠卻清晰的一句——「我爸。」

本來很嘈雜的校園在這時安靜下來。

喬聲跟林思然等人似乎也沒想到。仔細看秦漢秋，雖然黑了一點，但那雙眼睛跟秦苒很像。

「原來是叔叔。」喬聲馬上站直了身，十分恭敬有禮地跟秦漢秋打招呼。他捏著自己的衣襬，似乎也很手足無措，「我是秦苒的同學喬聲。」

林思然也紅了紅臉，「叔叔，我是苒苒的同學，您叫我思然就好。」

「叔叔，我是夏緋……」

一聲又一聲的叔叔讓秦漢秋有些恍然，輕飄飄地應了一聲又一聲。

「叔叔，您是第一次來吧？我們帶您去逛逛校園，對了，您吃了沒？」林思然十分熱情。

秦漢秋僵硬地點點頭。

「今天是校慶，還有個表演。」林思然想了想，又偏頭看喬聲，「喬少，我不是學生會的，沒票，你手上還有票嗎？」

喬聲一揮手，「叔叔您儘管來，我一定會幫您弄到票。苒姊，妳覺得怎麼樣？」

秦苒往下壓了壓帽子，眉眼輕佻，無所謂地說，「你問他。」

喬聲又殷切地看向秦漢秋。

喬聲衣著精細，別人又叫他喬少，被他這麼問，秦漢秋真的手足無措了，「不用了，不用了，我見了苒苒就走。我還有事，不能離開太久。」

「也不逛校園？」秦苒手插進口袋裡，挑著眉眼看他一眼，點點頭，「好吧，我送你出去。」

秦漢秋被秦苒和她班上的一堆人送出來時，整個人都輕飄飄的。喬聲還特別貼心，叫人去福利社買了兩瓶冰水讓秦漢秋帶走，秦漢秋就拿著這兩瓶水坐上了公車。

口袋裡的手機響了。是秦語打的，應該是問他上車了沒有。

秦漢秋沒看，只看著窗外的秦苒跟一群人離開的背影，眼睛有些發酸。

校慶人多。

秦苒跟喬聲等人刷票進去，一開始還看得下去，到後來，說話的人多了，彷彿有一萬隻鳥在耳邊吱吱喳喳，空氣既悶又燥。

九班的大合唱在倒數第二個，林思然去後臺準備了，秦苒就跟過去透透氣。

「語兒，待會兒表演不要緊張，我在觀眾席看著。」寧晴柔和的聲音從對面的鏡子旁傳來，

「等等媽幫妳錄影，到時候給妳爸、妳哥哥還有妳小姑看。」

秦語細聲細氣地回應著。

刺啦——

很刺耳的一道聲音，秦語跟寧晴都注意到了。

「這裡是後臺，閒雜人等不能隨意進來，」秦語身邊的娃娃臉看了秦苒一眼，「妳是怎麼進來的？」

寧晴也看了看秦苒，抿抿唇，想要說什麼又收了回去，不知道在想什麼。

秦語忙著顧自己的小提琴，只輕輕瞥一眼秦苒，隨即移開目光，似乎很不屑，沒太關注秦苒。

秦苒則慢吞吞地塞上耳機，無視後臺的所有人，直接離開。喬聲就在門外等她。

這一場是林思然他們的大合唱。合唱的曲目很老，秦苒聽完就準備離開。

大禮堂裡的人基本上都在等秦語的壓軸曲，沒離開，這時候走剛剛好。

「我們待會兒有個慶功會，妳不來嗎？」喬聲一直注意著秦苒的動靜，見到她要走，不禁揚起聲音。

秦苒掏了掏耳朵，餘光看到秦語拿著小提琴上臺了，傳來潮水般的尖叫聲和掌聲。

秦苒的眉心跳了跳，右手握著頸項上林思然送的植物墜飾，沒說話，背對著喬聲朝他揮揮手，深吸一口氣後從人群中穿了過去。

剛好五點，她左手拿出手機，十分熟練地按了一個號碼，打給程雋。

*

寧晴從後臺出來，回到自己的座位上。她有貴賓邀請函，在第二排，位置很好，拍的影片自然很清晰。秦語作為壓軸表演，學校自然給了她特例，大禮堂裡所有的燈光都撤了，只有一束聚光燈打在她身上。她穿著的禮服也不是學校統一安排的，而是寧晴專門幫她訂製的禮服。秦語鞠躬，坐下來開始拉小提琴。

禮堂裡幾乎沒什麼聲音，學校校刊的攝影機也對準她。秦語剛拉幾個音，臉上的笑容剛揚起來，忽然一陣尖銳的聲音——

秦語僵著臉低下頭，看到她的小提琴，一根弦斷了。

她的大腦瞬間一片空白。

這是全校性的場合，別說其他人，她自己都沒有想到會在這種場合出這麼大的糗！

觀眾席也靜默了一下，隨即傳來一陣喧鬧，開始吵吵鬧鬧。秦語聽到有人吹口哨的聲音。

大燈依序打開。

秦語有些茫然地抬起頭，觀眾席上交頭接耳的，目光不時看向她。

長這麼大，秦語從來沒有丟過這麼大的臉。
主持人上臺救場，以一個被刷掉的節目上場補救。
秦語作為雲城有名的名媛，做事向來有分寸，從小到大基本上沒出過什麼差錯，但今天……
走到後臺，其他人看她的目光中帶著一些莫名。
秦語的手指顫抖。
「會長。」
後臺的門被推開來，徐搖光走進來。目光一掃，就看到被秦語放到一旁的小提琴，沉聲開口：「怎麼回事？琴弦怎麼會斷了？」
秦語的胸口起伏著，沒說話，但她身邊的娃娃臉義憤填膺地開口：「語兒的小提琴是訂製的，怎麼會輕易就壞了，肯定是有人蓄意而為！」
「蓄意而為？」徐搖光看向她，「妳知道是誰？」
「不就是九班那個秦苒。」娃娃臉想也沒想地回答，「語兒人緣一向很好，只有那個秦苒一向跟語兒不對盤。剛剛她恰好也在後臺，我還覺得奇怪，她一個沒有節目的人來後臺幹嘛！」
徐搖光瞇了瞇眼，「後臺還有其他人嗎？你們去看一下監控。」
秦語手指掐著掌心，壓著嗓子開口：「你們都出去。」
後臺裡，其他人都出去了，把場地空給徐搖光跟她。

在全校面前出了一個大糗，秦語想都不用想就知道學校裡會有什麼傳言。

秦語冷笑著，氣得眼睛都紅了，幾乎一字一頓地開口：「徐少，你跟喬聲要護著秦苒，我沒意見，可你也知道小提琴對我來說意味著什麼。後臺這麼重要的地方，她進來，你跟喬聲都睜一隻眼閉一隻眼，小提琴壞了事小，可你有沒有想過，我因為她，在全校面前丟盡了臉？」

徐搖光沉默了一下，又開口，「她沒理由這麼做。」

秦語閉了閉眼，似乎很累：「沒理由？你怎麼知道她沒理由？小時候我媽嫁到林家，我媽帶著我卻沒帶她去，就因為這樣她一直很嫉恨我，這一點夠嗎？」

兩廂沉默。

徐搖光拿起口袋裡的手機打電話給喬聲，「我沒有秦苒的電話，你叫她來後臺一趟。」

秦語一直站著，沒說什麼。

徐搖光讓外面的人進來，詢問監視器的事。這時候，寧晴跟教導主任也趕到了後臺。

「語兒。」寧晴快速走過來，「妳的小提琴怎麼了？」

秦語不想多說，疲憊地側過身體，不想跟寧晴多說話，也沒說是秦苒。她不確定，以現在錢少跟秦苒的關聯，要是知道是秦苒，寧晴不知道會不會維護她。秦語只淡淡地開口：「被人蓄意用刀片割斷了。」

寧晴氣得胸口劇烈起伏，直接轉身對教導主任開口：「丁主任，你們學校怎麼會有如此品行惡劣的學生？請你務必要找出這件事的罪魁禍首。」

丁主任看了一眼小提琴的琴弦，確實是有人用利器割斷的。秦語是林家人，這件事寧晴也在場，肯定要好好處理。他皺了皺眉，看向徐搖光，「徐……徐同學，有沒有人去查監視器了？」

「已經派人去了。」徐搖光從思緒裡回過神來，輕聲開口。

丁主任點點頭不再說什麼，但言語上都忌諱著徐搖光。只是這種時候，寧晴跟秦語都沒發現。

秦語的表演就在林思然他們後面一個，秦苒剛走出大禮堂的門沒多久就接到了喬聲的電話。

「她的小提琴琴弦被人割斷了？」秦苒挑了挑眉，找個樹蔭站了一會兒，很意外地笑了，「沒想到還有人能看出她的真面目。」

喬聲輕哼一聲，『誰知道，不過她現在懷疑是妳……』說到這裡，喬聲頓了頓。他顯然不知道徐搖光在想什麼，縱使徐搖光喜歡秦語，但不會不知道秦苒是什麼人吧？

「她認為是我？」秦苒垂眸。

喬聲「嗯」了一聲，『誰知道她在想什麼。』

「秦語要在後臺跟妳對峙，對了，妳當時跟誰在一起？找她一起來。」喬聲知道這件事要是不查清楚，以秦語的本事，真的能再往秦苒身上潑髒水。

秦苒捏了捏眉心，把手中的鴨舌帽扣在頭上，又拿出手機打了通電話給程雋。

「你多等我十分鐘，」秦苒估算了一下時間，看著大禮堂的位置，「我有點其他的事。」

路口，掛著大眾牌子的黑色汽車裡，程雋掛斷了電話，把手機扔到一旁的座位上後，餘光看了一下時間——五點十分。另一隻手放在膝蓋上，修長的手指無意識地敲著。

陸照影從副駕駛座上側過頭來笑道：「雋爺，秦小苒怎麼了？」

「她有點事，讓我們多等一會兒。」程雋的手撐在車窗上，懶洋洋地開口。

「好吧。」陸照影點點頭，拿出手機打電話給錢隊，「那我們就等吧。」

駕駛座上的程木沒說話。能同時讓京城的兩位大爺等，除了秦苒，他真的找不到第二個人了。

另一邊，喬聲在門口等秦苒。他焦慮地來回走著，等秦苒過來馬上站定，似乎覺得自己很沒用地垂著腦袋，喪氣地開口，「苒姊。」

「嗯，我們先進去再說。」秦苒拍拍他的肩膀，嘆氣後笑了笑：「沒事。」

看她的狀況似乎還不錯，喬聲鬆了半口氣，但精神沒有完全放鬆。

化粧室裡的閒雜人等都被丁主任遣散了，只留下幾位長官和徐搖光、秦語這些人。秦苒跟喬聲推門進來，化粧室裡大部分的目光都看過來，寧晴也下意識地抬眸，一眼就看到秦苒跟喬聲。

她的目光在喬聲臉上停留了一會兒，然後落在秦苒身上，十分疑惑：「苒苒，妳怎麼來了？」

秦語一向很注重自己身邊的人際關係。學校裡除了喬聲跟徐搖光，沒人知道秦苒是她姊姊，更沒人知道沐盈是自己的表妹。

站在秦語身邊的娃娃臉一看到秦苒，就氣憤地開口：「秦苒，妳為什麼要割斷語兒的小提琴琴弦？」

高中總是分派，娃娃臉就是正宗的秦語黨。秦語對這些人一直很大方，各種限量版口紅、香水從不吝嗇，以至於娃娃臉這些人都以秦語為首。

此時秦語被人害成這樣，娃娃臉自然會站出來當秦語的槍。

秦語因為在學校表演上丟了臉，臉色一直很糟糕。聽到聲音，她猛地轉頭看向秦苒，目光裡明滅滅，滿是憤恨。

寧晴也聽到了娃娃臉的話，愣了一下，看著秦苒：「苒苒，妳割斷了語兒的琴弦？」語氣雖然是問句，但表情像是相信了。

這間化粧室裡的人不知道微博那件事跟秦語有關，但寧晴知道。她看著秦苒，抿了抿唇。

秦苒捏捏手指，指尖一片冰涼，化粧室裡有教導主任和幾位老師，她拿下頭上的帽子。並不理會寧晴，十分有禮地朝丁主任等人開口：「我沒那麼無聊，我記得走廊有監視器不是嗎？查一下就知道了。」

她的語調十分平穩，不憤怒也不驚慌，不急不緩地開口，跟她以往的形象沒有什麼差別。一隻手還拿著鴨舌帽，精緻的眉眼恣意依舊。

「秦苒，妳恨我我認了，但妳為什麼要在這種時候動手？看我被全校師生嘲笑開心嗎？妳現在是不是很得意！」秦語的雙眼一片血紅，手指顫抖著。她走到秦苒面前，幾乎想也沒想就帶著憤恨朝她搧了一巴掌。

以秦苒的身手，怎麼可能讓她得逞。

她往後退了一步，也往旁邊側過身子。幾乎是在同一時候，喬聲、徐搖光跟丁主任都伸手阻止了秦語。

徐搖光定定地看向秦語：「我已經讓人去拿監視器影像了。」

秦語抿抿唇，「你不相信我。」

喬聲早就站到秦苒那邊了，這點秦語可以忍下來，但她沒有想到一直站在她這邊的徐搖光會不相信她。

還有教導主任。這三個人是化粧室裡最有發言權的人，幾乎都站在了秦苒那邊。他們下意識的表現，如同無形的巴掌狠狠搧在了秦語的臉上。

徐搖光的眼睛低著，眸裡也是清冷，幾乎從沒有染上其他顏色，「等影片出來再說也不遲。」

丁主任站在一旁，也沒說話。他只是看了一眼秦苒，記得那是上次在演講比賽上狠狠出了一把風頭的女生。

那天的事情他有點印象，所以在秦苒開始演講前，秦語故意在他耳邊說秦苒把稿子弄丟了的事情他也記得。他當教導主任這麼多年了，小女生們之間的把戲自然看得很透徹，也知道秦語的心思沒有那麼純淨，所以在秦語要打秦苒巴掌時順手擋了下來。

與此同時，學校旁的路口——

程雋半眯著的眼睛忽然睜開。他拿起手機看，正巧過了五點二十分。

降下車窗看向路口，路口的學生很多，來來回回都是人。

秦苒無論在哪裡，身上都有一種特殊的氣場，一眼掃過去就能在人群裡看到她。

此時，人群裡顯然沒有她的身影。

程雋拿著手機，打開車門下車。程木一向都跟著程雋，見他下車，手也放在車門上。

「我說，」陸照影正在打遊戲，見到程木也想下車，不由得挑挑眉：「你想清楚，你們家雋爺想讓你跟他一起去嗎？」

程木：「……」

他把手放下來，又面無表情地坐回駕駛座。

陸照影兩腿微微翹著，打完一局遊戲，剛開一局新的。眼眸一抬，看到路旁有一個短髮女生慢慢走著，低著腦袋，戴著眼鏡，整個人感覺很沉悶。

陸照影愣了愣，手不由自主地摸著耳釘，然後把手機扔給程木：「你替我玩一局。」

大禮堂的化粧室裡，幾個人已經把監視器影像拿來了。

「丁主任，監視器被人刻意摧毀了。」一個老師把電腦遞給丁主任，「拍不到什麼內容。」

也就是說，根本找不出誰才是真正破壞秦語小提琴的人，事情似乎又陷入了僵局。

秦語看著秦苒，直接冷笑：「妳從一開始就應該知道監視器沒用了吧？妳這麼聰明，會不知道提前破壞監視器？」

丁主任皺眉：「沒有證據，秦語同學，不能空口無憑。」

寧晴目光深沉地看了秦苒一眼，似乎有點疲憊，低聲開口：「丁主任，抱歉，這是我們的家事，小孩子之間的摩擦勞煩你們了……」

她的話是在為秦苒開脫，卻也一錘把秦苒釘在了恥辱柱上。

一個是自己從小就有偏見，又不太喜歡的女兒；一個是從小教到大，十分喜歡的女兒，想也不用想也知道寧晴會偏信誰。更何況，她知道秦苒因為上次微博的事件，根本沒原諒秦語。

秦苒因為這件事生恨也不是沒可能。

「媽——」秦語顯然很不滿這樣的解決方式。

秦苒低著頭，指尖繞著自己的鴨舌帽。

化粧室裡的人其實不多，也沒有外面那麼吵。但秦苒的腦子裡像是有人拿著木棍在攪弄，如同漿糊一般，腦子裡一直緊繃著的弦「啪」地一聲斷了。

秦苒抬起頭，舔了舔唇，看向秦語又看向寧晴：「我跟妳們熟嗎？」

她習慣了，能動手就絕不動口，簡單粗暴。往往腦袋一熱，袖子一捲，就什麼都做了。但是今天——她的理智還沒完全消失。在瀕臨邊緣的時候，她似乎聽到一道聲音，有些懶散，略微壓低，又如同揉碎了的星辰，帶著幾分說不清道不明的溫柔。

「怎麼回事？」

門被一雙手推開，平整的黑色襯衫袖口，修長分明的手指瑩潤如玉，對比分明。往上看，是一雙猶如浩瀚星空的雙眼，連秦語都在這時候愣住了。

化粧室裡，真正認識程雋的只有徐搖光。他有些不可思議地抬頭看向程雋，似乎沒想到他會來這裡。如果秦語此時看向徐搖光，一定能發現徐搖光鮮少有這麼失態的時候。

至於丁主任，他不知道程雋的身分，卻被徐校長明裡暗裡地叮囑過很多次——校醫室裡的那個人連動都不能動。為了避免麻煩，徐校長叫人拿校醫室那些人的照片給丁主任他們看過。

至於寧晴，她認出了那是在醫院裡威脅過她的人，有些懼怕、下意識地往後退了一步。

程雋自然不會關注其他人。他的目光落在秦苒臉上，眉眼微不可見地皺了一下，抬腳朝秦苒那邊走去。熟悉的冷香味讓秦苒漸漸回過神。

第五章　大神掉馬了

程雋沒看她，目光落在化粧室裡唯一熟識的徐搖光身上。

而徐搖光從怔愣中回過神，不太敢看向程雋，微微低著頭，把事情重複了一遍。

程雋的控場能力強，房間裡的人都不認識他，卻都不由自主地跟著他的方式走。

他低頭看了一眼放在桌子上的電腦，指尖按著電源，「你說是監視器影片被毀了？」

徐搖光、丁主任都點頭。

程雋伸手敲了敲電腦，又點著桌子問秦苒：「妳能恢復這些資料嗎？」

第六章　惹不起的人

化粧室裡的人都沒反應過來程雋在說什麼。

秦苒回過神來，重新扣上鴨舌帽，清了清嗓子後開口：「只要存在過，無論有多粉碎我都能找到。」

程雋看她一眼「嗯」了一聲，側身讓位給她，「小心手。」

「我知道。」秦苒坐在椅子上，低頭開始恢復資料。

秦語這個時候終於反應過來，「秦苒，妳該不會是要徹底毀掉證據吧！」她往前走了一步，手還沒碰到秦苒就被一根冰冷的梳子擋下。

一抬頭，是一張慵懶的臉。

程雋懶洋洋地瞥她一眼，氣定神閒地開口：「這位小姐，請不要打擾她。」

秦語看著他張了張嘴，還沒說話，程雋就別過頭，把梳子扔到了桌子上，不看她。

化粧室裡的其他人一開始還沒反應過來，但當秦苒打開程式設計器，雙手開始流暢地輸入一串串字元的時候，全都被她的那雙手吸引過去了。

秦苒進行程式設計的時候，是一場盛宴。

一個又一個視窗彈出來，而她的眼睛沒看著鍵盤，手速飛快。

寧晴一開始不知道秦苒在做什麼，但是當秦苒的手碰到鍵盤時，身上的吊兒郎當忽然迸發出氣勢，讓寧晴下意識地一愣。別說略懂資料庫等等的喬聲、徐搖光等人，就連對這些一竅不通的寧晴跟娃娃臉也忘了反應，呆呆地看著秦苒按下一個又一個字母。

不到二十分鐘，秦苒就把監視器影像復原了。她把電腦往旁邊挪，朝程雋挑挑眉：「好了。」

程雋早就見識過她過人的天賦，所以並不驚訝，只是把電腦遞給丁主任，「你看吧。」

房間裡的其他人還在恍恍惚惚，沒反應過來，丁主任也是愣了一下才接過電腦。

尤其是秦語，她眼裡的秦苒不學無術，考試基本上都是墊底，根本就不相信秦苒會程式設計這一類的東西。

丁主任沒說話，點開秦苒復原後放在電腦桌面上的影片。

影片點開，上面是灰色的監控影像。放大畫面後，在房間裡的人都能看到電腦螢幕上清晰的人影。一個女生手中拿著美工刀，十分小心翼翼地割斷了秦語的小提琴琴弦。

不到一分鐘，那女生偏過頭，側臉在螢幕上十分清晰。

喬聲驚訝地出聲：「吳妍？怎麼會是她！」

化粧室裡的其他人並不認識吳妍，卻也能看出那個人並不是秦苒。

事已至此，真相不用其他人多說了。

「所以，真的不是秦苒同學。」丁主任找回了自己的聲音，乾巴巴地說了一句。

發現沒有人附和他。

此時，喬聲、寧晴的目光都從電腦上的影片轉到秦苒身上。尤其是寧晴，她壓根就沒想到秦苒竟然能恢復資料。她瞳孔劇烈收縮著，最後只剩下茫然跟震驚，如同見到鬼一般。

喬聲用手闔上自己的下巴，有些僵硬地抬起手，卻沒什麼反應。

秦語感受到其他人看向秦苒的目光。她沒想到動她琴弦的人並不是秦苒，更沒想到秦苒會恢復資料，她竟然藏了這一手！

氣氛很沉悶，要秦苒再多待一秒，她可能會爆炸。她碰了碰鴨舌帽的帽檐，捏著程雋的衣角低聲開口：「我們走吧。」

程雋低頭，看了一眼被兩根細白手指捏住的衣角。

這個角度只能看到她漆黑的帽檐，還有微抿著的唇。

秦苒那個媽媽，程雋領教過。他到時，秦苒的眼睛十分通紅，幾乎不用想像就知道他沒來之前秦苒面對的是什麼場景。

程雋沒走，只是掃了化粧室的人一圈，十分有禮地開口：「所以你們不用道歉嗎？這麼多人，沒拿出什麼證據就隨口汙蔑一個女生，很厲害嘛。」

這一句話說得輕飄飄，但丁主任跟徐搖光心裡卻大駭。這兩人沒說什麼廢話，直接跟秦苒道了歉。本來就該道歉了，不由分說地把人家帶到化粧室，怎麼說都有一點仗勢欺人的意味。

徐搖光道完歉，又忍不住看了秦苒一眼。他怎麼也沒想到程雋會和秦苒認識，這兩個人幾乎是天塹般的差距，認識也就算了，程雋為什麼這麼維護她？

秦語從一開始到現在都還沒反應過來，竟然是吳妍割斷了自己的琴弦。

程雋帶著秦苒離開，臨走時，用餘光瞥了秦語一眼。

*

車子就停在路口旁。

程雋站在一旁沒坐進去，朝車的方向抬抬下巴，示意秦苒先進去。

秦苒慢吞吞地朝車子的方向挪動。等她上了車，程雋才拿出手機撥了一通電話。

電話響了一聲就被接起。

程雋單手插著口袋，目光看著遠方的人群，漫不經心地開口：「徐校長，幫我找個人……」

說話的時候，他那雙一向懶散的眸中略過一道十分不明顯的戾氣。

打完電話之後他收回手機，不急不緩地抬腳朝車裡走。

陸照影的手放在椅背上，頭歪著，挑著眉眼笑：「秦小苒，妳幹嘛去了，怎麼現在才來？」

程雋剛打開右邊的車門，聽到陸照影的聲音後抬了抬眼眸，聲音很淡：「陸照影。」

「啊？」陸照影下意識地回應了一聲。

「別多話，我要休息。」程雋坐穩後垂著眼眸，十分慵懶地開口。

陸照影：「……」

車子緩緩朝外面開去。

這次錢隊選的地方不是俱樂部也不是私房菜館，而是幾個人都十分熟悉的恩御飯店。

程雋十分控制秦苒的飲食，今天卻破例為她點了一盤上次錢隊點了又撤掉的水煮肉片。

秦苒坐在程雋的左邊，她的另一邊坐著錢隊。

她手上拿著筷子，低頭漫不經心地拿筷子戳著手邊的盤子，黑髮滑過眉骨，眉眼間一如既往的散漫，似乎很沒精神。直到服務生把那盤水煮肉片端上來，秦苒才坐直身體。

陸照影等人坐著吃飯，這幾天來來往往，差不多都熟了。

「錢隊，你是怎麼認識秦小苒的？」陸照影對這些菜沒什麼興趣，他拿著筷子也不吃，抬頭看著錢隊。

一聽到陸照影的話，程木跟郝隊都豎起耳朵。

錢隊看了陸照影一眼，想了想後開口：「一個案子認識的。」

陸照影眼前一亮，「什麼案子？」

錢隊沒再開口，低頭吃飯，好吧，又變成了那個高冷錢。

「好吧，那我們聊聊毒狼。」陸照影靠上椅背，有些無聊，「郝隊，你們找到他的老窩沒有？」

郝隊搖頭：「沒，我們去了三個地點，他們都提前搬走了。」

幾個人有一搭沒一搭地聊著。

程木不敢說話，傳訊息給郝隊：你有沒有覺得，錢隊好像很尊敬秦小姐？

郝隊：有點。

程木又回：你不覺得奇怪？錢隊上次一等功，他的能力都是有目共睹的，上面好幾次都想把他調到京城。雖然秦小姐的電腦很厲害，但也不至於讓他這樣吧？

郝隊：所以陸少問了，但錢隊口風緊。

吃完飯，差不多八點。

秦苒回到教室自習，而程雋接到一通電話，沒回校醫室。

程木以餘光看到程雋眸底的涼意，不由得打了個冷顫。

*

——林家。

秦語今天出了這麼大的糗很鬱悶，回來卻不敢跟林麒、林錦軒說。一是怕兩人失望，二是怕他們知道今天的監視器影像是秦苒復原的。天知道她看到秦苒復原監視器影像的那一刻有多震驚。

「語兒，妳沒事吧？」

林麒跟林錦軒在討論雲城開發區，拿起水杯的時候就看到秦語。

她正拿著手機，不言不語，似乎在發呆。

秦語回過神，連忙開口：「我在想去魏大師那裡的問題。」

林麒笑得溫和，安撫她，「沒事，還有好幾天，不用這麼緊張。」

就在這時，張嫂從門外進來，「老爺，外面有一位姓程的先生要見您。」

「姓程？」林麒的印象裡並沒有什麼姓程的人，不過還是開口，「妳讓他進來。」

往日來找林麒的人不少，秦語跟林錦軒並不覺得奇怪，直到一個冷著臉的青年走進來。

「林先生，我們少爺說了，這是你們要的人。」程木一張臉面無表情，放開身後的女人，朝林麒等人點點頭，「人已送到，我就先離開了。」

林麒一看，是個年紀跟秦語差不多大的女生。

他直接站起來，眉眼擰著，嚴肅地開口：「這位先生，您是不是弄錯……」

只是林麒一句話還沒說完，坐在他對面的秦語一下子站起來，「吳妍，妳為什麼要割斷我的琴弦，我對妳不好嗎！」

秦語看著吳妍，按捺著臉上的冷冽和怒火，捏了捏自己的手指逼自己冷靜。

而吳妍只是冷笑地看向秦語，沒說話。

「什麼琴弦？」林麒頓了頓，又溫聲開口，「語兒，妳的小提琴壞了？」

林錦軒察覺到異樣。他抽了一張面紙擦擦嘴角，抬眸示意秦語說話。

秦語的眼眶泛紅，晚上的自習課她都不敢去學校，很怕看到別人嘲笑或其他的眼神。

「今天學校校慶，因為她把我的小提琴琴弦割斷，害我的表演搞砸了。」秦語垂著睫毛，手指緊握，聲音哽咽。

秦語的小提琴是林麒專門為她訂製的，價值不菲。這點錢對林麒來說算不上什麼，他手裡捏著菸，對吳妍拿出公事公辦的態度：「吳妍同學是吧？妳為什麼要割斷我女兒的小提琴琴弦？」

吳妍不說話。

林麒往菸灰缸裡彈了一下菸灰，再次抬眸：「妳應該知道語兒的小提琴是訂製的，如果是妳蓄意破壞的話，代表妳要賠五十八萬。」

秦語看著吳妍，既痛心又不可思議，「我也想知道。」

「妳想知道？好。」吳妍聽到五十八萬，眉眼動了動，「秦語，我更想知道妳為什麼要拍下秦苒跟那個中年男人的照片，還誘導我發到論壇？憑什麼我要被學校開除，妳卻安然無事？」

這句話一出，整個林家陷入詭異的沉默。

「妳胡說什麼？什麼我拍的照片！」秦語瞳孔一縮，吳妍現在的反應不在她的掌控之中。

林錦軒將手中的紙巾揉成一團，扔到腳邊的垃圾桶。他慢條斯理地抬起頭，看向秦語，「照片是妳拍的？」

「不是我，」秦語有些慌了，「爸、哥哥，你們相信我……」

「妳把手機給我，又故意點開照片，不就是故意讓我看的嗎？」吳妍不慌不忙地拿出自己的手機，打開拍下的那一張照片遞給林麒。

秦語死盯著吳妍手中的手機。

林麒沒有說話，只是接過來看了一眼。吳妍是用自己的手機拍秦語的手機，而秦語的手機是林麒幫她挑的一款限定版款式，一中裡也找不到幾台，一眼就能看出來。

林麒強壓著震驚，沉默地把手機還給吳妍，又看向張嫂，「把吳妍同學送回去。」

林錦軒沒看吳妍的手機，但是從林麒的表情看出了結果。

事情到了這種地步，秦語閉了閉眼，不再做任何辯解。

「爸，你要是相信他們的話，如果覺得是我，那就是我吧。」秦語一張臉發白，閉著眼，沒有哭，只是疲憊地開口。

「妳讓爸好好想想。」

林麒抬腳往樓上走，到了書房，先叫來寧晴。

寧晴今晚吃飯的時候就有些心不在焉，現在就算被林麒叫過來，還是有些恍惚。她還沒從下午的事情回過神來。寧晴從小就不太關心秦苒，自然不知道她會修復監視器影像。這在寧晴眼裡是一件極其神奇、極其高科技的事。

林麒問她的時候，她斷斷續續地說了一些事。

「能修復監視器影像？」林麒一愣，又開口，「那她學過電腦？」

「可能是吧，」寧晴想起一些事，「我爸，就是苒苒她外公是老程式師，應該是耳濡目染。」

「我知道了。」林麒點點頭，疲憊地按了按太陽穴，讓寧晴出去。

半晌後，他撥通了林婉的電話，和她說了這件事。

『那位程先生是誰？京城倒是有一個鼎盛豪門。』林婉站在那邊的後花園中，下意識地想到京城程家，不過笑了笑，『不過那些人不會去雲城。算了，哥，現在不是要怎麼做的時候。』

林麒沉默了。

『你做個選擇吧！』林婉自從上次的事情後，對秦苒的印象就極其不好，『那個姓程的人肯定是秦苒找來的，那個女生年紀不大，心思倒是不小，竟然把這些攤在你面前，不過也年紀小，沒給自己留下一條後路。』

秦語是林家人，又有她在京城幫襯，以後被魏大師看上，未來有無限的可能。反觀秦苒，林婉知道她成績不好，小提琴也沒好好學，全身上下就只有那一張臉能看，未來是不可能跟秦語相比的，處境絕對算不上好。

若是秦苒夠聰明，應該趁這個時候好好把握林家這條人脈，跟秦語打好關係才對。

林婉不太想知道秦苒的事：『之前不是聽語兒說，那個秦苒也學過小提琴嗎？我問過我們家老爺，魏大師是不可能收秦苒為徒的，不過要找個其他的小提琴老師倒是有可能，但這段時間你讓秦苒好好跟語兒學幾天，那些大師可不是什麼亂七八糟的人都收。』

——林家不遠處。

程木回來的時候，陸照影正站在車旁，臉色陰沉，腳狠狠地踢了一下車子。他瞥了一眼坐在車內的程雋，「你怎麼就這樣把人送到林家了？不捏死他們？」

陸照影一開始並不知道程雋找徐校長要人，是為了秦苒的事。等程木去林家，他才從程雋口中問出來，也知道了秦苒下午在大禮堂的事。以他對秦苒的維護程度，他恨不得時光倒流回到現場，去化粧室裡把人一個個弄死。

「那不是長久之計。」後車門開著，程雋沒下車。他靠在椅背上，此刻倒是清風落松，不疾不徐地說，「得讓他們先做個選擇。」

程雋沒怎麼查過秦苒的事，不過也能推算出她的繼父、繼兄人不錯，但母親跟妹妹都太差了。有林錦軒跟林麒在中間糾纏，秦苒很難真的與他們撇清關係。眼下這算是一刀切下，逼林家人二選一。

程雋沒詳細說明，所以陸照影花了十分鐘才想通，最後默默轉向程雋：「還是雋爺你狠。」

程雋瞥他一眼，別過了視線。微微低下頭打開車窗，摸出了一根菸，眸色清淡：「回去吧。」

*

——次日，中午自習。

高洋把手揹在身後，踱到秦苒面前敲敲她的桌子，讓她去走廊，十分讚賞地把她誇獎了一番。

「聽物理老師說妳的物理將近四十分，進步非常大。」高洋推了一下眼鏡，語氣十分和藹，「高考還有七個月，老師相信妳一定能努力考到三流大學。」

拿著教材路過的李愛蓉聞言，根本懶得吐槽。四十分還值得誇獎？

她似笑非笑地看向高洋：「高老師，我覺得你還是看看你們班的平均分數跌成什麼樣子吧，別期中考的時候成了倒數第一。」說完也不等高洋回答，直接踩著高跟鞋離開了。

內心不由得慶幸，好在當初頂住了校長的壓力，不然今年的年終獎和明年的優秀教師，她一個都拿不到。

高洋依舊笑咪咪的，他有點胖，給人一種彌勒佛的溫和感，沒把李愛蓉的嘲諷當一回事。

「行了，保持這種狀態，下次再努力。去休息室吧，妳叔叔找妳。」

高洋大手一揮，讓秦苒去辦公室。

秦苒不由得瞥了高洋一眼。

「怎麼了？」高洋注意到她的視線，依舊笑咪咪的，「還有什麼問題要問老師嗎？」

「沒有，謝謝老師。」秦苒搖頭，慢悠悠地回答後往休息室的方向走。

來休息室之前，她有想過會是封樓誠或者錢隊……又或者是其他人來找她。

但她怎麼也沒想到，找她的竟然是林麒。

「林叔叔。」秦苒微微關上門，側身開口，沒有以往的鋒芒。

她今天老老實實地穿著校服外套，底下是黑褲，很乖的樣子。

林麒看著她的眉眼頓了頓，然後溫聲開口，「叔叔今天找妳，一是要向妳道歉，二是要跟妳說一件事。」

秦苒很尊敬林麒，推了一張椅子過去讓林麒坐，「您說。」

「就是，叔叔想知道妳還在學小提琴嗎？妳媽媽說妳跟妳妹妹一樣，在小提琴上很有天賦，」

林麒想了想又開口，「叔叔想送妳去京城學小提琴。京城老師要求比較嚴格，若妳有意願，可以去考試。當然，如果妳願意的話，我讓語兒教妳幾天，那位老爺很喜歡聽她的曲子。」

等等！秦苒懷疑自己聽錯了。她摸摸耳朵，站直了身：「林叔叔，您剛剛說什麼？我沒有聽清楚。」林麒剛剛說什麼？他要自己跟秦語學小提琴？

林麒又說了一遍，然後看見面前的女生沉默了一瞬。

林麒回想了一下，剛剛他說的確實是關於小提琴的事，秦苒怎麼會是這個表情？

一分鐘後，秦苒回過神來，沒什麼情緒地開口：「不用了。」

她拉小提琴的時候，秦語還不知道在那個犄角旮旯呢。

林麒抬眸看了秦苒一眼，似乎很訝異她的選擇，沒有他預料到的驚喜。

「那麼……聽妳媽說，妳在電腦上略有研究，林家也有幾個電腦產業，妳可以來我們公司慢慢摸索。」林麒又提議。

「謝謝叔叔，但是不用了。」秦苒再一次拒絕。

「妳不用這麼急著拒絕我，這對妳來說是很好的選擇。」林麒表情有些複雜，頓了幾秒，「叔叔給妳幾天時間，如果妳改變主意了，就打叔叔的電話。」說完，林麒從口袋裡摸出了一張名片，遞給秦苒。

秦苒低著眉眼，慢吞吞地伸手接下。

林麒在生意場上一向能說會道，但現在，他看著面前單手插口袋，半低著頭，渾身上下都斂著生人勿近的氣息的女生，找不到半點話題。

他拿著手機下樓。

秦苒回到九班時，中午自習快下課了。

喬聲跟她前面的同學換了座位，見到她回來便側身斜坐在椅子上，壓低聲音：「老班叫妳過去幹嘛？」

秦苒抬手把名片丟在桌子上，懶洋洋地靠上牆，「鼓勵我好好學習。」

或許是提及了秦苒的成績，喬聲悶笑一聲，「他竟然讓妳好好學習？」

他頓時覺得好玩，也不跟前面的人說話了，好奇地問她高洋還有沒有說什麼。問了幾句之後，就看到被秦苒丟在一旁的名片。喬聲拿起來一看，一愣，又壓低聲音：「林麒來找妳？」

「嗯。」秦苒慢吞吞地在抽屜裡摸書。

「他找妳幹嘛？」

秦苒言簡意賅地說了一下。

「等等，妳學過小提琴？」喬聲一愣，「我怎麼沒聽妳說過，也沒看妳拉過？」

「小時候學過。」秦苒手撐著下巴，心情不太好地開口。

喬聲自動翻譯成她小提琴學得不好，這是一般人的慣性反應。因為她之前也沒有提過，要是學得好，她不會不說。

「那妳怎麼沒答應他？」喬聲一手放在自己的桌子上，一手拿英語課本遮住臉，往後面側倒過去，「其實林叔叔說的有道理，總比妳到處兼職要好。這是妳跟林家修復關係的方法，林叔叔做了一些讓步。」頓了頓，喬聲又繼續開口：「而且，妳回絕了他，以後要怎麼辦？林家在雲城還是有資格說話的，妳這樣子，林叔叔會不會覺得妳不識好歹？」

喬聲的擔憂跟疑慮也有道理。秦苒現在是林麒的繼女，雖說是繼女，實際上根本不能跟秦語比。秦語是在林家長大的，在感情上，林家人自然會偏向秦語。

在雲城，若是有林家照顧，顯然能過得不錯，尤其是秦苒這種沒背景的人。林麒的兩個提議都是站在秦苒的角度提出來的，在喬聲看來都沒有什麼壞處。

秦苒不知道喬聲想了這麼多，伸手翻了翻課外書，抬眸瞥喬聲一眼，笑得輕慢：「誰告訴你我會待在雲城，還要靠林家？」

喬聲一愣，心頭一跳，像是抓到了什麼重點，「等等，妳說什麼？」

秦苒低頭，繼續看書：「沒什麼。」

喬聲：「……妳別裝得好像智商比我高。」妳的考試成績還不到我的三分之一。

當然，後面這句話他不敢說。

*

——翌日，下午放學。

秦苒跟林思然放學後準備去市中心的書店。

李愛蓉又要求了一本新出的習題本，明天要挑題目來講解。

「再轉一次車。」秦苒把手機放在耳邊，一邊走下公車一邊跟程雋說，「再等我二十分鐘。」

兩人要轉過一個街角才到達另一個公車站，走在她前面的林思然腳步忽然一頓，秦苒隨手掛斷電話，眼眸抬了抬，看到七八個長得很壯的男人。

接近十一月的天氣沒有那麼熱，基本上都會套一件外套。這七八個男人只穿著背心，露出的手臂跟肩膀上有一大片紋身，猙獰又懾人，手裡還拿著鋼刀跟鋼棍，一看就是黑社會。

林思然的腳步一頓，不由自主地往後退了一步，偏頭看秦苒的時候略顯不安。

「我們少爺有請。」為首的男人咬著香菸，目光放肆地在秦苒身上打量：「小妞還是衡川一中的，好學生啊。」

「不想見，讓個路，謝謝。」秦苒把手機塞回口袋裡，看著那群流氓，聲音壓低了幾許，言簡意賅。

看到林思然很緊張，她伸手拍拍林思然的肩膀，安撫的意味很濃。

「就是前面街口的車。」那男人往前走了一步，指著停在街口的一輛跑車，氣勢逼人。

秦苒抬了抬眸，她捏捏手腕，聲音溫和：「看來聽不懂人話啊。」

＊

——雲城市中心的書店占據了商場的七八樓兩層。

程木站在一排書架旁，拿著手機在跟另一頭的人說話。

「一二九的事情我不清楚，我才剛來雲城沒多久，你可以問陸少。」

那邊不知道說了什麼，程木癱著一張臉，抬頭看了一眼程雋的方向。

程雋正站在一排貨架面前，十分認真地打量著貨架上一排排的高中複習參考書，偶爾看到基本的會拿過來翻閱一下。安靜又專注，不遠處的幾個女生已經在這幾排逛了好久，都沒走。

「雋爺在幹嘛？」程木抹了一把臉，自暴自棄：「老金，相信我，你不會想知道這件事的。」

程木又說了好幾句才掛斷電話，然後拎起身旁的籃子，恭恭敬敬地跟在程雋身後，把他挑好的書放進籃子裡。

程木看著籃子裡的一堆東西，面無表情地想著：誰知道在京城呼風喚雨，幾乎無所不能的程公子，此時會在雲城的一家書店，老老實實地幫人挑高考複習參考書呢？

「程金？」程雋把手中的一本考卷放進籃子裡，側身問。

程木點頭，「他想打聽孤狼的消息。上次孤狼接了我們的單，在京城那邊引起了不小的浪。」

「他只接了我們這一筆？」程雋轉過頭，神情看起來沒多大的變化。

「程金說是這樣，隱匿了一年，唯獨接了我們這一筆。」程木壓低聲音，「現在京城有不少人在查我們。」不過一二九的保密工作做得好，暫時沒有消息洩漏出去。

「嗯。」程雋瞇眼，若有所思。

他又拿起一本高考複習參考書，看著目錄還有內容。書店的燈光充足但不刺眼，燈光下，他的手指是冷白色。他垂著眼眸，漫不經心地翻書，很懶散的樣子，卻又無處不彰顯著矜貴，距離感十足。

這也是不遠處那幾個女生不敢上前搭訕的原因之一。

程雋沒等多久，秦苒跟林思然就到了。

「那兩本參考書幫妳們拿好了。」程雋示意程木把籃子拿給秦苒看，頓了頓又開口：「我幫妳拿了其他參考書。」

秦苒盯著籃子裡放在最上面的一本「數學進階計畫」，半晌後心累地開口：「好吧。」

程雋將書店逛得差不多了，側身問兩人：「還有其他東西要買嗎？」

側過身來的時候，目光自然地轉向秦苒，注意到她有點皺的衣袖。

「思然還有兩本參考書，你先等等，我陪她去拿。」秦苒沒讓程雋跟著她們。

程雋自帶距離感，可以林思然跟大部分的人一樣，一看到他就下意識地綳緊神經。

「好，我先去收銀台。」程雋點點頭，帶著程木先走。

程木把手上的籃子放到收銀臺上，沒先付錢，等林思然跟秦苒兩人一起。

「程木，你找個方法跟林思然打聽一下，」程雋懶懶散散地靠著收銀台，手抵著唇，輕聲開口：「她們來的時候有沒有出什麼事。」

「好。」程木點點頭，對程雋的指令沒任何疑惑。

這邊，林思然轉身在書架上找書。她抿了抿唇，最後還是沒忍住：「苒苒，妳跟那位程先生是什麼關係？」

秦苒想了想，開口：「僱傭。」

林思然：「……」她覺得不太像，但是她不說。

林思然拿了兩本自己要的參考書，秦苒也隨手拿了幾本原文書。

結帳這種事情程公子顯然不會自己動手，而程木人如其名，整個人又木又悶，但卻極為上道，不然程雋也不會只帶他來出差。

程木接過秦苒跟林思然的書，一併付錢。但把最後幾本書遞給收銀員的時候，程木頓了頓。

他看了一眼手中的書，是一本德文書。因為程木在大學輔修德文，認得幾個德語，認出來這是一本德國原文詩歌。再往下看，還有英文原文書。

「秦小姐，妳拿錯書了？」程木抽出這幾本書，側身問秦苒。

秦苒看了一眼，「沒錯，就這三本。」

「好。」程木點頭，他不是那麼多話的人，心想秦苒不是幫人買的，就是拿來耍帥用的。

＊

幾乎是同一時刻，雲城某個餐廳包廂內——

「封總，這是我們的提案，」老人面容溫和，略顯渾濁的眼底是藏不住的精光。他將一份資料夾推到對面：「您可以看看。」

對面的女人一身黑色的西服套裝，齊耳短髮，渾身上下打理得一絲不苟，儀態萬千。

她就是封樓誠的妹妹，封樓蘭。

雙手規矩地放在文件上，卻沒看，反而抬起頭：「林老先生，你應該也知道前兩天我跟你兒子聊過，雲城這麼多企業，我看中的還是你們林家……」

兩人正聊著，包廂的門卻被敲響了。

來人是封樓蘭的祕書，她拿著封樓蘭的私人手機，臉色驚慌。封樓蘭的祕書都是經過層層挑選的，這個祕書跟了她將近十年，十分受封樓蘭重用，一般情況下，不會在她談生意的時候這麼莽撞。

「抱歉。」封樓蘭朝林老爺帶著歉意開口。

林老爺子端起茶，微笑：「無妨。」

「封總，」祕書也沒多話，臉色不太好地直接把手機遞給封樓蘭，「錢少現在人在醫院！」

嘰——

封樓蘭直接拉開椅子站起身，臉色劇變：「什麼！」

她匆匆拿著包包，走出了包廂。

剛談好合作，這個時候林老也不適合離開，便一起去了醫院。

——一個小時後。

林家一家人坐在餐桌上吃飯，這幾天餐桌上都異常地安靜。

而寧晴恍恍惚惚的，不知道在想什麼。

客廳的電話鈴聲忽然響起。這也奇怪，林家人都有手機，鮮少有人打家裡電話。

張嫂擦了擦手，看到來電顯示，神色恭謹地接起：「老爺。」
那邊不知道說了什麼，張嫂的臉色變了變。
「怎麼了？」林麒拿著筷子，朝這邊看了一眼。
張嫂皺了皺眉，對林麒說話的時候語氣恭敬：「是老爺，語氣聽起來好像很急……」
聽到是老爺，林麒手上的筷子也放下來，神色嚴肅。接過張嫂手中的電話，林麒跟林老爺子說了兩句。
「錦軒，上去換件衣服，跟我出去一趟。」林麒掛斷電話，肅然開口。
飯剛吃到一半就要放下，林錦軒也知道事情不小，起身，一邊上樓一邊詢問，「爸，發生什麼事了？」
「封總的兒子在醫院。」林麒擰了擰眉。
封樓蘭的企業要擴展，雲城上上下下有多少家族盯著她這塊肥肉，林家能拿到這個合作機會不容易，現在不能出一點差錯。既然錢謹鬱受傷在醫院，也應該去看一下。
半個多小時後，兩人到達醫院。
林老爺站在走廊上，一旁還停留著不少業內人士，一個個嘴上寒暄著，實則貌合神離。
「爸，什麼情況？」林麒走近，壓低聲音。
林老爺子朝病房看了一眼，渾濁的雙眼諱莫如深：「那位錢小少爺，在雲城被人打了，我們跟封家的單沒簽下來。」

「在雲城被人打了？」林錦軒詫異地揚眉，「誰那麼大膽，竟然敢在封家的地盤上打他？」

不說封樓誠這邊，單是封樓蘭這個瘋女人，雲城也不敢有人惹他們。

林老爺搖頭，不知內情：「跟他一起被打的還有幾個市井混混。」

三人正說著，隔壁病房的門被推開，出來的不是封樓蘭，而是封樓蘭的助理。

一群人瞬間圍上去。

封樓蘭的助理一一打完招呼才看向林老爺這邊，頓了頓：「林董，不知道你們認不認識一個人？」她面色有異。

林老爺心裡詫異：「您說。」

「是一個叫秦苒的女生，衡川一中的。」封樓蘭的助理瞇了瞇眼。

林老爺子剛想說不知道，就看到身側的林麒抬起頭，沉聲開口：「她怎麼了？」

「不瞞你們，我剛剛聽到封總打電話，就是她把錢少打進醫院的。」她朝林麒略為點頭，直接離開。

林麒的臉色微沉，林老爺則瞇眼看向兩人：「秦苒是誰？」

林麒早在幾年前就從林家分割出來，之前寧晴將秦苒帶回來的時候跟林麒報備過，但老爺那邊卻是未曾透漏。畢竟秦苒也不是什麼重要人物，林麒哪能一點小事都去報告老爺，以至於到現在林老爺都不知道秦苒這號人物。
聽完林麒的解釋，林老爺臉色一沉。
「那個秦苒，聽起來沒有秦語安分，你打算怎麼辦？」半晌後，林老爺開口。
「這件事應該不是她的錯，那個錢謹鬱早就盯上她了。」林麒頓了頓，最後嘆氣，「爸，您放心，我沒有認她當繼女的打算。」
當初秦語來林家的時候，林家上上下下都認了她，就辦了一場宴會。秦苒來之後，林麒因為各方面的考慮而沒這個打算。
秦苒還不知道她打了一群人，引起了諸多變化。
此時的她正在校醫室。今天的晚自習沒有考試，去教室自習的人很少。
程木幫秦苒換了一杯茶，放在她手邊，看到秦苒還是捧著那本德語原文書時，不由得盯著秦苒的眼睛看了一眼。
秦苒嘩啦地翻了一頁，抬了抬眼：「怎麼了？」
「沒事，我以為妳睡著了。」程木忍不住開口。
「我在看書。」秦苒手撐著下巴，懶洋洋地回了一句。
「是嗎？」程木瞥了一眼那本原文書，不太相信。

主要是他上學的時候也做過這種事，買過十幾本刑偵書放在寢室裡耍帥。但事實上，他一頁都沒有看完過。程木默默走開，繼續沏茶。

程雋瞥他一眼，忽然想起一件事，敲了敲桌子看向秦苒：「妳有沒有考慮要換個兼職？」

秦苒認為他是在跟自己說話，抬起眼隨口問道：「換什麼？」

程雋端起自己手邊的茶，慢條斯理地喝了一口，語氣似乎很淡：「就是技術人員，我們在雲城還缺個技術人員。」

「嗯？」秦苒也不看書了，往後靠了靠，挑眉。

「比奶茶店好。」程雋十分有耐心。

秦苒一手摸著下巴，對他笑著，燈光下的眉眼細致冷豔：「那有錢嗎？」

程雋的手頓了頓，看著秦苒幾秒，面無表情，「妳的電腦技術怎麼樣？」

「還行。」秦苒十分謙虛。

她說這句話的時候，大概不知道自己眉眼裡的自信恣意地湧出。程雋把茶杯放下，靠著椅背輕聲笑了。

「還行就可以了。」陸照影聽見自己感興趣的了，直接湊過來，拉開一張椅子坐下，「哥給妳開綠燈。」

程木的手抖了一下，差點打翻手中的茶壺，不由自主地看了陸照影一眼。還要開綠燈？

「還是不了，」秦苒卻興致缺缺地收回目光：「這玩意兒枯燥。」

「秦小苒，機會就這一次，妳知道在京城有多少人排隊想要進來嗎？」陸照影挑著眉勸她。

「實不相瞞，京城有好多人想挖我。」秦苒翹著二郎腿。

陸照影被噎了一下，又神祕兮兮地開口：「妳知道駭客聯盟嗎？我可以帶妳打入內部……」

「喔，」秦苒捧起書，沒興趣了，「我知道。」

妳知道個屁！

「好吧。」陸照影再次受挫，他手撐著桌子偏頭看程雋，「雋爺，我沒辦法了，你來吧。」

程雋「嗯」了一聲，又覺得太冷淡了，他打了個哈欠後解釋：「不用這麼急，以後還有機會，高三生最重要的是學習。」

秦苒側頭看他，深感同意：「我也覺得我得好好學習。」

陸照影磨了磨牙，「也對，妳好好學習，說不定還能考個幾分。」

程木面無表情地看著幾個人。他不敢說話，只敢拿起手機，傳出一封訊息：**『你知不知道，竟然有人拒絕了陸少的內部邀請！她以後知道她拒絕了什麼，會不會想回到今天把自己掐死！』**

吐槽完，那邊遲遲沒有回應。程木收回手機，臉色依舊麻木，只是目光忍不住落在秦苒身上。

這女生該不會天生少根筋吧？跟雋爺、陸少相處這麼久了，竟然還沒感覺出來這兩人的身分其實不簡單？

第六章　惹不起的人

秦苒繼續低頭看書，程雋卻想起了什麼，遞給程木一個眼神。

程木跟著程雋走出了校醫室，停在院子裡。

「林思然說，秦小姐跟人打架了。」程木知道程雋要問什麼，低聲開口。

程雋摸出了一根菸，微微瞇眼：「打架？跟誰？」

「不知道名字。」程木搖頭。

程雋頷首，「嗯，進去吧。」

*

第二天一早。林麒前一天回來得很晚，寧晴起來時才看到他。

一下樓，她發現林老爺坐在樓下的客廳。寧晴嚇得整個人精神一振，拘謹地下樓，手不由自主地握著：「您怎麼來了？」

「主要是處理妳那個女兒的事。」林老爺的眼眸瞇起，氣勢十足。

寧晴背後一涼，老爺叫秦語一向是「語兒」，這聲「妳那個女兒」飽含著濃濃的不悅。

幾乎沒多想，寧晴就知道秦苒肯定又惹事了。

秦苒接到林錦軒的電話的時候，早自習還沒下課。秦苒拉開洗手間的門，坐在馬桶上。

「什麼？我要被人弄死？」秦苒把耳機塞進耳朵裡，手無意識地撥著耳機線，數了幾個想要把自己弄死的人。是有那些人，但也絕對捨不得弄死她啊。

林錦軒抬頭看了一眼車外，聲音放輕，『是封家人，多說妳也不知道。我跟妳班導師請假了，妳先出來，我在校門外等妳，讓爺爺先幫妳把這件事解決掉。』

林錦軒不知道秦苒是怎麼打人的，但他卻很清楚一點──封樓蘭想要在雲城碾死一個高中生，是易如反掌。只能讓爺爺先解決，至於跟封家的生意……怕是沒戲唱了。

秦苒坐在馬桶上想了很久，終於想起了錢謹鬱這號人物。她雖然脾氣暴燥了一點，但也不是喜歡隨意動手的人。昨天她沒下狠手，錢謹鬱那幾個人躺在床上休息兩天就能爬起來了，沒想到林錦軒卻找上門了。

想必那個錢謹鬱應該是個舉足輕重的人物，直接關係到了林家的利益。秦苒想通了關鍵。

她拿著手機，傳訊息跟林思然說了一聲後沒回教室，直接下樓去找林錦軒。

她不怕錢謹鬱，但昨天林思然在場，秦苒怕牽連到林思然。

秦苒跟林錦軒到醫院的時候不到九點，林錦軒直接帶她去病房。

病房門是關著的，林老爺在走廊上。她過去的時候，寧晴拿著花籃緊跟著他的腳步前來。

「聽婉兒說，妳最近要練小提琴，不要多分心。」林老爺子看著秦語，略微點頭。

秦語抿唇，不敢說其他的話。

她跟老爺接觸不多，只知道這個人是一手創立林家的人，手段高明。在老爺子面前，別說寧晴，連她都不敢多說多做。

林錦軒在這個時候帶著秦苒走過來：「爺爺，這是秦苒妹妹。」

秦苒這才知道林家還有個林老爺。她十分有禮貌地開口：「林爺爺。」

還沒見到人的時候，林老爺就聽說過許多版本的秦苒。此時見到人，他上下看了一眼。

這個小女生身上穿著校服，袖子挽起，臉微微抬著，五官比秦語出色，眉宇間掩著一股少年人不知天高地厚的恣意。

「嗯。」林老爺子微微應聲，聲音略顯冷淡，轉向林錦軒，「行了，你們都在門外等著，我跟錦軒進去問問封總。」

林老爺的態度顯然對秦苒不親近。秦語低頭，掩飾嘴角的嘲諷。不過也是，一來就把林家的一樁大生意搞砸了，老爺哪會有好感。

寧晴找到機會走到秦苒身側，著急地開口：「妳怎麼打了錢少？妳知不知道，那封樓蘭在道上有人，到時候妳連怎麼死都不知道。」

這些都是剛剛秦語在路上查了封家的資料後，跟寧晴說的。

寧晴不懂多少世面，在她眼裡，封樓誠跟封家人都是了不起的人物。雲城水深，這麼多年來她行事小心翼翼，就是怕得罪人。

秦苒看了一眼手機，低頭，沒開口。

寧晴還想說什麼，卻見到剛進去沒多久的林老爺跟封總一起走出來。封樓蘭眉眼間疲憊，卻不掩精明幹練。

秦語十分上道，有禮貌又乖巧地說：「封總。」

封樓蘭用銳利的眼神瞥她一眼，很快就收回，不理會。

「封總一家除了錢少，行事都風風火火，心高氣傲，只有我爺爺能跟她說話。」林錦軒在秦苒耳邊低聲解釋。

封樓蘭知道自己兒子的德性，不打算深究，正要讓林老爺他們離開。但瞥到秦苒的時候，腳步一頓：「妳是……秦小姐？」

整條走廊上的人都在關注封樓蘭的動作。她一停，所有人的目光都轉向她。

林老爺沒想到封樓蘭會突然停下來，他以為封樓蘭看出了秦苒是打錢謹鬱的人，側了側身，眉頭微不可見地擰緊。林麒跟他說過秦苒一身反骨，他希望秦苒不要在這個時候再生事端。

想到這裡，林老爺子看向秦苒，臉色冷沉。

封樓蘭是職場女強人，眉毛略粗，沒刻意畫眉毛，眉眼斂著常人少有的淩厲，手裡還夾著一根菸，煙霧彌漫。她的目光朝這邊看來時，寧晴心下猛跳，被這一眼嚇到了。

秦語剛才被封樓蘭無視，內心鬱悶，現在看到她盯上秦苒了，她抿起唇，抬手遮住嘴邊的笑。

「我們……認識？」秦苒慢吞吞地收起手機，看向封樓蘭，微微瞇起眼。

在腦子裡想了半晌，沒找到相關的記憶。

封樓蘭下意識地熄滅了手中的菸，然後笑了一下，聲音放輕，「妳可能不認識我，不過我看過妳的照片。」

封家封閻王這個稱號在金融界讓人聞風喪膽，所有跟封樓蘭談過生意的人都知道這個人有多難搞，從剛才她不理會秦語跟寧晴就能看出她的態度。

此刻她對秦苒說話，算不上是柔聲細語，但語氣顯然比對林老爺好許多。

「真是大水沖了龍王廟。」封樓蘭對著林老爺笑，也不急著走了，她折返回來打開病房門，讓眾人進去，和顏悅色地說：「快進來。」完全沒有一開始時的鋒芒。

秦語在一旁看著，臉上的嘲諷跟暢快沒有持續幾秒就僵住。

寧晴站在原地，看著封樓蘭像是變了一個人，也歪了歪頭，看向秦苒的表情也是萬分錯愕。

不說這兩人，老謀深算的林老爺也沒預料到這個事態的發展。

他抬了抬眸，兩隻深陷的眼睛深邃有神，「封總，這是……」

也難怪林老爺的反應這麼大。從昨天到現在，來看錢謹鬱的人一波又一波，但真的能走進這個房間的人卻沒幾個。林老爺也是剛進去不到一分鐘，就被封樓蘭帶出來了，可見封樓蘭在這件事上的謹慎態度。

現在，就這麼輕易地進來了？

「媽——」錢謹鬱一隻眼睛被打到瘀青了，正躺在床上玩手機，看到秦苒等人進來，眼睛一瞪，指著她，「她她她……」

封樓蘭伸手按下他的手指，又一巴掌拍在他頭上，按著他的腦袋：「她什麼她？還不趕緊和秦小姐道歉！」

錢謹鬱被這一巴掌拍得一臉呆愣。

什麼秦小姐？

「我……」錢謹鬱開口。

「你什麼？」封樓蘭鬆開手，冷笑，「整天就知道惹事生非，你也不看看你自己哪配得上秦小姐，還癩蛤蟆想吃天鵝肉，還不趕緊向秦小姐道歉！」

「對不起。」錢謹鬱摸摸腦袋，「我雖然不對，但妳也打了我們一頓，扯平了。」

「扯平？」封樓蘭雙手環胸，站在床尾居高臨下地看著錢謹鬱，諷刺地開口：「等你爸過來，你就知道秦小姐揍你揍得有多輕了。」

錢謹鬱天不怕地不怕，只怕他爸，瞬間臉色巨變：「媽……這跟爸有什麼關係？」

封樓蘭心情很好地看他一眼，不和他解釋，轉頭看向秦苒，又變得溫和起來：「秦小姐，早知道是這小子騷擾妳，我就帶他去向妳道歉了，真是……他沒給妳添麻煩吧？」

「不麻煩。」錢謹鬱大吼大叫的，秦苒掏了掏耳朵，看著兩人，最後把目光放在封樓蘭身上，沉默了兩秒後有禮貌地說：「原來封總您是錢隊的家人。」

「叫我封姨就行。」封樓蘭笑得溫和。

兩人說著話，卻不知道病房裡剩下的其他四人如同雕像。

封樓蘭要請秦苒吃飯，秦苒沒答應，她偏了偏頭：「這件事我晚點再找錢隊聊。我還有課，先回學校了。」

封樓蘭把她送到病房門外，原本還想送到樓下，只是被秦苒攔住了。等封樓蘭又回到病房時，面對的是沉默到詭異的病房。

「林老，您早點說是秦小姐的親戚啊。」封樓蘭難得抿唇笑：「秦小姐當年救了我們家老錢一命，她的電腦技術遠遠超過了一般人，沒想到是你們林家人。」

封樓蘭說話的時候，眸底的讚譽絲毫不掩飾。

「她的電腦技術？」林老爺尚不知情。

寧晴回過神來，抬眸：「是啊，她上次復原了一個影片。」

「秦小姐很厲害，」封樓蘭又拿出一根菸點上，吐出一口煙圈，「以後要是能進我的公司就好了。」

這一句話更讓林老爺心神俱震，「能去封氏，那是她的榮幸。」

聽他這麼說，封樓蘭詫異地看了林老爺一眼。

「我說的有什麼不對嗎？」林老爺不懂她這一記眼神的意思。

封樓蘭收回目光，不動聲色：「沒事。」

直到最後被封樓蘭送出來，林老爺還是沒想通封樓蘭那個眼神的意思。

一行人沉默地走下電梯。

林老爺的唇動了動，看向寧晴，面色和藹：「我沒想到苒苒跟封總認識，省了我們很多麻煩，他們很早就認識了嗎？」

來林家這麼多年，寧晴還是第一次被林老爺這麼和藹可親地對待，有些不知所措。

「不清楚。」寧晴自己都迷迷糊糊的。

自從上次秦苒恢復了監視器影像時起，寧晴就發現自己的那個女兒跟自己所認知的，好像有點不一樣。她從來都不知道秦苒竟然認識封樓蘭這樣的人，秦苒怎麼從來都不說？

「認識就好。妳的福氣不小，生的女兒一個比一個有本事。」林老爺笑了笑。

林錦軒對秦苒恢復監控影像的事不清楚，低聲詢問寧晴。少見地被林家人這麼客氣地詢問，寧晴一路上都飄飄忽忽的。秦語跟在他們身後，嘴邊是強作歡喜的笑。

除了這個表情，她已經不知道要用什麼表情掩蓋自己幾乎扭曲的心了。

她聽著林老爺、林錦軒和寧晴三人左一句秦苒，右一句秦苒，心裡嫉妒得快要發狂。

自從上次之後，她就發現寧晴總是出神，下意識地關注秦苒的消息，還有林錦軒……現在再加上封樓蘭，到時封樓蘭若真的邀請秦苒進封氏，被封樓蘭重用，那她秦語在林家會落到什麼位置？

秦語只覺得封樓蘭的那句話是想招用秦苒，卻不知道，封樓蘭從頭到尾都沒有想過這件事，她哪有這個膽子聘用秦苒。不過秦語只是想到這個，就覺得心臟開始抽痛。

此時的秦苒並不知道秦語等人在想什麼。正好來醫院，她就去看了陳淑蘭。

她沒走進病房，只在外面看了一眼，就去找陳淑蘭的主治醫生。

主治醫生是一個中年男人，此時正拿著病歷翻看。

「妳是陳淑蘭女士的家屬吧？」見到秦苒進來，他翻放下病歷，指著對面的椅子，「坐。」

秦苒坐在對面，手放在桌子邊緣，「醫生，我外婆最近精神不太好。」

「她的各項數值都在下降。」醫生抿了抿唇，「我只能盡我所能。」

秦苒的指尖很慢地敲著桌面，眉眼深沉。她眉宇間一向帶著一種恣意的遊戲人間，似乎沒什麼能讓她停留，認真起來不說話的時候氣勢駭人。

陳淑蘭的主治醫生不敢正視她那雙眼眸。

「如果您有什麼需要的，儘管跟我說。」秦苒收手按了一下太陽穴，輕咳一聲，「我的電話您知道，有事情直接打我電話。」

「好。」主治醫生點頭。

秦苒拿著手機離開。主治醫生看著秦苒離開的背影，暗自覺得奇怪，明明就是個高中生，他面對她時，比面對林麒還喘不過氣。

秦苒離開醫院，走到大街上的時候，拿出手機撥出一通視訊電話，響了兩聲就被接通。

許久不見的顧西遲依舊好看，詫異地揚眉，『怎麼忽然找我？』

秦苒在自動販賣機買了一瓶水，擰開喝了一口，聲音平靜，「在美洲？」

『沒，在非洲。』顧西遲讓身邊的人讓開，找了一個陰涼的地方：『妳沒事吧？』

「沒。」秦苒垂眸，聲音很輕：「我想讓你回來，看看我外婆。」

人體器官老了，回天乏術。

但顧西遲看了一眼秦苒，咽下提到嘴邊的話，笑了笑，『好，我忙完後儘快回去。』

秦苒將蓋子蓋上，「謝了。」

『小事。』顧西遲叼了一根菸，含糊地開口，『不過妳到時候得幫我掩蓋行蹤，國內有很多人在查我。』

「這個你放心，」秦苒拋起手中的水，慢條斯理地開口，「有我在，沒人能查到你的蹤跡。」

這句話說得漫不經心，但眉宇間的狂野幾乎傾瀉而出。

『妳也放鬆一點。』顧西遲搖著頭笑：『趕快找個組織加入，年紀還沒多大就什麼都敢做，到時候被人抓到了，我不一定能把妳撈出來。』

秦苒看了一眼鏡頭，黑髮落在眉骨間，低著眼眸斂著輕慢：「叫他們儘管來。」

*

秦苒到學校的時候才十點半，而林錦軒幫她請了整個上午。

秦苒拿著手機，十分煩躁。她走下公車，用手遮了遮眼前的太陽，唇角抿著想了想，也沒去教室繼續上課，轉身朝校醫室的方向走。

——校醫室。

郝隊豪爽地坐上椅子，把一疊資料扔到桌子。程木拿起來看了看，然後敲敲裡面的門，送進去給程雋。再次出來的時候，郝隊靠在椅背上看他，十分疑惑：「程木，雋爺就為了查那個封家？」

程木拿起來看了一眼，「嗯。」

昨晚他沒向林思然問出跟秦苒打架的是什麼人，倒是把其他事情問得清清楚楚，剛才郝隊拿來的就是錢謹鬱的資料。

竟然看上了秦苒，這不是吃了熊心豹子膽嗎？

「封家敢惹雋爺？」郝隊的手放在腿上，不太相信。

「沒，是因為秦小姐。」程木翻了幾頁，「她跟錢謹鬱打架了，我聽到風聲說他們今天要找秦小姐。」

郝隊聞言，看了程木一眼，壓低聲音，「所以是她來找雋爺了？這點小事都搞不定嗎？還要找雋爺出手，跟其他女人沒什麼兩樣。雋爺是看上她什麼了？」郝隊能想到的只有這麼多。

這也不怪他，聽到程木的話，一般人的第一反應都是這個。

程木抬了抬眼，「沒，她一個字也沒說，是雋爺自己猜出來的。」

「她沒跟雋爺說？」郝隊一愣。

兩人正說著，不遠處就出現了秦苒慢慢往這邊走的身影。

現在還是上午，秦苒現在應該在上課才對，怎麼會突然來這裡？

郝隊朝程木挑起眉：看，我說的沒錯吧？

「那個錢謹鬱確實不好對付，她找雋爺也沒什麼不對吧？」程木雖然這麼說著卻皺起眉，好像有點失望。

第七章　再度拒絕橄欖枝

秦苒慢悠悠地往這邊走來。將近十一月的陽光依然很強，但不熱。寬大的校服將她襯得極瘦，莫名有一種冷感。

「你們看我幹嘛？」秦苒推開門進來就看到郝隊、程木看著自己，挑了挑眉。

「沒事。」程木收回目光，裝作若無其事的樣子。

真奇怪。

秦苒沒理會他，只推開裡面的玻璃門，走了進去。

「秦小姐，妳不用上課嗎？」想了想，程木抬頭看她一眼，小聲開口。

「沒，請假了。」秦苒的手還放在門上，沒什麼情緒地開口。

程木低著頭「喔」了一聲，不再看秦苒，不知道在想什麼。

他動作慢吞吞又有點心不在焉，也沒幫秦苒倒茶，不過秦苒沒注意到他。

校醫室分為外面跟裡面。外面是陸照影的會診處，裡面是沙發還有辦公桌，角落有張椅子，跟外面隔著一道隔音玻璃門。

秦苒拖了一張椅子在程雋對面坐下。

程雋正在看一張人體構造圖，抬了抬眼：「怎麼在這個時間點過來了？」

他按亮手機，十點四十分。

「唔，有點事。」秦苒把手放在桌子上，趴下。眼睫垂著，一副昏昏欲睡的樣子。

「妳的事就是來這裡睡覺？」程雋隨手將人體構造圖往桌子上一扔，往後靠了靠，似笑非笑的：「不上課啊小朋友？」

「小朋友上什麼課。」秦苒慢悠悠地調整姿勢，聲音懶洋洋的：「小朋友上不上課都一樣。」

剛推開玻璃門進來的程木就聽到秦苒這一句。

他癱著臉，心裡想著，秦小姐還滿有自知之明的，竟然知道自己上不上課都一樣。

秦苒趴在桌子上，眼眸半瞇著。而程雋看了她一眼後，目光轉到程木身上，低著聲音：「什麼事？」

程木沒說話，只下意識地看了秦苒一眼。他是為了秦苒那件事來的。

「你先出去，我等等過去。」程雋壓低聲音。

程木應了一聲，直接帶上門出去了。

程雋這才側過身，看向趴在桌子上的秦苒。她半趴在桌子上，眼睫懶洋洋地垂著，沒有以往恣意的模樣，狀態不太對勁。

「別在這裡睡。」程雋走到沙發旁拿起自己的小毯子，遞給秦苒，指了指沙發：「去那裡。」

秦苒「喔」了一聲，慢吞吞地起身接過程雋手中的毯子。

天氣微涼，秦苒的指尖都有些涼意，劃過程雋掌心的時候滿冷的，程雋的眉頭輕輕皺了一下。

其實秦苒也只是隨便說說，卻沒想到她拉過小毯子蓋在身上後，沒多久就睡著了。

程雋輕聲拉開門出去。

裡面有隔音，但程雋下意識地壓低聲音，眸色極深：「你查完封家後去一趟，我暫時不去。」

這句話他說得風淡雲輕，眸中的寒意卻讓程木跟郝隊不由得打了個冷顫。

程木拿起放在一旁的文件，「好。」

而郝隊小心地抬眸，看了程雋一眼，暗自驚駭。所以原本雋爺也打算要去封家嗎？

陸照影拿著幾瓶水從外面進來，身上的白袍還沒脫，就是釦子沒扣好。

「怎麼了，怎麼都站在外面？」一句話剛說完，他就看到隔著一道玻璃的秦苒。

她半躺在沙發上，黑色的毯子將她裹得嚴嚴實實，只留下幾縷髮絲在外面。

程木拿好文件，也下意識地壓低聲音：「那雋爺，我先出去了。」

程雋「嗯」了一聲。

等他跟郝隊離開了，陸照影才把白袍攏了攏，坐到自己的辦公椅上，「雋爺，你現在……是什麼情況？」下巴往裡面抬了抬。

中午並不熱，程雋就靠著桌子坐著，從口袋裡摸出菸，拿出打火機，垂眸不疾不徐地點著，「什麼？」

「別跟我裝糊塗，」陸照影笑了，往裡面的沙發抬抬下巴，「就是秦小苒。」

「喔，」程雋咬著菸，微微瞇眼，「她還是高三。」

「別跟我說你不知道她留級一年，快成年了。」陸照影悶聲笑著，半晌後又端正神色，「不過程家那邊可能不好過。」

陸照影怎麼會不記得程木剛來的時候，對秦苒有多排斥。

聞言，程雋低聲笑了笑，咬著菸開口：「多慮了。」

與此同時，林氏——

林麒昨晚一整夜都在忙封家的那件事，公司的事落下了一大半，此時批各類文件批得頭疼。

「林總，封氏那邊打電話來。」祕書桌就在側面，她從辦公桌抬起頭來，「要談簽約的事。」

這一句話成功讓林麒愣住，詫異地抬頭：「簽約？」

不說錢謹鬱那邊的情況，就算沒有他那件事，想要跟封家合作也沒有那麼容易。

林麒還沒想出什麼，辦公室的門就被人敲了敲，「林總，老爺來了。」

「爸？」林麒放下筆站起來，「您怎麼來了？」

「跟你說一下秦苒的事，」林老爺坐在椅子上，端起祕書倒給他的茶，半瞇著眼：「她電腦是不是很好？」

「就是會一點。」林麒也坐下。

他知道的資訊都是從寧晴那裡聽來的，也就是恢復一個監控影像，在普通人看來可能很神奇，但是放在內行人面前也不過一般般。

林老爺抬起頭：「封樓蘭想讓她進封氏，我總覺得她不是那麼客套的人。」

「封總邀她進封氏？」林麒這次有些震驚，捧著茶杯發愣，「那她答應沒？」

封樓蘭親自邀請的，舉足輕重。以長遠來看，發展性好，機會難得，一般人應該都不會拒絕。

「不知道，封總沒問她。」林老爺沉吟了一下，「所以我要你注意一下這件事，不過她應該不會拒絕。」

兩人說了一會兒，林老爺站起身，「對了，你給我一份她的資料。」

早在秦苒來林家的時候，林麒就調查過秦苒的背景資料了。

林老爺在休息室等資料，期間還找林麒要了寧晴的手機，打了通電話給寧晴。

此時，在家中的寧晴正坐在沙發上，表情還傻愣著。

「媽，爺爺說什麼？」秦語在不遠處倒了一杯茶，見寧晴打完電話後表情微怔，偏頭問她。

寧晴手裡還拿著手機，半天沒回過神，「是妳爺爺，打電話問我苒苒的事。」

林老爺半個字都沒提，但寧晴已經抓到了重點。他對秦苒去不去封氏的事異常關注。

「是……封氏嗎？」秦語抿抿唇，狀似無意地開口。

「嗯。」寧晴心不在焉，但心臟跳得很快：「封總想僱用妳姊姊，爺爺叫我去和妳姊姊說。」

秦語側身，握緊手中的杯子，「那姊姊怎麼說？」

「不知道，我明天去醫院問她。」寧晴將手機收起來。

她倒是學聰明了，知道秦苒不會接她電話，也不打電話給她。

「喔。」秦語心不在焉地抿唇，心裡卻煩躁得很。

若是秦苒真的答應了……

*

「是這間病房吧？」郝隊抬頭看了看，確認跟資料上的無誤，抬頭問程木。

程木一張臉很木訥，「嗯」了一聲。聲音沉悶，沒有之前的宏亮。

「我跟你說的沒錯吧？就知道那個秦苒會來找雋爺。」郝隊嗤笑一聲。

程木沒說話，雙眉垂著，身周有些低氣壓，抬手敲門。雖然沒說，但程木心裡對秦苒也有一絲失望，有點沒精神。

「別失落，」郝隊抬手拍拍程木的肩膀，安慰他，「並不是每個人都跟你女神一樣，我們就是見慣了你的女神。實際上，秦苒比一般女人好一點，別對她要求那麼高。」

兩人正說著，病房門被人打開了。

一位四十歲左右的短髮女人踩著高跟鞋走出來，眉眼張揚鋒銳：「兩位有事？」

「封女士，您好，我們是為了您兒子打架的事情而來。」

程木剛開口，就看到面前的女人表情一變，禮貌地開口：「原來是秦小姐的朋友，我正打算明天帶那臭小子去向秦小姐道歉，不知道秦小姐有沒有時間……」

這句話剛說完，程木跟郝隊面面相覷，陷入莫名的沉默。

程木過來是要替秦苒解決掉這件事的。一開始知道這件事的時候，他沒多想，但聽到郝隊說的話後，來這裡的一路上都在想郝隊說的那件事。他心裡想的自然遠遠不只這些，京城的水比雲城深很多，程木開始想到秦苒若在京城會惹出多少麻煩。

封樓蘭的反應顯然在程木的意料之外。

「道歉？」程木的喉嚨滾了滾。

封樓蘭能成為總裁，目光自然獨到，程木跟郝隊很明顯不是當地人，自然也不是什麼普通人。

一來二去，她把對方歸到秦苒這一邊。

「這都是誤會，早上我已經跟秦小姐解釋清楚了。」封樓蘭笑了笑。

旁邊的郝隊神色動了動，極其小聲地嘀咕：「這怎麼可能……」

「打擾了。」程木回過神，朝封樓蘭點點頭。

見到郝隊還愣在原地，程木直接把郝隊拉走。到了電梯裡，郝隊才愣然地回過神，抹了一把臉後看著程木，不知道為什麼，有些尷尬：「她是怎麼認識封樓蘭的？」

誰知道秦苒竟然在早上就把事情解決了。

程木沒說話。他也不知道。

「是誰啊？」病房內，錢謹鬱正在玩手機，頭也沒抬地開口。

封樓蘭若有所思，「那位秦小姐的人。」

一提到秦苒，錢謹鬱就牙疼。有什麼事會比惹到一個比自己厲害、背景還了不起的人還絕望？

「那個秦語明明說過秦苒沒什麼背景，我就想來個英雄救美。」錢謹鬱皺眉，「誰知道她連我都打。」

封樓蘭站在床邊，從菸盒摸出一根菸，一臉嘲諷地看他：「那個秦語一看就不是什麼好東西，也讓你學學教訓。」

錢謹鬱有點鬱悶，然後遞了一個眼神給封樓蘭：「我爸來了。」

封樓蘭極其熟練地把菸壓熄，隨手扔到垃圾桶，然後轉頭指著病床上的兒子告狀：「錢謹鬱他抽菸。」

錢隊瞥了一眼錢謹鬱：「都二十二歲了，還沒出息。你什麼時候跟秦小姐學學？淨給我惹事，明天快點回京城。」

錢謹鬱十分疲憊地用被子蓋住頭：「啊，知道了。」

——校醫室。

中午十二點半，秦苒還沒醒。

陸照影在外面幫一個因為打球扭到腳的男生拿藥，程雋在裡面研究一套銀針。程木剛好從恩御飯店帶了飯回來。

程雋側頭看了一眼秦苒的方向。秦苒還在睡覺，黑色的毛毯遮住了下巴。

他之前拉起了窗簾，這間屋子裡只有玻璃門透進一點光，有點暗，但還是能看到她覆蓋下來的睫毛，在眼底投下一層淺淺的陰影。

程雋站起來蹲在沙發旁，用兩根手指輕輕扯了一下毛毯。

「秦苒？」他輕聲開口，「起來了。」

刻意壓低的聲音帶著一如既往的懶，如同輕風拂過湖面，只起了一層輕微的漣漪，有幾分不自知的溫潤。

秦苒的睡眠品質一直不太好，就算是睡著了，也不斷作夢。夢裡是無邊無際的黑暗，充斥著暴戾的鮮血，橫屍遍野。

恍恍惚惚的時候，耳邊似乎有一道聲音響起，刻意壓低的嗓音迴響在耳邊，與夢境相撞交會，夢境瞬間變成一面被擊碎的鏡子。

秦苒模模糊糊地睜開眼，面對的是一張有點放大的臉。認出那是程雋後，秦苒坐起來，咳了咳，「幾點了？」因為剛醒來，她的聲音有些啞。

程雋低頭，把手機遞給她看，「十二點半，去洗個臉吃飯。」

「喔。」秦苒打了個哈欠，慢吞吞地把毛毯拿起來，還想疊好，不過被程雋拿走了。

程雋直接把毯子直接扔到一旁，朝她抬抬下巴：「先去洗臉。」

等秦苒洗好臉出來，程木已經擺好飯菜。她懶洋洋地伸手拉開椅子，沒想到有人比她快一步。

程木不僅幫她拉開椅子，還幫她倒了一杯茶，聲音悶悶的：「秦小姐，妳的茶。」

上午來校醫室的時候，秦苒很明顯地感覺到程木態度的變化，不過她對此也不感興趣。就是沒想到睡一覺起來，程木又變回來了。

秦苒看了他一眼，看得程木臉都紅了。

秦苒笑了笑，收回目光，坐到椅子上手撐著下巴，拖著尾音，不疾不徐地道謝：「謝謝。」

秦苒吃完飯就回九班上課了。

等她走之後，程雋才抬頭看了一眼程木，氣定神閒地開口：「事情辦得怎麼樣了？」

程木垂首站著，聞言，沉默了一下，「我去的時候，秦小姐已經跟封樓蘭協商完了。」

他一五一十地把事情陳述了一遍，說完抿了抿唇。一開始來雲城，他對秦苒確實有偏見，但自從秦苒那次救了他之後，他的偏見少了很多。

人總是活在對比中，他總是不經意地拿他的女神跟秦苒比，對比後總能找出秦苒的不足之處。但現在從旁觀的角度來看，程木發現秦苒很神祕。表面上是普通高中生，卻認識錢隊、封樓蘭……

今天若不是郝隊在其中插手，他可能還想不到這麼多。

程雋聽完，只「嗯」了一聲，卻不覺得多奇怪。

「我知道了。你明天不用來這裡了，去跟著郝隊查案。」

程木臉色一變，卻不敢說什麼。

陸照影一蹬桌子，將椅子往後滑，看到程木垂著腦袋往外走，不由得側過身：「你們剛剛在說什麼？」

程雋瞇著眼思索著，沒理他。

陸照影沒等到程雋的回答，餘光就看到一個短髮小女生小心翼翼地推開門進來。他一眼就認出那是秦苒的朋友，潘明月。

「生病了？」陸照影偏過頭，放下腿又坐直身體。

潘明月低著頭，從陸照影那個方向只能看到蒼白的下頷，她輕聲回答：「我要買藥。」

「藥？」陸照影拿著筆在手中轉著，笑道：「什麼藥？」

潘明月沉默了一下，頓了半晌才開口：「阿立哌唑，苒苒說你們這裡有。」

陸照影手中轉著的筆一停。

阿立哌唑——抗精神病藥物。

潘明月垂在兩邊的手緊了緊。

這時，靠在一旁的程雋抬起眼眸，十分自然地走到藥櫃旁，語氣平靜，「要幾盒？」

「兩盒。」潘明月低頭。

「嗯，簽名。」程雋從裡面拿出兩盒藥，扔到桌子上，語氣稀鬆平常得像在問吃飯了沒。

潘明月抿了抿唇，低頭簽上自己的名字。拿好藥轉身要走時，陸照影才聽到一聲很淺的「謝謝」。

下午第一節課是英語課。

秦苒拿出之前買的新參考書放在桌子上，林思然湊過來，「苒苒，妳上午幹嘛去了？」

秦苒半靠著牆，摸出一根棒棒糖撥開，漫不經心地說：「辦點私事。」

林思然本來要問她是不是錢謹鬱的事，不過看她似乎沒什麼事，這一句就沒有問出口。

李愛蓉拿著新參考書走進來，「啪」地一聲把書扔上講臺，眼神一掃：「翻到三十七頁。」目光碰到秦苒的時候眉頭一皺，上午她在九班也有一節課，自然知道秦苒上午不在。

講完一道選擇題，李愛蓉開口：「你們班每次考試都是我帶的班中平均分數最差的，下個星期就要期中考了，還有很多人不好好讀書，出去別說自己是一中的學生，也別說是我教你們的。」

她對著全班說，最後目光放到秦苒身上。

九班不是升學班，除了徐搖光，其他人成績都沒有特別好，而李愛蓉只帶兩個班，一個是她自己的升學班一班，一個是九班。帶慣了一班那些全校前一百名的種子生，再帶九班的時候自然會嫌東棄西的。講解題目的時候，時不時就會說一句「在一班，這道題沒有一個人錯」，九班的人也習慣了。

李愛蓉的獨角戲唱了好幾分鐘，九班硬是沒有半個人理她，讓她憋著怒氣上完一節課。

到辦公室的時候，看到笑咪咪地跟其他老師說話的高洋，她忍不住嘲諷：「高老師，你管管你們班的那群學生吧。高三了還蹺課，早就跟你說過別什麼學生都收。」

高洋不急不緩地四兩撥千斤，「說什麼蹺課，人家有假單。李老師，妳別帶著有色眼光看學生。」

他從抽屜裡拿出一張紙，遞給李愛蓉看，然後拿起教材去上課。十分輕鬆，沒有半點壓力。

「有什麼區別。」李愛蓉被堵住嘴，看著高洋的背影抿了抿唇：「全校倒數第一在你們班，你看你們班烏煙瘴氣的，下個星期的期中考能考好就是怪事。」

辦公室裡，其他老師都低頭不說話。

*

星期六，秦苒照例先去醫院看陳淑蘭。她到的時候，寧薇、沐盈跟沐楠都在。

陳淑蘭眉宇間的疲憊之色越發嚴重，秦苒低頭沉默地削著蘋果。不一會兒，門被推開，寧晴拎著一堆東西走過來。

寧薇往前走了兩步，接過寧晴手中的東西。一看寧晴身後沒人，多問了一句，「姊，語兒呢？她沒來？」

聞言，寧晴笑了笑：「她在家收拾東西，明天要飛到京城去拜師。」

「去京城拜師，」寧薇笑了笑，「以後肯定能變成大師。語兒真有出息。」

沐盈坐在房間的椅子上，目露嚮往，「京城很繁華的，二表姊好厲害。」

沐楠接過秦苒削好的蘋果，切好放在桌子上後，又坐到一旁低頭看單字。

聽到有人誇秦語，寧晴自然高興。

「苒苒，」最後秦苒要走的時候，寧晴才叫住了她，放輕聲音，「媽媽告訴妳一個好消息，那個封總想讓妳進封氏，封家企業比林家大多了。」

寧晴現在已經聯繫不到秦苒了，她自知就算去學校，秦苒也不一定會理她，所以特地在她來看陳淑蘭的時候說這件事。

「什麼封家？」寧薇詫異地開口，「苒苒不是還在上學嗎？」

「那封家是雲城勳貴，主產業在京城，封總的哥哥就是封市長。」寧晴笑了笑，「她看中了苒苒，想叫苒苒以後去她的公司。」

聽到寧晴說封家比林家大的時候，沐盈不由自主地看向秦苒，更別說寧晴還加了一句封樓誠。當初連寧晴聽到封樓城時都極為動搖，沐盈這個普通到不行的高一生不由得張了張嘴。

封樓誠這個名字對她來說，只會在新聞或報紙上見到。猛地從寧晴口中聽到他跟秦苒有關係，她有些怔然。

沐盈一直覺得秦苒跟她一樣運氣不好。同是姊妹，秦語能住豪宅，坐豪車，而秦苒只能跟陳淑蘭一起待在破舊的小城鎮。卻沒想到來到雲城後，事情跟她想像的完全不一樣。

秦苒慢吞吞地從盤子裡插起一塊蘋果，慢悠悠地吃，並不理會寧晴。

「這個機會千載難逢，」寧晴此時也不計較，只是溫和地勸秦苒，「苒苒，妳想清楚了沒？」

秦苒咬下蘋果，拿起牙籤再插了一塊，抬了抬眼，「不去。」

寧晴原本以為她說得這麼清楚了，秦苒肯定會去。她懷疑自己聽錯了，緩緩抬起頭看著秦苒：「妳說什麼？」

秦苒把椅子往後挪，吃完蘋果，將牙籤隨手扔到垃圾桶，重複一遍：「我，不，去。」

沐盈聽到秦苒的回答，詫異地抬頭。沒想到有人會拒絕這種事。

「這個機會錯過了就沒有了，封家是京城的人，妳怎麼能不去呢？」寧晴也著急了，聲音都不由得拉高，「妳以後還能找到更好的地方嗎？媽，妳唸唸她！」寧晴知道秦苒不聽自己的話，轉頭去找陳淑蘭。

秦苒沒理會寧晴，拍拍衣袖站起來，朝陳淑蘭看去，「外婆，我先回學校了。」

陳淑蘭溫和地叮囑她兩聲，「回去吧，路上小心。」

秦苒拿起自己放在一旁的鴨舌帽，扣在頭上，懶洋洋地拉開病房的門往外走。

寧晴不敢追上去，只是不可思議地看向陳淑蘭，「媽，妳怎麼不念她，就這樣讓她走了？」

秦苒只聽陳淑蘭的話，陳淑蘭如果讓她去，她一定會去。

「她不想去。」陳淑蘭淡淡地開口。

「這不是她想不想去的問題。妳知道她放棄了一個什麼樣的機會嗎？」寧晴抿抿唇，「別說以後她能不能考上大學，就算她考上了，也不一定能進這樣的大企業。」

她早就知道陳淑蘭十分溺愛秦苒，秦苒會這樣，有一部分可以說是因為陳淑蘭的縱容，但她沒想到陳淑蘭竟然縱容秦苒到這種地步。

陳淑蘭低聲咳了咳。她最近精神不好，一直病懨懨的，說話都沒什麼力氣，十分平靜，「大驚小怪什麼，又不是第一次了。」

當年京城的那個老師前後來了三次，都沒說動秦苒去京城學小提琴，更何況這次。

她的聲音雖然小，但寧晴聽到了。她壓著火氣，「媽，什麼叫大驚小怪……」

寧薇看兩人就要為秦苒的事情吵起來，馬上上前拉開寧晴：「好了，姊姊，妳少說幾句。」

她把寧晴的包包拿好，將寧晴推出病房外。

等寧晴走了，沐盈站在寧薇身邊，「媽，妳說表姊為什麼不去啊？這麼好的機會……」

要是給她，她一定不會放過這個能往上爬的機會。

沐楠看了她一眼，聲音很冷：「妳管這麼多幹嘛？」

另一邊，寧晴回到家裡。

因為秦語要去京城林婉那裡，林家人都知道秦語要去拜大師，今天有不少人來看秦語。等那些人都走光，也已經是晚上了。

「妳今天是去醫院吧，有看到苒苒嗎？」林麒看向寧晴。

林老爺很關注這件事，林麒就順口問了一句。

林錦軒放下筷子，看向寧晴。秦語坐在一旁，聞言也抬起頭，手指下意識地握緊筷子，勉強壓住內心的嫉恨。林家和寧晴最近的態度讓秦語感覺到了危機。

提起這個，寧晴有點嘔，她搖了搖頭，聲音有點疲倦：「我說了，苒苒她不同意。」

林麒的手一頓，看向寧晴：「不同意？為什麼？沒有轉圜的餘地？」

「不知道，她的性格我了解。」寧晴放下筷子，「她說不去就不會去，我媽也不勸她。」

秦語本來心裡很亂，聽到寧晴這麼說，心情忽然放鬆下來。低頭吃飯時，嘴邊的笑意都掩飾不住。只要秦苒不去封家，那就好。

林麒還要向林老爺彙報，吃完飯就拿著手機去書房。

『她那個外婆，畢竟是鄉野之婦。』林老爺也大感意外。他沉默了一下，大有說陳淑蘭目光短淺的意思。『你可以去勸勸她，』頓了頓，林老爺子又開口：『那個秦苒，倒是可以認回來。』

聽到林老爺這麼說，林麒沒馬上開口。

上次秦語的那件事，他很明顯選擇了秦語這邊。這件事他沒有跟任何人說，林老爺和林錦軒都不知道。但依照秦苒的個性，她是不會來林家的。

林麒嘆了一口氣，沒有告訴林老爺詳情：「爸爸，這件事我心裡有數。」

＊

又是星期一。到了考試週，學校裡的氣氛比以往還緊張嚴肅，各科老師都抓得很嚴。下課後，九班也有一部分學生開始複習，沒說笑打鬧。

最後一節課快下課時，林思然遞了一張紙條給秦苒。

秦苒還在看那本被程木吐槽過的原文詩歌，接過來打開一看，是喬聲的字。

『中午要去食堂吃飯嗎？』

她想了想，右手下意識地拿起筆，低頭要寫字時發現不對，又換左手寫了「去」。

下課的時候，喬聲就站在後門等秦苒一起去吃飯。

在學校食堂時，剛好遇到雙手插口袋，身周一公尺內無人又一臉校霸氣息的魏子杭。

喬聲比較自來熟，他知道魏子杭跟秦苒認識，很熱情，有一點冰釋前嫌的意思：「魏子杭，一起坐啊。」

魏子杭依舊是一身運動服，看了喬聲一眼，勾著唇：「喔。」言簡意賅。

喬聲挑了挑眉，若是以前，他肯定跟魏子杭打一架了，不過現在想想那是秦苒的朋友，又忍住了。

一行人打好飯，坐在一起。一中四個非常知名的大人物難得都到齊了，在食堂引起的轟動不小。

喬聲經常在籃球場打球，一中學生常看到，但其他三人基本上大多都只能在論壇上見到。

徐搖光很少在食堂吃飯，往往是學校、寢室、學生會三點一線，以前還會去看秦語小提琴，但現在秦語請假了，在藝術大樓看到他的機會也少了。

魏子杭更不用說，來一中後連續請兩次長假，請完假來上學後又因為是體育生，深居簡出，比其他人還少見。

至於秦苒，不是校醫室就是奶茶店，就算放學都比其他人晚走，因為校花這個頭銜，不少人會到九班看她。但經常一眼看過去就是一堆書，她把臉放在書後面，基本上看不到正臉。

食堂裡學生的目光都往這邊看。但這四個人顯然都習慣了這種注視的目光，都很淡定。

林思然坐在秦苒身邊，埋著頭瑟瑟發抖。

食堂裡很吵，魏子杭把碗放在桌子上，坐下的時候下意識地看了秦苒一眼。

而秦苒低頭拿著筷子，眉眼間很平靜，沒有以往低斂著的煩躁。

魏子杭微抬起眉。他倒是沒想到。

「我以為妳不會來食堂吃飯。」他拿起筷子，低聲笑了。

秦苒「嗯」了一聲，「最近還行。」

「妳的手怎麼樣了？」他瞥向她的右手。

秦苒左手拿著筷子，便攤開右手掌心給他看，只剩下一道淺淺的粉色痕跡。

「好得真快。」魏子杭鬆了一口氣，「沒後遺症吧？」他湊近她的耳邊，壓低聲音詢問。

秦苒搖了搖頭，還沒說話就見到對面的喬聲拿筷子敲了一下桌子，「我說兩位，說什麼悄悄話呢？」

魏子杭抬眼看了看他，沒回答。

喬聲嘖了一聲，咬了一口馬鈴薯片，拿起手邊的可樂朝魏子杭抬了抬，「魏子杭，我們冰釋前嫌行不行？」是指之前魏子杭說秦語拉小提琴不好聽，跟喬聲打了一架的事。

魏子杭停了兩秒，才不疾不徐，象徵性地拿起手邊的一瓶礦泉水。

喬聲不太記仇，吃了兩口就拿著筷子問魏子杭，「噯，你之前為什麼跟秦語不對盤？幫你苒姊報仇嗎？」

「不是，之前我並不認識她。」魏子杭回他。

「那你怎麼會說秦語拉小提琴不好聽？」喬聲手撐在桌子上，疑惑。

撇開秦語的人品，她小提琴拉得確實不錯。一直沉默吃飯的徐搖光聽到這裡，也微微抬起眼。

魏子杭看了他一眼，「我沒說謊，她拉得本來就不好聽，我聽過比她好聽一百倍的。」

誰知道說句實話，喬聲也要跟他打一架。

喬聲沉默了一下，覺得魏子杭敷衍他，嘲諷地開口：「那你聽到的是什麼神仙小提琴啊。」

第七章 再度拒絕橄欖枝

只有徐搖光抬頭看了魏子杭一眼。

——星期二，陰天，下著小雨。

在林家塗著指甲油的寧晴忽然接到了醫院的通知。

「你說什麼？我媽怎麼了？」寧晴手中的指甲油被她打翻，接完電話就慌張地讓司機開車去醫院。

林麒透過張嫂得知陳淑蘭現在的情況，但他暫時抽不了身，讓林錦軒先來主持大局。

寧晴到醫院時，陳淑蘭的病房門邊聚集了不少醫生，而林錦軒正在跟陳淑蘭的主治醫生說話。

「您知道陳女士用的一直是正在進行實驗，沒有被用在市場的ＣＮＳ。」主治醫生跟林錦軒解釋：「但是從昨天開始，我們醫院沒了ＣＮＳ的貨源。我們連夜討論了替代品給陳女士用，但她的身體之前被輻射照射太多，大多數的藥效果都不大，就連ＣＮＳ，她能用的時間也不長……」

「那……那怎麼辦？」寧晴站在林錦軒身邊，慌了。

「秦小姐沒有來嗎？」主治醫生在走廊上沒看到秦苒，不由得開口。

寧晴一時間沒回過神來，「你說誰？」

「秦苒小姐。」

「她還在學校上課，這種情況找她來也沒用，還會讓她分心。」寧晴心裡有些亂，但還是搖了搖頭，「你讓她來也沒用。」

林錦軒已經走到一旁，打電話找自己的大學同學。CNS是京城實驗室的藥，較少向外兜售，但對京城的有些人卻不是這樣。

主治醫生沒說話，想了想，還是去了辦公室打了通電話給秦苒。

林錦軒的人脈廣。他率先找到能拿到藥的人，但經過多種程序，送到他手裡也要三天以後。

主治醫生打完電話回來，最後通知一遍結果，「我之前跟你們說過，陳女士身體多方面經過輻射，本來就是衰竭邊緣，都是靠藥物維持。CNS昨天就沒了，今天晚上再找不到……」他沒繼續說下去，但意思很明顯。

陳淑蘭被送進了無菌緊急監護病房。寧晴坐在無菌室外的椅子上，呆愣地垂著腦袋。

寧薇很快也放下手邊的事情過來，看到寧晴呆坐在外面。

「姊，」寧薇喉頭發緊，聲音哽咽，「媽怎麼了？」

寧晴沒說話，只看了她一眼，依舊呆呆地坐著。

林錦軒在等林麒過來，待在走廊上沒離開。看到寧晴跟寧薇這樣，他不由得嘆了一口氣，找主治醫生過來，「有沒有藥能拖三天？我朋友最晚三天能弄到CNS。」

主治醫生搖頭，「她的身體抗藥性強，沒有替代的藥。」

林錦軒還想說什麼，但這時，似有所感地往電梯的方向看。

一道清瘦的身影從那個方向走來，額前的頭髮沾了雨水，搭在眉骨上。她顯然走得很急，連雨傘都沒拿，外面的衣服都沾滿了雨水。

秦苒走到主治醫生面前，用手抹了一下臉，「還缺什麼？」

秦苒手機裡儲存的電話號碼不多，陳淑蘭主治醫生的號碼被她擺在第一個。她接到電話後腦袋就炸了，嗡嗡作響，什麼都來不及說，直接在上課時離開了教室。

她挾裹著風雨而來，滿身寒氣，頭髮上聚集的雨水順著眉骨往下滑。

「藥，缺的是藥。」主治醫生下意識地往後退一步，又停住：「我們原本以為可以用替代藥，也是剛才妳外婆心臟衰竭的時候才發現她抵抗其他的藥物。」

因為林家跟秦苒繳了很多錢，主治醫生用的一直是還在實驗室研究，未經公開的CNS，這個藥連學名都沒有，只有一個代號。但昨天這種藥的貨源沒了，他就換了另一種藥，誰知道，陳淑蘭的身體有這麼大的抗藥性。

「京城有藥，但經過多道程序下來，要三天。」林錦軒看向秦苒，抿了抿唇。

秦苒的頭往後仰了仰，「三天……」

「我只能保住五個小時。看是要五個小時內拿到CNS，或者將陳女士轉到京城醫院，京院有存貨，只是轉院過程中會有細菌感染。」不遠處，幾個醫生討論完走過來，直接下了定論。

呆坐在無菌室門口的寧晴終於反應過來，「那趕緊聯繫京城那邊轉院！」

「不行！」一直沉默著的秦苒忽然開口，她垂著眼睛，毫不猶豫地反對。

走廊上的人，寧晴、林錦軒、醫護人員，包括寧薇都愕然地看向她。

秦苒慢慢抬起頭，那雙眼睛染著微微的紅意，深不見底，臉側的頭髮因為淋雨貼在臉上，精緻的臉上沒有任何表情，宛如風雨欲來的深色天空。

「外婆不能去京城！」秦苒的目光從醫護人員和寧晴臉上掃過，一字一字，斬釘截鐵。

林錦軒想了想，好像也只能轉去京城，卻沒想到秦苒直接否定了這個決定。

寧晴也一愣，然後看向秦苒：「妳在說什麼？不去京城，難道要看著妳外婆死在雲城？」

「閉嘴！她不會死。」秦苒側過身，半眯著眼，「醫生，這五個小時拜託你了。」

主治醫生看了秦苒一眼。

秦苒平時總是一副凡事無所謂的模樣，此時整個人冷下來，那雙眼睛寒星畢露，銳氣沖天。

「那五個小時後，病人怎麼辦……」

一個拿著病歷的醫生生氣地開口，卻被程淑蘭的主治醫生打斷：「我們只能保住她五個小時，五個小時之後我們無能為力。」

秦苒從口袋裡摸出手機，淡淡地開口：「我知道。」

「不，主治醫生，別聽她的，她什麼都不懂，我們去京城。」寧晴著急地走過來。

主治醫生直接拿出一份免責協議書讓秦苒簽字。秦苒掃了一眼，確認沒什麼問題後簽了名字。

主治醫生接回她的免責書才側身看向寧晴，十分抱歉地開口：「林夫人，陳女士在昏迷前把秦小姐設定為她的第一緊急聯絡人，我們聽秦小姐的。」

主治醫生拿回單子後開始各種忙碌，暫時幫陳淑蘭穩定狀態。

「秦苒，妳到底在幹嘛？」寧晴被秦苒氣到不知道要說什麼，「那是妳外婆！」

秦苒卻不看她，只是拍拍一直很不安的寧薇，「小姨，妳放心，外婆不會有事的。」

寧薇應該是剛打工回來，身上還穿著工作服，「妳確定沒事嗎？」

「妳放心。」秦苒找出了一個號碼，直接往電梯那邊走。

撥出的電話號碼沒人接。秦苒把手機塞回口袋裡，又拿出她之前放在床上的厚重黑色手機，將鍵盤往旁邊攤開，馬上顯現出兩個手掌大的顯示螢幕。若是郝隊在這裡，一定認得出來這個跟錢隊的技術人員用的幾乎是同款。

目光往周圍一掃，找個沒人的地方放下顯示螢幕，在顯示螢幕前投下虛擬鍵盤。

秦苒直接把隨身攜帶的隨身碟插進去，十指在鍵盤上敲著，一個影片瞬間彈了出來。

——京城，一二九大本營。

常寧正坐在會議室裡，跟兩個人討論下一批普通會員的人選。能進一二九大本營的，就算只是普通會員也極其少有，在京城也能引起議論。而一二九的核心高級會員只有寥寥幾個，但每一個都是菁英中的菁英。

這時，面前的電腦彈出頁面來，常寧愣了愣，但很快就反應過來那是孤狼的虛擬帳號。

他叫其他兩人離開，點下了綠色鍵。

「是來接單……」他笑咪咪的，一開口才發現孤狼傳的是影片，不是語音。

常寧作為一二九偵探所的創始人，什麼祕密沒見過，什麼大風大浪沒闖過，然而現在他一張臉漲得通紅，手裡的筆都「啪」地一聲掉在桌子上，幾近失態的看著螢幕！

畫面上是陰雨背景，有一張十分年輕的女生臉龐。幾乎顯真還原的鏡頭也能看出她眼若寒星，臉色極白，被雨水浸染的五官無不精緻。那女生還穿著校服外套，上頭清晰地印著「衡川一中」。

「我靠……孤……孤狼？」常寧有些風中淩亂。

孤狼在一二九偵探俱樂部只是掛個名號，說起來，當初孤狼會加入一二九俱樂部也只是湊巧。

七年前孤狼在一場駭客交鋒中，帶著剛創立的一二九兩個成員全身而退。一來二去，常寧就邀請了孤狼。但打死他也沒想到，孤狼是個女的就算了，年紀還這麼小！

這幾年一二九穩定了，這些頂級會員的老人就開始猜測孤狼的身分，畢竟加入偵探所七年，依舊只有一個代號的人只有孤狼一個。有人甚至扒出了駭客聯盟的好幾個人，卻也不是孤狼。

現在想想，那怎麼可能找得到！因為他們怎樣也猜不到，孤狼現在還在一所高中上學！

『是我，』秦苒這次沒按耳機上的變音器，戴上耳機，『你知道CNS這個實驗藥嗎？我外婆病危。』

「妳等等。」常寧恢復過來，想起孤狼只聽她外婆的話。他縮小頁面，在電腦上搜索關鍵字，不到兩分鐘就有了結果，「京城沒存貨，兩天前最後一批運到了鄰國。何晨在那裡，她搭最近一班飛機的話，淩晨能到。」回國一趟，走各種程序、過海關都需要時間。

淩晨……秦苒眸光閃了閃，『你把何晨的私人電話給我。』

看得出來秦苒很著急，常寧沒有多說，直接傳了一串電話號碼給秦苒。

要怎麼快速地讓在境外的人躲過重重程序回國？秦苒的腦子裡閃過一張張人臉，最後一一排除，鎖定了一個人。然後拿出另外一支手機，撥通了上面的電話。

——校醫室。

程雋靠在椅背上，面對人體模型坐著，身上還披著毛毯。電話響起時，他一手攬了攬毛毯，一手拿出手機。

「怎麼了？」看到來電顯示，他坐直身體。

秦苒收起了厚重手機，望著映入眼簾的雨，聲音要比以往還沙啞：『你能在短時間內把人從境外運回國嗎？』

「哪個機場？」程雋直接站起來，黑色毛毯被他扔到沙發上，臉色沉靜，雙眸漆黑。

秦苒的聲音比以往任何時候都還沉靜，很快地回了一句話。

「把那個人的資料給我，三個小時內能回來。」程雋瞇了瞇眼。

他掛斷電話後又打了一通電話。陸照影看到程雋要出門，馬上喊著，「雋爺，傘、傘！」

程雋沒停下腳步，程木眼疾手快地拿了一把傘跟上去。

陸照影還沒見過程雋這樣，只是他不能跟程木一樣，他得幫程雋在校醫室站崗。

*

天色依舊陰沉。

烏雲黑壓壓地壓在頭頂，讓人喘不過氣。

三個小時後。雲城機場裡，一個穿著碎花長裙，二十六歲左右的年輕女人下了飛機，又在機場直接坐上另一架直升機。十分鐘後，直升機在雲城醫院頂樓降落。

醫院頂樓，程雋撐著一把傘等著，秦苒則站在他身邊。在雨水沖刷下，周圍霧氣瀰漫，她的輪廓都有點模糊了。

何晨走下直升機，直接往頂樓上唯一一個女性走去，有些癲狂，「天啊，妳真是個高中生！」

何晨手裡還拿著戰地麥克風，繞著秦苒走，不敢置信地看著她那張年輕到過分的臉！

「……妳是假的吧！」

秦苒雙手攏著一件黑色外套，裡面還是那件校服，上面「衡川一中」四個字清晰可見。

何晨伸手想捏秦苒的臉，但手還沒有碰到就被程雋打掉了。他抬起眼眸，「妳幹嘛？」語氣還滿有禮貌的。

何晨注意到他，只是還沒說什麼，秦苒就抓住了她的手腕：「藥拿到了沒有？」

「在這裡，別急。」何晨看了一眼程雋，頓了頓又轉身看秦苒，在大爺面前儘量保持微笑。

程雋卻眯著眼睛看了一眼何晨。

醫院的無菌室走廊外。寧晴坐在外面的椅子上，寧薇則走來走去。等了三個多小時，林錦軒剛剛回林家跟林麒討論轉院去京城的事，而幾個醫生在小聲討論著。

「秦小姐還沒回來嗎？」主治醫生看著電子儀器的資料，不知道來問寧晴跟寧薇第幾次了。

寧薇看著絲毫沒有動靜的電梯，現在緊張得一句話都說不出來，頭腦一片空白。無論是CNS這種類型的藥還是幫陳淑蘭轉院，寧薇一點忙都幫不上。

「醫生，你準備一下，」寧晴的腦子裡一根弦繃著，因為秦苒出去之後就再也沒回來，她喉嚨乾澀，渾身都是冷汗，「我們馬上準備轉院……」她剛說完，走廊盡頭的電梯忽然在這一層停下。

秦苒帶頭走在前面。她的頭髮沒那麼濕了，只有幾縷纏在一起。她的身形本來就纖瘦，因為外面穿了一件西裝外套更顯瘦弱。

「這是你們要的嗎？」秦苒直接走到醫生那邊，將一個試管遞給主治醫生。

主治醫生接過來，看到是一管白色的顆粒，跟他們之前用的一樣。他驚訝地看了一眼秦苒，沒想到她在這麼短的時間內弄到了藥！

「是這個。」主治醫生拿著試管，直接帶其他幾個醫生往無菌病房走。

一群醫生急忙走進去，寧晴跟寧薇緊張地看著病房。

何晨臉上掛著笑，雙手抱胸站在一旁微微笑著，「放心，這個藥絕對沒問題。」

「苒苒，妳外婆沒事吧？」寧薇的手指冰涼，轉頭看了看秦苒。

秦苒頷首，「不會的，藥已經送到了。」

沒一會兒，無菌室的門打開，一個護士出來說病情穩定了，一行人總算放鬆下來。

寧晴跟寧薇這時才注意到跟著秦苒過來的，還有何晨跟程雋等人。

何晨一身碎花裙，面容清麗，手裡還拿著採訪機器，背後有個黑色背包，看起來平易近人。

程雋稍微站在秦苒的身後，頭微微垂著，修長漂亮的手指拿著手機，神情安靜又淡漠，明明不是秦苒那種鋒銳恣意，卻莫名讓人不好接近。

這兩個人看起來都不太普通。

寧薇的心情平靜下來後湊到秦苒面前，小聲詢問，「這些人是誰？」

「都是我的朋友，放心。」秦苒沒多說，安撫了寧薇一句就朝何晨走去。

「這次麻煩妳回國了。」秦苒放鬆下來，偏過頭看何晨，「妳那邊應該還有其他事情吧？」

「在戰地跑新聞而已。」何晨左看看秦苒，右看看秦苒，笑道：「妳外婆沒事就好，那我就先買機票回去了。」

「我送妳出去。」秦苒點頭。

何晨轉了轉肩膀上背包的帶子，側身往樓梯走，臨走前總算捏了一把秦苒的臉，最後頭也不回地擺手：「不用。老大說了，妳先顧好妳外婆，有事打給我。」

一二九偵探所的核心人員不到十個，在一起共事七年，每個成員之間的感情都非比尋常，第一次見面也絲毫不尷尬，沒那麼多客套話。

其他幾個人的年齡都聚集在三十歲上下，尤其是常寧，四十歲，都能當秦苒爸爸了。

秦苒的年紀基本上小這些人一輪，這些人在震驚之餘，都下意識地事事為她考慮。何晨的手機裡有好幾通常寧的來電，基本上每五分鐘一通，都是要問秦苒的情況，像個老媽。

程雋看了程木一眼，示意程木送何晨去機場。

送何晨去機場的車上，程木並不知道事情經過，只知道程雋在短時間內動了大手筆，讓何晨從邊境來雲城。

「何小姐，妳怎麼跟秦小姐認識的？」
這兩個八竿子打不著的人，一個是戰地記者，身上的衣服看起來廉價，能看到何晨肩膀上的線頭；一個是雲城的高中生，無論從年齡還是身分上來看，都不是能成為朋友的人。
何晨面對秦苒的時候和氣又平易近人，跟程木說話的時候倒是冷漠敷衍，「網友，我出國做採訪節目，幫小苒苒帶點東西。」
程木沒再說話。喔，記者兼代購啊。
到了機場，程木停好車，看著何晨揹著那個黑色背包離開。
那個背包好眼熟。程木想了半天，才想起來有一次看到秦苒揹過。
他看著何晨的背影，瞇著眼睛半晌，總覺得有什麼不對勁，但又說不出具體上是哪裡不對勁。
秦苒什麼朋友都有，錢隊、封樓誠、封樓蘭，每個都是在業界響叮噹的大人物，現在連記者都有了，而且這些朋友都古里古怪的。她一個高中生，是在哪裡認識到這麼多朋友？
口袋裡的手機響了，是程雋打過來的。程木接起電話，馬上開車回去，不再想何晨這件事。
機場內，何晨拿起手機，撥通了常寧的電話。
她戴上耳機，一邊換登機證一邊跟常寧說話：「老大，見到孤狼本人了，我現在很崩潰。」
孤狼，孤獨又血腥的狼，多狂多MAN的名字！結果是個小女生就算了，人家還不到二十歲！

這要是被其他幾個人知道，肯定會鬧翻天！

常寧知道藥被安全送到了，也鬆了一口氣，翹著二郎腿喝咖啡，『這件事有點奇怪，國內的藥物突然被轉到邊境了，我懷疑有人在針對孤狼她外婆。』

「誰沒事會針對一個老太太？」何晨換好登機證，準備去買杯冰可樂冷靜一下。

『那可不一定。』常寧已經把這件事安排下去了，以一二九的能力，只要是陰謀，不管是哪個角落裡的人動手，他都能把人扒出來。

「謝謝，一杯可樂。」何晨把錢遞給收銀小姊姊，一邊按了一下耳機，「啊，忘了一件事，你知道孤狼上次為什麼突然接單嗎？」

『妳說。』常寧倒是很疑惑。

孤狼性格孤僻，跟代號一樣，失蹤一年誰也找不到她。上次突然出山，攪亂了一場風雲。

何晨接過可樂喝了一大口，平靜了一會兒後十分雲淡風輕地投下一個炸彈：

「因為下單的那個人跟她有一腿。」

—下集待續—

高寶書版集團
gobooks.com.tw

CP Capt CP002
神祕主義至上！為女王獻上膝蓋02

作　　者　一路煩花
插　　畫　Tefco
責任編輯　陳凱筠
封面設計　林檎
內頁排版　林檎
企　　劃　鍾惠鈞

發 行 人　朱凱蕾
出　　版　三日月書版股份有限公司
　　　　　Printed in Taiwan
地　　址　臺北市內湖區洲子街88號3樓
網　　址　www.gobooks.com.tw
電　　話　(02) 27992788
電　　郵　readers@gobooks.com.tw（讀者服務部）
傳　　真　出版部　(02) 27990909　行銷部 (02) 27993088
郵政劃撥　50404557
戶　　名　三日月書版股份有限公司
發　　行　英屬維京群島商高寶國際有限公司台灣分公司
　　　　　Global Group Holdings, Ltd.
初版日期　2021年 5 月

國家圖書館出版品預行編目(CIP)資料

神祕主義至上!為女王獻上膝蓋/一路煩花著.-- 初版. -- 臺北市：英屬維京群島商高寶國際有限公司臺灣分公司, 2021.05-
冊；　公分. --

ISBN 978-986-506-014-5(第2冊：平裝)

857.7　　110000879

GOBOOKS
& SITAK
GROUP ©